Jean d'Ormesson
de l'Académie française

François Sureau

Garçon
de quoi écrire

Gallimard

Jean d'Ormesson, de l'Académie française, ancien élève de l'École normale supérieure, agrégé de philosophie, a écrit des ouvrages où la fiction se mêle souvent à l'autobiographie : *Du côté de chez Jean, Au revoir et merci, Le vagabond qui passe sous une ombrelle trouée*; et des romans : *L'amour est un plaisir, Un amour pour rien, La gloire de l'Empire*, et *Au plaisir de Dieu* qui a inspiré un film en six épisodes qui est un des succès les plus mémorables de la télévision.

François Sureau est né en 1957.
Ancien élève de l'École d'Administration, il est maître des requêtes au Conseil d'État, et actuellement chargé de mission auprès de la direction générale de l'U.A.P. Il a publié aux Éditions Gallimard deux romans, *La corruption du siècle* (1988, prix Colette) et *L'infortune* (1990, Grand Prix de l'Académie française).

Nous traversons la toile et le toit des maisons
Serait-ce la fin de ce vieux monde brumaire
Les prodiges sont là qui frappent la cloison
Et déjà nos cahiers s'en firent le sommaire
Couverture illustrée où l'on voit Barbizon
La mort du Grand Ferré Jason et la Toison
Déjà le papier manque au temps mort du délire
Garçon de quoi écrire

Aragon,
Le Roman inachevé.

Il faut de l'indulgence pour les jeunes gens qui pensent à leur avenir et pour les vieux écrivains qui rêvent à leur passé.

Jean d'Ormesson,
La Parisienne, février 1957.

PRÉFACE

La visite au grand écrivain est un genre ridicule, à peine sauvé par l'insolence. On se souvient de Cravan déclarant à Gide qu'il préférait de beaucoup la boxe à la littérature, et, lui ayant demandé fort civilement « Monsieur Gide, où en sommes-nous avec le temps », obtenant l'heure exacte, après quoi il ne lui restait plus qu'à prendre congé. Heureusement, Jean d'Ormesson ne se prend pas pour un grand écrivain, ce qui rend les choses plus faciles.

Je sais aussi que c'est une curieuse démarche que celle qui consiste à aller chercher directement auprès d'un écrivain les réponses qu'il donne par ses livres; ou, plus exactement, de chercher des réponses au lieu de lire ces livres qui donnent à voir la vie bien autrement que comme la matière d'un interrogatoire – bien autrement, et plus justement. Que Jean d'Ormesson se soit beaucoup intéressé à lui-même n'est pas une excuse. Un romancier peut avouer ses sources, il ne se possède plus, et s'il parle, il n'avoue rien, jamais rien. Les romanciers ne sont pas des déménageurs chargés de fardeaux existentiels et soufflant sur le chemin du réel à l'imaginaire. Leur vie réelle n'a plus d'intérêt : ils ont écrit.

Pour Modiano, faire parler Berl, c'était recueillir les informations du meilleur témoin de son temps. Peu lui importait, sous ce rapport, que Berl fût l'auteur de Rachel *et autres grâces, de* Présence des morts. *Ce qui comptait avant tout, c'était* Marianne, *la salle des pas perdus et le bureau du Quai où vers le soir Léger faisait, toutes portes fermées aux fonctionnaires, vibrer l'air pour ses amis du dehors de sa voix douce et précise. C'étaient les hurlements de Mme de Portes dans le hall du Splendid, la silhouette de Drieu regardant les ténèbres, le buste du maréchal Pétain.*

Certes, la vie de Jean d'Ormesson n'est pas celle d'un écrivain reclus. Il a été mêlé à quelques affaires de son époque qui n'étaient pas négligeables. Il a dirigé Le Figaro. *Il a connu Malraux, Aron, Caillois, Lazareff, Pompidou, bien d'autres encore. A tous égards, il était né au centre du monde et il en a tiré profit. Mais contrairement à Berl, je crois qu'il a pris part à ces aventures diverses sans les aimer. Par lucidité d'abord, par politesse ensuite, il n'a pas cru devoir se passionner vraiment pour ces entreprises, grandes ou petites, qui nous plaisent tant. Il ne les a pas refusées non plus. Il n'a pas fait d'histoires. Ainsi s'expliquent les sentiments ambigus que la plupart lui portent. D'un côté, on peut lui reprocher, selon le mot de La Fontaine, de n'avoir pas eu assez de passion pour une vie telle que la sienne. D'un autre, on ne peut que le louer de s'être gardé des emportements vulgaires, d'avoir traité la vie avec tact et mesure. Sans doute en a-t-il maintenant du regret. Son goût pour le propos absurde de Marguerite Yourcenar − « On entre en littérature comme on entre en* religion » – vient de là. Et le désir qu'il éprouve de laisser désormais la littérature envahir tout.

La voilà, la raison de ce livre. Une occasion, à lui offerte, de retirer les masques plus ou moins beaux qu'il a aimés et d'aller enfin vers ce qui compte. On nous dira qu'il n'était pas indispensable d'aller chercher pour cela quelques milliers de lecteurs. Je pense le contraire. Sans ces lecteurs, l'exercice serait resté aussi dépourvu de portée qu'une simple conversation amicale.

L'amitié qu'on peut avoir pour d'Ormesson – je parle de l'amitié littéraire, bien plus grave que l'autre – vient, elle, de ce sens particulier de l'acceptation de la vie qui anime ses livres, des plus difficiles aux plus faciles. Cet amour n'est pas très regardant. Il mêle au plan de Dieu les larmes du souvenir et le vin de la jeunesse, tous les soirs tombés. La vie ne fait pas le détail, pourquoi les écrivains le feraient-ils? Lui s'accommode simplement des incertitudes terrestres, comme un personnage de Callot devant la misère. Parmi les romanciers, il y a ceux qui nous croient à jamais sortis du paradis perdu, et ceux qui voient partout, au même instant, le paradis et l'enfer. D'Ormesson appartient à cette seconde catégorie. Et, si son paradis et son enfer, curieusement, apparaissent supportables, c'est sans doute que cet écrivain français craint de ne pouvoir désarmer toutes les préventions du monde. Aussi se retient-il devant l'horreur comme devant le salut.

Il y a quelques mois, dans une sorte de maison de jardinier au bord du Luxembourg, d'anciens khâgneux devenus hommes de lettres commentaient la vie parisienne sous un ciel d'orage. L'un d'eux m'a dit : « C'est risqué, ce livre avec d'Ormesson. Il a trop sacrifié à la publicité.

Il prend trop de place. Personne ne voudra reconnaître, avant sa mort, qu'il est l'un des meilleurs. » Pauvre risque, que j'aime courir. Quant à lui, j'imagine qu'il s'en moque, entièrement requis par les derniers livres qu'il lui reste à écrire.

François Sureau

I

Sur le métier

FRANÇOIS SUREAU – Jean d'Ormesson, la scène se passe à Neuilly, c'est-à-dire nulle part. Je voudrais que nos lecteurs puissent vous voir et je vais recourir à ces descriptions qu'on lit au début des pièces de théâtre : « Une maison de style sinon d'époque Directoire, dans une rue calme de Neuilly. Un petit salon confortable au milieu d'un intérieur semé de portraits d'ancêtres. L'écrivain, en veste de tweed et pantalon de velours, est assis dans un canapé d'où il jaillit de temps en temps. » Comment supportez-vous d'habiter Neuilly?

JEAN D'ORMESSON – Neuilly est charmant. Il y a des arbres, des oiseaux, plutôt moins de voitures qu'ailleurs, et surtout beaucoup de calme. C'est le département d'à côté, c'est le rêve d'Alphonse Allais qui voulait voir les villes bâties à la campagne. Inutile de partir le week-end pour la campagne puisque vous y êtes déjà. Vous pouvez travailler tranquillement au lieu de vous traîner sur les routes.

F. S. – Vous avez toujours habité là?

J. O. – J'ai habité rue du Bac jusqu'à mon mariage, ou à peu près. Avec des aller et retour. Plutôt qu'un révolté, j'étais ce qu'on pourrait appeler un conformiste fugueur. Quand je suis parti pour Neuilly, on s'est moqué de moi : Neuilly, c'était le désert.

F. S. – Certes, mais de nombreux lecteurs du *Figaro-Magazine*, quand même... vous n'avez pas choisi un quartier où vous risquiez d'être ignoré.

J. O. – Vous vous souvenez de ce film de Lubitsch, *Être ou ne pas être*? Il y est dit d'un personnage qu'il est mondialement connu en Hongrie. C'est un peu mon cas. Je suis mondialement connu en Hongrie. Lorsqu'on demandait à Gide s'il était ennuyé d'être reconnu dans la rue, il répondait : « Ah! Bien sûr! Je pense à tous ceux qui ne me reconnaissent pas. »

F. S. – Plus généralement, les lieux, les endroits, en dehors de la fascination poétique que vous pouvez éprouver pour tel ou tel site célèbre, ou de l'enthousiasme du voyageur, comptent-ils réellement, concrètement pour vous, ou bien êtes-vous indifférent au décor?

J. O. – Puisque j'ai perdu Saint-Fargeau – le Plessis-lez-Vaudreuil d'*Au plaisir de Dieu* –, je ne m'attache plus à aucun lieu. Je crois qu'aucun endroit n'aura plus pour moi le charme et la majesté de Saint-Fargeau, cette combinaison de charme et de majesté. Et puis mes souvenirs sont là-bas, nulle part ailleurs. Du coup, non, je ne crois pas être attaché aux lieux. Je pourrais écrire n'importe où. J'ai d'ailleurs écrit n'importe où, en Corse, en Italie, en voyage, à l'hôtel, chez des amis, sur une table en pierre ou en marbre, qu'importe? Il me faut du calme, c'est tout. Le plus souvent, aujourd'hui, j'écris dans mon bureau, ici, en haut, sans histoire.

F. S. – Vous n'avez pas besoin d'aller dans les cafés « pour entendre le son de la voix humaine », comme disait Bernanos, au moment d'écrire?

J. O. – Vous connaissez l'histoire du bureau de Blondin? La femme de Blondin lui avait installé un bureau superbe. Il l'a regardé longuement. Et puis, il est descendu travailler au café. A la différence de Blondin, je ne bois presque rien de ce qu'il y a dans les cafés. J'aime le silence et le calme. Je bois de l'eau. Pourquoi aller dans les cafés?

F. S. – Je voudrais vous interroger sur votre méthode. D'ailleurs, la méthode de l'écrivain peut aller jusqu'aux tics. Avez-vous une méthode, des procédés, des habitudes ou des tics?

J. O. – Non, je n'ai pas de méthode particulière. Je n'ai pas besoin de la pomme pourrie que respirait Flaubert ni des cloisons de liège et des fumigations de Proust. Beaucoup de gens écrivent sur des cahiers. J'écris sur des feuilles volantes. Je prends souvent des notes sur des enveloppes. J'ai dans mes poches beaucoup d'enveloppes griffonnées. J'écris sur de grandes feuilles de papier machine, comme les vôtres, des feuilles que je rapporte de l'Unesco ou du *Figaro*. Sur ces grandes feuilles, j'écris – et plus souvent encore, je n'écris pas. Ma fille, à six ans, disait de moi : « Quand il écrit vite avec un stylo, il écrit un article. Quand il ne fait rien avec un crayon, il écrit un roman. » J'ai cependant une manie qui peut devenir inquiétante : j'écris avec des crayons, des crayons aussi ordinaires que possible. Et quand je perds le crayon avec lequel j'écris, c'est une espèce de drame. Vous me direz : vous n'avez qu'à en prendre un autre. Impossible. Je peux passer deux, trois, quatre jours à chercher celui que j'ai perdu, avant de reprendre le fil. Il m'arrive aussi de perdre mes feuilles, de les semer un peu partout, une fois que je les ai remplies de mes hiéroglyphes, ratures, renvois, signes incompréhensibles. Je ferais peut-être mieux d'écrire sur un cahier, mais je préfère le fouillis.

F. S. – Avez-vous déjà perdu un manuscrit auquel vous attachiez de l'importance?

J. O. – Oui, c'était en mai 1968, au moment des « événements ». J'apportais à Julliard le manuscrit d'un livre, raté d'ailleurs, qui s'appelle *Les Illusions de la mer*. Et au moment où je traversais la place Saint-Sulpice, il y a eu un coup de vent. Je tenais ces feuilles contre moi, dans une chemise, et elles se sont envolées. Quelques-unes ont glissé sous les grilles fermées de l'église Saint-Sulpice, et j'ai dû supplier le bedeau de me les rendre. Il se méfiait. Il avait raison : le livre ne valait rien.

F. S. – Comment utilisez-vous votre temps? Vous écrivez plusieurs heures de suite?

J. O. – Mon premier défaut, c'est la dispersion. La dispersion dans le temps et dans l'espace. Ceux que j'admire le plus, ce sont ceux qui consacrent à un problème une patience, une attention et un temps infinis. Vous savez, ce mot allemand de *Gründlichkeit*. Ces érudits qui travaillent par simple amour de la vérité, de la connaissance, et non par désir de gloire, et qui publient *par surcroît*. Mon ami sir Ronald Syme, grand historien britannique, auquel *La Gloire de l'Empire* doit tant, est de ceux-là. Caillois aussi. Et plusieurs autres. Ce n'est pas tant la facilité que j'envie. C'est la concentration, la puissance de travail, l'acharnement désintéressé. Nourissier dit que dès que l'on est installé à sa table, on craint et on espère le coup de téléphone : on le craint, parce qu'il va vous déranger, que c'est mauvais pour le travail, mais on l'espère parce que écrire est difficile et qu'on se dit : « Mon Dieu, écartez de moi ce calice. » J'ai beaucoup lutté contre cette tentation de bouger, de m'en aller. Maintenant, je recherche le calme, je m'installe à ma table de travail, le matin, pas très tôt, vers neuf heures, et j'y reste jusqu'au soir. Je crois que Claudel et Valéry travaillaient le matin de très bonne heure. Malheureusement, je ne peux pas. Ce n'est pas la seule chose qui me sépare d'eux.

F. S. – Vous intéressez-vous, en professionnel, aux habitudes de travail des autres écrivains, et, plus profondément, à leurs procédés, à leur manière d'écrire? Pouvez-vous oublier la magie du texte pour étudier la façon dont tel ou tel utilise l'indicatif présent ou le passé simple?

J. O. – Je me suis souvent demandé si toute la littérature n'était pas d'abord une question de temps de verbe. Voir l'imparfait chez Flaubert, voir le danger d'un récit tout entier au présent. J'ai toujours pensé qu'il y avait dans le futur antérieur une puissante charge métaphysique. Jouer avec les temps de verbe, c'est faire ses gammes d'écrivain. Je crois que j'ai passé des heures à hésiter, dans une phrase, entre le présent, l'imparfait et le passé simple.

Les problèmes de technique sont passionnants. Je crois même que le grand public peut s'y intéresser. La technique la plus élémentaire, celle dont nous avons dit quelques mots, le crayon – crayon ou stylo – la machine à écrire, la machine à enregistrer, a de l'importance. Je pense qu'aucun grand livre – pardonnez-moi... – ne s'est jamais écrit avec un magnétophone et que quelqu'un qui écrit à la machine à écrire n'écrit pas tout à fait la même chose que s'il utilisait un stylo. Je crois qu'on a expliqué le roman américain par l'usage de la machine à écrire, à une époque où les Français utilisaient encore le stylo. Avec le stylo, le crayon, vous revenez en arrière, vous gommez, vous raturez. Avec la machine, au moins jusqu'à l'invention du traitement de texte, qui change tout évidemment, raturer était beaucoup plus difficile : on avait alors peut-être tendance non pas à supprimer un mot, à corriger un adverbe, à raturer des mots dans la phrase d'avant, mais à continuer dans une sorte de coulée, d'élan... Benjamin Constant écrivait *Adolphe* avec une plume ou un crayon. Dos Passos ou les romanciers de la série noire sont peut-être des auteurs de machine à écrire. Sans parler de ces sensations si différentes, la frappe des touches ou la plume qui court sur le papier.

F. S. – Hammett aussi, sans doute. La psychologie est plus difficile à manier à la machine, non?

J. O. – Machine à écrire et psychologie : un trop beau sujet de thèse... Voilà pour la technique. Il y a aussi l'attitude, le choix du moment, la tenue et le « comment écrivez-vous? ». Hugo écrivait debout, Montherlant, je crois, ne pouvait écrire que rasé. Il parle de la différence entre ceux qui écrivent sans s'être rasés et ceux qui écrivent après s'être rasés.

F. S. – Il faut dire que si vos lecteurs habituels pouvaient vous voir, l'idée convenue du Jean d'Ormesson des familles serait passablement remise en cause.

J. O. – Tout le monde vit dans les contradictions. J'admire la rigueur et je me laisse aller à la facilité...

F. S. – Je vous arrête tout de suite parce que je vous vois sur le point de céder à une autre manie qui vous est propre, celle du dénigrement de vous-même. Vous semblez hanté par le fantôme de l'écrivain monacal, acharné, pour lequel toute la vie est dans le livre; et par celui de l'écrivain misérable, vaguement maudit, accablé par les soucis d'argent. Après tout, Vivant Denon mangeait à sa faim, il a peut-être écrit *Point de lendemain* en carrosse, entre un vendredi soir et un samedi midi, et malgré tout c'est un petit chef-d'œuvre...

J. O. – Il est clair que seul le résultat compte, et je ne m'en veux pas du tout d'avoir assuré mon indépendance, et notamment mon indépendance financière, pour écrire. Là où je m'en veux davantage, c'est de ne m'être pas suffisamment servi de ces facilités dont je disposais, d'avoir eu trop d'activités extérieures. Cela dit, il faut aussi tordre le cou à une légende très répandue, et selon laquelle tout m'aurait toujours été facile. J'ai longtemps traîné dans l'insuccès. C'est vrai, depuis 1971, depuis *La Gloire de l'Empire* et *Au plaisir de Dieu*, depuis *Le Figaro* et l'Académie, les choses ont été très vite ou plus exactement elles ont été nombreuses. Mais avant 1971, tous mes livres ont été des échecs. J'en ai écrit cinq qui n'ont eu aucun succès. J'étais peut-être un écrivain, mais je n'avais pas de lecteurs. Je sais que Stendhal n'en avait pas non plus. Mais il comptait bien en avoir. Même pour l'avenir, j'avais des doutes.

F. S. – Vous ne souffriez pas, surtout, de n'être pas un écrivain *reconnu*? Saint-Simon a écrit une œuvre qui n'était pas destinée à être publiée de son vivant...

J. O. – J'en souffrais beaucoup. Cela dit, est-ce que Saint-Simon savait qu'il était Saint-Simon? Je crois que oui, mais pour de mauvaises raisons. Sans doute se disait-il, avec sa morgue habituelle : « Puisque moi, duc de Saint-Simon, je me commets à écrire, je serai certainement le premier. » Il va sans dire que je n'ai jamais pensé cela.

F. S. – Vous voulez dire que votre souci « de gloire, ou, à défaut, de publicité », comme vous dites, vient de votre humilité foncière?

J. O. – La grande humilité est souvent proche de l'orgueil, dit-on. Ça doit être mon cas. J'essayais d'avoir tout de suite, en petit, dans la publicité, ce que je n'étais pas sûr d'avoir demain, en grand, dans la gloire. Mais il y a quand même une question que je me pose aujourd'hui : quand j'ai rencontré le succès, un succès peut-être passager, pourquoi n'ai-je pas abandonné aussitôt tout ce que je faisais par ailleurs? Je m'en veux quelquefois de n'avoir pas consacré suffisamment de temps à la littérature, qui est la seule chose à laquelle je tienne vraiment.

F. S. – Je voudrais vous poser une autre question sur votre travail d'écrivain. Écrire, est-ce pour vous une souffrance ou un plaisir? Écrivez-vous poussé par la nécessité, ou par le goût de retrouver des personnages, une histoire, un peu comme on retrouve le livre d'un autre lorsqu'il vous passionne?

J. O. – Très longtemps, le travail a été, pour moi, une souffrance. Et pourtant une nécessité. Une nécessité et une souffrance. Combien de fois me suis-je *endormi* sur ma page, littéralement endormi, tellement l'effort me coûtait, tellement ce que j'écrivais m'ennuyait. Et puis, l'idée que ce que je faisais n'était pas bon me torturait. L'idée qu'il faudrait faire tellement mieux. On retrouverait là le sens du devoir de mon père. Il y a peut-être même sur tout cela comme l'ombre du péché originel.

F. S. – Vous voulez dire que vous voulez racheter le péché d'une origine si favorisée?

J. O. – N'exagérons rien. Je veux dire que les choses sont difficiles et que le travail est pénible. Il faut être digne du passé et l'abolir en même temps. Il faut être plus grand que soi. Et puis, il y a une autre idée : il faut essayer de faire aussi bien que ceux qu'on admire et qui ont du talent.

F. S. – Vous vivez dans un éternel collège de la littérature, en quelque sorte? Avec la distribution annuelle des prix, les classements...

J. O. – Il y a surtout cette nécessité intérieure dont nous venons de parler, qui est incompréhensible et qui est plus forte que tout. Il y a aussi le plaisir. Vous vous rappelez Depardieu dans *Le Dernier Métro* de Truffaut? Il dit à Catherine Deneuve : « Une souffrance, et une joie... » Nous travaillons par plaisir. C'est une chance merveilleuse. Les écrivains répondent parfois, non sans coquetterie, à la question de savoir pourquoi ils écrivent : « Parce que nous ne savons rien faire d'autre. » En fait, moi aussi, je pourrais probablement avoir un autre métier, bricoler, jardiner, réparer des voitures par exemple : je me suis arrangé pour qu'on ne me le demande jamais. Ayant beaucoup travaillé dans l'administration, je m'emploie à persuader tout le monde que je suis bien incapable d'administrer quoi que ce soit. Et je ne suis pas non plus un penseur. Vous connaissez l'histoire du fêtard qui, autour de 1900, tombe sur un cocher de fiacre en train de lire *La Pensée*. Il lui dit : « Penseur ! chez Maxim's ! » Beaucoup de gens pensent. Je ne prétends pas penser. Ma seule vocation, c'est d'écrire. Rien d'autre. Plaisir et souffrance mêlés. Alors, si c'est une souffrance, pourquoi est-ce que je me l'impose ? Et si c'est un plaisir, pourquoi est-ce que je n'essaye pas de le remplacer par d'autres plaisirs qui me coûteraient moins d'efforts ? Probablement parce que je cherche, à travers le plaisir et la souffrance, et avec l'idée du devoir en plus, à rattraper quelque chose – dont je ne me souviens d'ailleurs pas. Et que si j'étais tout à fait heureux, que si tout était parfait, je n'écrirais pas. J'écris parce que quelque chose ne va pas. Mais quoi ? Je n'en sais rien. Je suis à la poursuite de quelque chose d'inconnu, d'un horizon lointain qu'il faut atteindre et qui se dérobe sans cesse. Un homme d'affaires, un homme politique, c'est très différent, ils savent ce qu'ils veulent, gagner de l'argent, conquérir le pouvoir. Défendre leurs idées, dans le meilleur des cas. Nous ne savons sûrement pas très bien pourquoi nous écrivons, puisque ce n'est pas exclusivement un bonheur, et pas non plus entièrement une souffrance. Nous ne savons pas pourquoi nous nous attachons à cette course. Nous ne savons pas ce que nous faisons ni ce que nous voulons.

F. S. – De quelle nature est le *devoir* qui vous pousse, aussi, à écrire? Le souvenir du passé, la parabole des talents?

J. O. – Vous avez vu, là, à côté, les tableaux des ancêtres. Ils sont la tradition. Ce n'étaient pas des rigolos. Ils ont l'air sévère, et même romain. Quand on dit romain, on pense à Montherlant, mais Montherlant, c'est l'Empire, le goût de l'Empire, et eux, c'est la République : l'idée du bien commun. Le service de l'État. Je ne sers pas l'État, j'ai pris un autre chemin : écrire, rien d'autre, créer, faire des livres. Ça ne m'a pas fait échapper à une forme de morale. Une autre morale, la même morale : nous sommes là pour faire quelque chose, et le mieux possible. On commence à écrire sans trop bien savoir pourquoi, on persévère, on devient un peu plus rigoureux et je me dis à présent que ce que je veux écrire, je n'ai plus tellement de temps pour l'écrire.

F. S. – Vous n'avez pas le sentiment d'avoir achevé votre œuvre?

J. O. – J'ai le sentiment de ne pas l'avoir achevée. A peine commencée. Mais il n'est pas impossible qu'on passe directement de ce sentiment-là au gâtisme.

F. S. – Vous croyez-vous le meilleur juge de ce que vous écrivez ? Après tout, on peut aussi penser que les écrivains sont les connaisseurs les plus intimes de leurs œuvres...

J. O. – Non, je ne crois pas. Vous remarquerez que nous abordons à peine notre conversation et que, si nous sommes déjà dans la littérature que nous ne quitterons plus, nous sommes aussi, en même temps, extrêmement près de la morale. Quelque léger que vous essayiez d'être, quelque impromptu que vous écriviez, dans quelque littérature de bonheur que vous donniez, le jugement final sera un jugement esthétique d'abord, bien sûr, mais aussi moral. Je veux dire que le jugement sanctionnera l'effort, la rigueur, le travail, et cela même pour les écrivains réputés les plus amoraux, Morand par exemple. Il faut faire le mieux, le plus juste, le plus beau possible, il faut s'atteler à sa table de travail, il faut corriger ses fautes. On a souvent remarqué que le langage de l'économie, valeur, actions, obligations, était très proche du langage de la morale, mais le langage de la littérature l'est aussi : épreuves, corrections, faute, idéal, jugement. Il n'est pas question de dire qu'une œuvre est belle parce qu'elle est morale : Sade est un grand écrivain et Céline a beau avoir pris des positions politiques abominables, nous admirons son style. Je veux seulement dire que, par ses exigences, la littérature relève d'une certaine forme de morale. Alors, qui juge? Ce n'est pas moi, bien sûr. Ce n'est pas Dieu, non plus...

F. S. – Ça, vous n'en savez rien...

J. O. – Vous savez, un Dieu, je crois qu'il y en a un, mais qu'il ne s'attarde pas à porter des jugements littéraires; et même qu'il se moque de la littérature. Comme l'exprime le mot foudroyant de Pascal, c'est d'un autre ordre. Si vous retirez l'auteur, et si vous retirez Dieu, il reste les lecteurs. Il n'y a pas d'autre juge que les lecteurs. Alors, la grande faute, c'est de se dire : « Je veux mes lecteurs tout de suite », parce que celui qui veut ses lecteurs tout de suite, hélas, sa prière risque d'être exaucée : comme dit sainte Thérèse d'Avila, bien des larmes seront versées pour des prières exaucées. Une chose est sûre : le grand écrivain n'est pas celui qui a le plus de lecteurs. Et une autre chose aussi est sûre : il ne faut pas écrire en pensant à ses lecteurs. Il faut bien en avoir, rien n'a de sens sans eux, et pourtant on n'écrit pas pour eux. Il faut les conquérir, et non pas les rechercher. Il faut savoir aussi écrire contre les lecteurs.

F. S. – Avez-vous rencontré des lecteurs qui, pour paraphraser un mot célèbre, « vous ont compris » ?

J. O. – Un peu par provocation, j'ai souvent répété cette devise : admirez-moi en silence et surtout ne m'écrivez pas. En vérité, certaines lettres reçues m'ont arraché des larmes : tellement d'attention, de patience, de jugement, de compréhension... Écrire pour les quelques personnes qui m'ont envoyé ces lettres qui m'ont touché, j'en serais heureux. Borges dit quelque part qu'il n'écrit ni pour la foule ni pour lui-même, mais pour quelques amis. Et puisque nous sommes en pleine morale, voire en pleine mystique, je dois vous dire que cette chose mystérieuse dont nous parlions tout à l'heure et que nous essayons d'atteindre, c'est peut-être, je le crois, une forme particulière de la *communion des saints*. J'écris pour arriver à cette rencontre avec les autres ou avec quelques autres. Naturellement, tout cela peut prendre l'allure sublime dont je viens de parler; mais cela peut prendre aussi des allures plus basses : j'ai écrit plusieurs livres pour plaire à des femmes. Il se trouve que celles auxquelles je voulais plaire, tout ce travail, tout cet effort, leur était tout à fait indifférent, et j'étais bien puni. J'imagine l'air sarcastique d'un Berl dans une situation comme celle-là. On écrit pour Sylvia, et, figurez-vous, Sylvia épouse quelqu'un d'autre... Les femmes sont

30

probablement sensibles à la gloire, comme les hommes d'ailleurs, mais nous nous imaginons qu'elles sont sensibles à la gloire littéraire : alors là, j'ai des doutes. Bref, écrire pour plaire à une femme, je l'ai fait, c'est le premier barreau de l'échelle. Eh bien, le dernier barreau, tout en haut, c'est la communion des saints.

F. S. – Le « fraternel et mystique chaînon » dont parle Baudelaire?

J. O. – Voilà. C'est cela, un livre.

F. S. – Vous employez un vocabulaire quasi théologique pour parler de la littérature. Vous la considérez maintenant avec le plus grand sérieux, alors qu'autrefois votre position était, me semble-t-il, plus ambiguë, plus compliquée. Ce sens profond de la littérature vous est venu progressivement?

J. O. – J'ai changé. C'est vrai que ma position là-dessus est devenue plus simple, plus claire. La littérature est ce qui compte avant tout. Tout cela ne veut pas dire qu'il s'agisse d'une activité solennelle et sinistre. Il n'y a rien que je déteste autant que l'importance, la pompe, le sérieux. J'aime la gaieté, l'élan, le pamphlet, le mordant; mais je crois, oui, je crois que la littérature est une activité où entre un peu de sacré. Il ne faut rien prendre au sérieux, mais il n'est pas mauvais, de temps en temps, de prendre une chose – ou un être – au tragique et de lui sacrifier le reste. Marguerite Yourcenar disait, la formule est bien connue : « On entre en littérature, comme on entre en religion. » Alors, c'est vrai, mes premiers livres ne donnent pas cette impression...

F. S. – Ce qui d'ailleurs ne prouve rien; on peut concourir au sacré malgré soi. Même *Mon amie Nane*, du gentil Toulet, comme disait Pompidou, avec ses éponges et ses objets étranges, peut participer du sacré, à l'insu des personnages bien sûr et même de l'auteur.

J. O. – Pour ce qui est de l'auteur, ne croyez pas cela. C'est le même homme qui écrit :

> *Si vivre est un devoir, quand je l'aurai bâclé,*
> *Que mon linceul au moins me serve de mystère.*
> *Il faut savoir mourir, Faustine, et puis se taire,*
> *Mourir, comme Gilbert, en avalant sa clé.*

Vous voyez tout ce qu'il peut y avoir derrière cette légèreté, derrière la légèreté...

F. S. – Derrière la vôtre?

J. O. – Derrière la mienne aussi. J'écrivais, non pas pour être riche, mais parce que j'étais mal et pour être reconnu. C'était une sorte de névrose. La gloire a la même nature ambiguë que l'amour : c'est toujours forcer autrui à vous reconnaître, à vous aimer. J'y pense toujours, bien sûr. Mais petit à petit, le sentiment d'obligation, ce sens de la nécessité, et peut-être du sacré, l'a emporté sur le goût superficiel et assez bas de la publicité. Non, l'écrivain n'est pas un mage, c'est trop ridicule, et puis les socles sont fragiles. Pourtant nous essayons d'atteindre quelque chose qui s'apparente à la vérité. Même le hussard le plus dégagé, le plus désinvolte, le souhaite au fond de lui-même : regardez la sévérité de leurs jugements littéraires, des jugements de Nimier, de Laurent, de Haedens, de Déon : pourquoi cette sévérité? Parce que, à travers les mots, et au-delà d'eux en même temps, c'est une partie très importante qui se joue.

F. S. – Avez-vous parfois le sentiment d'être prisonnier du roman que vous écrivez? Chardonne expliquait qu'il lui arrivait de souhaiter très fort avoir fini d'écrire tel roman, pour retrouver un peu de liberté.

J. O. – Non, je n'ai jamais ressenti cette impression d'enfermement. Je vous l'ai dit, j'ai souvent beaucoup peiné sur ma copie et je me suis même endormi sur mes propres livres. Endormi d'ennui et de chagrin de ne pouvoir faire mieux. Et puis, là aussi, j'ai évolué, et une chose un peu étrange a fini par m'arriver : je n'avais pas envie que le roman finisse. Je ne sais pas si les lecteurs n'avaient pas envie de le lâcher. L'auteur, en tout cas, n'avait pas envie de le lâcher. Parfois, mes personnages m'empoignent, m'entraînent et je suis heureux. Je ne voulais pas quitter Chateaubriand. J'ai pleuré à chaudes larmes sur sa mort. J'ai pleuré autant, et plus, en quittant Plessis-lez-Vaudreuil qu'en quittant Saint-Fargeau. Dans ces moments de bonheur d'écrire, je dois dire que plus grand-chose ne compte. La maison pourrait flamber, j'essaierais d'abord de sauver mon manuscrit. Ce serait plus fort que moi. Et même les habitants de la maison, vous savez...

F. S. – C'est l'inévitable égoisme de l'écrivain?

J. O. – Certainement. On se flatte un peu quand on dit que l'écrivain est un monstre, mais ce n'est pas si faux. Il ne faut souhaiter à personne de vivre avec un écrivain.

F. S. – Vivez-vous sans arrêt dans deux mondes? Êtes-vous sans cesse, dans votre vie quotidienne, en train d'observer, de noter, de préparer ce que vous écrirez ensuite?

J. O. – C'est une image horrible de l'écrivain, n'est-ce pas? Celui qui ne laisse rien perdre. Bien sûr, on fait son miel de tout. Mais en même temps, j'ai été sauvé de ce péril-là par une forme de superficialité, par une forme de cynisme. On ne peut pas vivre à l'économie parce qu'on écrit, et puis tout ce voyeurisme, c'est au fond ignoble.

Nous sommes ici entre deux exigences, et autant il ne faut pas reculer devant les moyens, autant on ne peut sacrifier la vie réelle.

F. S. – Pourtant lorsque vous citez Marguerite Yourcenar, vous semblez manifester une certaine nostalgie à l'égard d'une conception religieuse, et presque totalitaire de la littérature, la littérature qui se nourrit de la vie mais l'absorbe, au point que la vie, si l'on peut dire, n'a plus d'existence autonome?

J. O. – Je vous trouve bien réticent à l'égard de Marguerite Yourcenar, non?

F. S. – Mon agacement est très superficiel. Cette attitude du grand écrivain polissant sa statue – voyez sa biographie dans la Pléiade –, solitude d'un côté, opinions sur tout de l'autre, ses fausses grandes manières me rendent peut-être injuste. Le style est froid, lourd, provincial, la philosophie pesante, mais il y a de belles choses, *Le Coup de grâce*...

J. O. – ... Les *Nouvelles orientales*, les *Mémoires d'Hadrien*, *L'Œuvre au Noir*, *Archives du Nord* et *Souvenirs pieux*, tout de même... Revenons à votre question sur la vie et la littérature. Il est vrai qu'ayant vécu moi-même à égale distance des deux termes du dilemme, j'éprouve une certaine fascination pour ceux qui ont choisi : ceux qui ont choisi la vie resteront inconnus, et ceux qui ont choisi la littérature auront écrit les œuvres les plus grandes – Proust, par exemple, tombe malade exprès dans sa chambre capitonnée de liège. Il y a une belle phrase de Chateaubriand : « Notre espèce se divise en deux parts inégales : les hommes de la mort aimés d'elle, troupeau choisi qui renaît; les hommes de la vie et oubliés d'elle, multitude de néant qui ne renaît plus. » Et les autres, ceux qui n'auront pas choisi, je ne sais pas. Mais attention, ce n'est pas n'importe quel choix dont nous parlons : entre la littérature et l'argent, entre la littérature et les honneurs, entre la littérature et le pouvoir, je n'hésite pas une seconde. Mais entre la littérature et le bonheur, qui est quand même l'essentiel de la vie? Si on vous disait : vous allez vivre un grand amour ou écrire un chef-d'œuvre qui tuera cet amour – quel serait votre choix?

F. S. – N'êtes-vous pas marqué à l'excès par cette idée d'ascèse propre à toute une partie de la littérature du XIX⁰ siècle, commune à Flaubert, à Mallarmé... Après tout, Chateaubriand, Laclos, Saint-Simon, Racine et même Larbaud, si érudit, ont *vécu*, et pas seulement dans leurs livres?

J. O. – Et César, naturellement. Mais j'aime cette idée de la rigueur, de l'ascèse. Je l'ai trouvée chez Yourcenar dont nous parlions, mais aussi chez Caillois qui a beaucoup compté pour moi. Paulhan ne devait pas penser très différemment. Et puis chaque écrivain suit quand même sa ligne de plus grande pente. Hélène Morand disait de son mari qu'il était caractérisé par une grande inaptitude au bonheur. C'est cette inaptitude, probablement, qui a fait de Morand l'écrivain que nous connaissons. Et moi, peut-être serai-je un écrivain malgré le bonheur, ou à cause de lui, malgré un certain manque de rigueur; ou bien à cause du bonheur, je ne serai pas un écrivain, un de ceux dont on se souvient; ou bien encore n'ai-je pas été aussi heureux que je l'ai cru. Les gens heureux, vous savez, n'écrivent pas d'histoires. Il n'y a pas de littérature au paradis, on n'y écrit pas. Au fond, il y a bien des manières, on le voit, de s'arranger avec ce simple fait que « la vraie vie est absente ». Seulement, je ne suis pas sûr que ma manière ait été la bonne. L'essentiel, en tout cas, reste l'insatis-faction : rien ne peut la faire disparaître.

F. S. – Je voudrais revenir sur un point de technique. On a souvent l'impression que vos phrases ont été écrites pour être lues. Vous utilisez un « gueuloir » ?

J. O. – Je m'aperçois en vous répondant qu'en fait, avant de les écrire, je prononce mes phrases dans ma tête. Je ne m'en étais pas rendu compte avant. C'est probablement ce qui leur donne ce balancement, ce côté classique et parfois pompeux. Je ne cherche pas du tout l'effet oratoire, pourtant. Mais c'est vrai que même les phrases les plus courtes, les plus simples, ont été dites avant d'avoir été écrites.

F. S. – Avez-vous peur de ne plus pouvoir écrire? Chez beaucoup d'écrivains, on remarque un tarissement de l'inspiration romanesque, avec l'âge : voyez Mauriac, au fond son œuvre romanesque est achevée, pour l'essentiel, au moment de la guerre...

J. O. – « J'ai rendu ma copie », disait Mauriac. Oui, avoir rendu ma copie, j'ai eu très peur de cela. C'est un peu comme la peur de l'impuissance chez l'homme. J'en ai eu d'autant plus peur que j'ai cru avoir fini avant d'avoir commencé. *Au revoir et merci*, ce n'était pas seulement un adieu à la famille, aux parents, au milieu, c'était un adieu à la littérature : mes livres n'avaient eu aucun succès, alors je m'en allais. D'ailleurs, je n'avais rien à dire et j'en souffrais. Je suis moins inquiet maintenant : j'ai commencé très tard, j'ai écrit mon premier livre à trente-cinq ans, et peut-être ce retard me protège-t-il aujourd'hui.

F. S. – C'est certainement une curieuse attitude que d'aller chercher directement, par effraction en quelque sorte, auprès d'un auteur les réponses qu'il donne, qu'il veut donner par ses livres. Certes, on a l'excuse de rechercher un témoignage sur une époque, un environnement. Et dans votre cas, une excuse supplémentaire : votre immense intérêt pour vous-même. Une grande partie de votre œuvre est autobiographique. Cet intérêt a-t-il varié au cours du temps ? Est-il moins fort aujourd'hui ?

J. O. – J'ai beaucoup usé du « je ». Mais ce « je » est devenu, au fil du temps et des livres, de plus en plus fantomatique. Au début, comme je ne savais pas bien quoi dire, alors que j'étais pourtant implacablement poussé à écrire, mon « moi » hypertrophié envahissait tout. Ensuite, il s'est retiré doucement. Même dans un livre aussi inspiré par mon expérience propre qu'*Au plaisir de Dieu*, le narrateur, celui qui dit « je », est effacé, et presque inexistant... Vous vous souvenez du classement de Thibaudet, la littérature divisée en deux partis, le parti du vicomte et celui du lieutenant – c'est-à-dire celui de Chateaubriand et celui de Stendhal ? Je crois qu'on pourrait la diviser aussi en deux autres écoles, celle où le « moi » tient une place prééminente et celle où les personnages sont décrits par un absent, sont vus comme Dieu pourrait les voir : d'un côté Constant, de l'autre Balzac. Bien sûr, le charme de ces classements, c'est que la réalité, même littéraire, les fait éclater : Flaubert n'appartient ni à l'un des deux partis de Thibaudet ni à l'un des deux miens ; Stendhal, le lieutenant de Thibaudet, est à cheval sur mes deux partis... Et moi, j'ai fait un peu de chemin, dans mon classement, du premier parti au second. Pour le reste, vous savez, je suis un partisan acharné du

Contre Sainte-Beuve : la vie d'un écrivain, au fond, n'a aucune importance.

F. S. – Vous avez pourtant écrit la biographie de Chateaubriand? Et une biographie sentimentale, qui plus est...

J. O. – C'est vrai. J'ai d'abord lu ses livres. Vous savez, Chateaubriand est, avec Proust et quelques autres, un des seuls écrivains que j'aie vraiment lus, entièrement, totalement – presque entièrement, presque totalement... Et puis, je suis venu à sa vie et j'ai l'impression maintenant de le connaître aussi bien, voire mieux que moi-même, si c'est possible. J'ai oublié beaucoup de dates de ma propre vie, mais aucune de la sienne : sa semaine de Pâques 1802, sa semaine de Pâques 1829, son printemps 1817... Je les connais jour par jour, et presque heure par heure. Mais les livres comptent d'abord. Ils comptent d'ailleurs au point que les personnages créés par les écrivains peuvent tenir dans nos vies plus de place que les personnes réelles : mon amie Nane ou Madame Bovary vivent par l'imagination, Cléopâtre vit par le souvenir : la lutte est assez égale. C'est l'histoire du peintre Wang Fô que raconte Marguerite Yourcenar dans les *Nouvelles orientales* : Wang Fô peint mieux que l'empereur de Chine et le souverain en prend ombrage – les vrais despotes sont férus d'art. Et quand les gardes de l'empereur viennent chercher Wang Fô emprisonné pour le mettre à mort, il a peint dans sa cellule la mer et un bateau, et il est parti sur le bateau. C'est Balzac mourant appelant Bianchon, le médecin de *La Comédie humaine*. C'est encore Charlus, et là, la construction « en abîme » est merveilleuse, révélant que le plus grand chagrin de sa vie a été la mort de Lucien de Rubempré dans *Splendeurs et misères des courtisanes*.

F. S. – Vous n'avez jamais envisagé de faire le saut dans l'autobiographie, le journal, les Mémoires?

J. O. – C'est vrai que je me suis beaucoup occupé de moi-même. Je passe auprès des miens et auprès de mes amis pour extrêmement égoïste...

F. S. – Vous n'avez pas l'air tout à fait convaincu.

J. O. – Si, si, ce doit être vrai : vous vous rappelez le mot célèbre : j'appelle égoïste celui qui ne s'occupe pas de moi. Je suis peut-être égoïste, mais je ne me mets pas très haut. Qui s'intéresserait à mon journal?

F. S. – Je me suis souvent demandé si votre rapidité à porter des jugements sur vous-même ne venait pas du souci de précéder, pour le rendre inutile, inopérant, le jugement des autres.

J. O. – Bien sûr. Je préfère être sévère avec moi, comme cela je n'ai pas de mauvaises surprises. Mais quand même, je ne me mets pas très haut. J'ai connu des hommes vraiment remarquables, vous savez, en khâgne, à Normale ensuite, de Laplanche à Aron, de Caillois à Aragon, à Berl, à Malraux. Là, c'est vrai, je regrette de n'avoir pas noté, dans un journal, dans des carnets, certaines impressions, certaines conversations. Quant aux Mémoires, non, vraiment pas.

F. S. – « Et je descendrai hardiment, *Le Figaro-Magazine* à la main, dans l'éternité. »

J. O. – Allons, allons!...

F. S. – A propos des Mémoires : vous avez eu une vie sociale très riche. N'avez-vous jamais éprouvé, quand même, l'envie, peut-être un peu naïve, d'arracher les masques, de dire la vérité, fût-ce de manière posthume? Car enfin, les hiérarchies personnelles, politiques ou littéraires, qui sont les vôtres, vous ne pouvez pas aujourd'hui les révéler entièrement, sauf à perdre des amis, des lecteurs, à vous fâcher avec vos confrères de l'Académie...

J. O. – Cette envie m'est venue en vieillissant. Je ne sais pas si je ne céderai pas un jour à la tentation. Laissez-moi pourtant aller un peu plus loin : d'abord, la vie sociale, les honneurs, je les ai toujours pris pour ce qu'ils sont et pour rien d'autre : des « grandeurs d'établissement », comme dit Pascal. Et je n'ai jamais fait mystère que, dans mon esprit, ces grandeurs-là n'étaient pas les premières. Alors pourquoi, ce jugement général une fois porté, aller tirer les pieds de ces autres malheureux, plus ou moins talentueux, qui n'ont pas su mieux que moi, ou que vous d'ailleurs, résister aux sirènes de la vanité, je vous le demande. Et en ce qui concerne les jugements littéraires, je n'ai jamais fait mystère de mes préférences, même quand elles pouvaient déranger mon « camp » supposé : Aragon, les surréalistes... Dans ce domaine, le conformisme et l'anticonformisme me sont également étrangers.

F. S. – Et l'Académie française?

J. O. – Beaucoup de jeunes gens disent : « Je n'entrerai jamais à l'Académie. » Vers quatre-vingts ans, on les y retrouve, pour la plupart. Bien sûr, il y a aussi ceux qui le disent et s'y tiennent et ceux qui ne disent rien et n'y entrent pas. Les bons écrivains se répartissent d'ailleurs dans toutes ces catégories. Moi, j'ai adopté une attitude assez particulière. Dès mes premiers livres, et alors vraiment que personne ne pensait à moi pour un fauteuil, j'ai annoncé que j'y entrerais. Je m'étonnais même par écrit de ne pas déjà y être. C'est dire que je n'y attachais pas une importance excessive. J'en parle souvent, de l'Académie, mais ce sentiment n'a pas beaucoup changé. Je m'en suis débarrassé en y entrant. Cela valait mieux, au moins pour moi.

F. S. – Revenons au conformisme. Ne vous reprochez-vous pas, comme Cocteau, d'avoir dit trop de choses à dire et pas assez de choses à ne pas dire?

J. O. – Je vois que vous cherchez à me brouiller avec la République. Il y a un devoir de vérité, faute de quoi, à force de ne pas vivre comme on pense, on finit, n'est-ce pas? par penser comme on vit. D'abord, y a-t-il des louanges que je me serais abstenu de faire, disons, par devoir d'état, ou par esprit politique, que sais-je? L'un des exemples est celui du président de la République, dont je pense que nous reparlerons. Des blâmes? Des réserves? Là, je suis plus sévère pour moi-même. Au moment de blâmer les autres, j'ai toujours des doutes, vous savez. J'ai des amis qui ont été vichystes. Je suis très éloigné de leurs thèses et encore plus de leurs nostalgies. Mais je suis peu porté à me poser en procureur ou en justicier. Je me suis souvent demandé – je crois pourtant que je sais la réponse – où j'aurais été, si j'avais eu vingt ans en 1940. Dans le maquis, dans la milice? Du côté du « hussard bleu », ou du côté des « épées », pour prendre deux romans de Nimier qui ont cette époque pour cadre? Cela dit, s'agissant d'une période plus calme, je me reproche parfois de n'avoir pas pris position avec assez de netteté, sous Giscard, par exemple. A propos de la Pologne, à propos de son obstination à rappeler que la France est une puissance moyenne... Je ne parle d'ailleurs pas ici de littérature. Sur ce point, je voterais certainement pour Mitterrand à l'Académie, si j'en avais l'occasion. Il a un jugement, un goût littéraire, alors que ses adversaires – Giscard et Barre comme Chirac, je ne parle même pas des autres – sont le plus souvent extérieurs à la littérature, bien qu'ils s'en défendent, curieusement. Mitterrand est plus vagabond, plus authentiquement littéraire. Mais je voulais parler seulement de politique.

F. S. – Et en littérature?

J. O. – J'ai mes grands hommes, naturellement. Mais, je lis comme j'écris : pour le plaisir. Et j'en trouve un peu partout.

F. S. – Nabokov disait : il y a deux catégories de livres : les livres de chevet et les livres à jeter au panier. Ce n'est visiblement pas votre sentiment.

J. O. – Non. J'ai trouvé beaucoup de plaisir à me promener entre les deux catégories, chez Larbaud, Toulet, Dumas, Eugène Sue et même Maurice Leblanc, dans un ordre décroissant bien sûr. A lire Styron, moins pour *Le Choix de Sophie* que pour

La Proie des flammes. Et puis il y a de grands écrivains que j'aime et qui sont trop ignorés, non, pas Barrès, le meilleur de Barrès se retrouve chez Aragon, mais Péguy par exemple. Pour les blâmes, je suis incapable d'être un Fouquier-Tinville, comme Breton qui lançait au moins un anathème par semaine. Bien sûr, je hais la mode, les auteurs qu'il faut avoir lus, tout ce qui est important aujourd'hui et qui sera oublié demain. Mais la mode ne mérite pas plus que le silence. Seuls comptent ceux qu'on lit avec une sorte de tremblement, et qui pour moi s'appellent Chateaubriand, Stendhal, Proust, Aragon...

F. S. – Peut-on parler d'un « secret de l'écrivain », d'une préoccupation centrale qui oriente et définit une œuvre?

J. O. – Bergson dit que, quelle que soit la difficulté d'une œuvre philosophique, il y a un foyer incandescent, qui est *une idée*, autour de laquelle tourne toute l'œuvre. Pour Spinoza, que j'aime tant, c'est la nécessité, et si vous la comprenez vous parvenez à la liberté. Je crois qu'il en est de même pour les écrivains : un cœur incandescent... Et cela explique que les grands écrivains écrivent toujours le même livre. C'est pourquoi l'attitude de Proust, qui n'a au fond écrit qu'un seul livre, immense, est extrêmement logique et compréhensible.

L'idée de secret est un peu différente, il s'y mêle

quelque chose de honteux, de caché. Ce peut être le cas, ou c'est peut-être toujours le cas, je n'en sais rien... La dissimulation peut en outre être consciente ou inconsciente, mais cette psychanalyse de café n'apporte pas grand-chose. Proust et le temps, Rimbaud et la révolte, Mauriac et la grâce, Morand et la vitesse, Romains et l'unanimisme... Il y a peut-être quelque chose de plus intime, de plus profond, de plus secret encore derrière ces thèmes qui sont au cœur de leurs œuvres, mais ce sont ces thèmes-là qui nous intéressent le plus.

F. S. – Et pour vous, si tant est qu'on puisse le dire, c'est quoi?

J. O. – Il y a, vous l'avez remarqué, et je vous demande pardon d'en parler comme si c'était important, une rupture dans ce que j'ai écrit. Beaucoup de petits livres légers largement inspirés par ma vie, d'abord, et des livres plus lourds ensuite, où je montre plus de distance à l'égard de moi-même. Mais ce qui a compté pour moi, dès le début, et maintenant, c'est le temps.

F. S. – Ce n'est cependant pas le temps proustien, le temps des êtres, celui dont on se dit que l'auteur a dû ressentir douloureusement la fuite très tôt dans la vie...

J. O. – Non, en effet. Vous savez, j'ai eu une enfance préservée non seulement de la gêne, des

incertitudes matérielles, mais aussi de ces tour-
ments-là. Je croyais mon père et ma mère éternels
et je ne les voyais pas vieillir. Ils étaient très amis.
Ils n'avaient rien à cacher. Ils étaient fermes dans
leurs convictions. Je n'ai pas eu, à cinq ans ou à
dix ans, la révélation foudroyante du temps qui
passe et qui emporte tout. A vingt-cinq ans, je
vivais encore dans un éternel présent, avec le soleil,
l'Italie, les voyages, les femmes, le désir assez ferme
de ne rien faire du tout... Je me suis beaucoup
amusé, sans angoisse. L'inquiétude, la vraie, elle
est venue plus tard. Elle est là maintenant lorsque
je me rends compte que j'ai beaucoup traîné et
qu'il ne me reste plus beaucoup de temps. Bref, le
temps, pour moi, ce n'est pas le temps proustien.
Le mien, si je puis dire, est moins profond et moins
destructeur et moins douloureux. Je n'en ai pas
pourtant une vision idyllique, je vois bien ses
inconvénients, ses drames, ses tragédies. Ce qui me
frappe, c'est le mélange du temps historique et du
temps individuel, les contradictions que le temps
porte en lui, tout ce théâtre du temps où nous
jouons un rôle sans connaître ni les règles, ni la fin,
ni sans doute le sens de la pièce... Assieds-toi au
bord de la route, dit le proverbe, et tu verras
passer le cadavre de ton ennemi.

F. S. – Deux de vos livres l'expriment clairement : *Au plaisir de Dieu*, et *Dieu, sa vie, son
œuvre...*

J. O. – Je ne sais pas si ce sont de bons livres, mais je crois que ce sont de bons titres. C'est déjà ça.

F. S. – *Au plaisir de Dieu*, c'est un souvenir romain?

J. O. – Oui. A quelques pas d'une des plus jolies et des plus anciennes églises de Rome, San Giovanni a Porta Latina, sur l'emplacement où, selon Tertullien – je crains que ce ne soit une légende –, saint Jean l'Évangéliste sortit indemne du supplice de l'huile bouillante, s'élève un ravissant petit oratoire octogonal : San Giovanni in Oleo. Il fut remanié par Bramante, puis par Borromini, et un cardinal bourguignon, du nom de Benoît Adam, inscrivit sa devise sur le fronton du monument : *Au plaisir de Dieu*. Les quatre mots m'ont trotté pendant des années dans la tête. Et quand Saint-Fargeau a dû être vendu, j'en ai fait la devise de la famille des Plessis-Vaudreuil et le titre de mon livre.

Je me rappelle très bien un soir à Salzbourg, où se tenait une réunion de l'Unesco. J'étais allé me promener sur une des collines qui dominent la ville et je pensais avec mélancolie à Saint-Fargeau en train de nous quitter. Tout à coup, je me suis souvenu aussi de San Giovanni in Oleo et de la devise sur le fronton. La devise et le château, qui n'avaient rien à voir, ont convergé l'une vers l'autre. Le livre était fait. Il n'y avait plus qu'à l'écrire.

F. S. – Sur quels titres avez-vous rêvé?

J. O. – Sur beaucoup,... vous savez, *Le Chant du monde*, *Deux Cavaliers de l'orage*, *Le soleil se lève aussi*, et même *Autant en emporte le vent...* Ce côté direct, brutal, des titres à l'américaine. *Chaque homme dans sa nuit...* En revanche, Proust, que je place là-haut, tout au sommet, mon Dieu, quels titres!... *A l'ombre des jeunes filles en fleurs*, il faut être Proust pour se le permettre, et encore ç'aurait pu être pire : il voulait l'appeler *Les Colombes poignardées...*

F. S. – Vous avez plus d'enthousiasme. Le « je » s'efface. Vous ne vous endormez plus sur votre copie. J'imagine que vous ne reprendriez plus à votre compte la phrase de Jules Renard que vous citiez naguère : « Notre plume se promènera sur les fleurs comme une abeille écœurée... »

J. O. – Vous avez tout à fait raison. Je le disais tout à l'heure : plus jeune, je voulais écrire pour être connu, pour racheter quelque chose, mais je ne savais pas quoi écrire, je me cachais derrière le style, d'où l'ennui, l'abeille écœurée... Maintenant, je sais ce que je veux faire. La phrase de Jules Renard, je ne la remettrai pas en exergue d'un de mes livres. Autrefois, pour me rassurer, j'écrivais que l'absence de vocation peut être une source de richesse : c'est que j'avais peur et aussi que je trouvais ridicule, impossible et même haïssable d'afficher une vocation.

F. S. – Un peu comme ces étudiants qu'on retrouve au matin des grands concours et qui vous disent, comme pour exorciser l'échec : « Oh, moi je suis là pour voir, par hasard, je n'ai pas travaillé, etc. »

J. O. – Exactement. J'ai longtemps affecté avec ardeur de ne pas travailler. Et puis, je me suis découvert sur le tard une vocation d'écrivain. Ou bien j'ai fini par admettre que telle était ma vocation, par l'assumer. Malheureusement, cela n'a rien à voir avec la qualité des livres que vous pouvez écrire.

F. S. – Stendhal et Hemingway n'ont pas cessé de vous faire signe de vous taire?

J. O. – Non. Certainement pas. Lorsque j'étais plus jeune, ma sévérité était sans bornes. Le normalien vit avec les grands ancêtres. Il est dressé à l'esprit critique. Alors il lui faut une bonne dose d'inconscience pour passer outre et écrire lui-même, pour s'exposer à ses propres moqueries ou à celles, qu'il imagine volontiers, de ses camarades, à ce dédain dont quelque chose, au fond de lui, lui dit qu'il n'est pas totalement injustifié. Je me souviens de l'air de Georges Pompidou me disant

en souriant : « Ah? Parce que vous écrivez... »
C'était une sorte de « comment ose-t-il... ». Et
puis, en vieillissant... Vous savez, nous jouons à un
jeu très difficile : je ne peux pas feindre de croire
que je n'ai pas fait de progrès, je crois que j'en ai
fait; mais peut-être suis-je devenu simplement
encore plus inconscient? Je ne le regrette pas
d'ailleurs : je n'aurais pas pu vivre autrement.
Tout s'efface devant la nécessité. Bien sûr, les
grands auteurs me font toujours signe de me taire,
mais je suis moins que jamais – à tort ou à
raison – disposé à leur obéir. Je ne l'étais pas au
début, où je n'avais rien à dire... Pourquoi le
serais-je maintenant?

F. S. – Qu'est-ce qui vous a libéré de l'esprit
critique?

J. O. – Je pense que c'est ce grand appétit de
vivre et d'écrire malgré tout, à la diable, cet
appétit pas très exigeant, peut-être même vulgaire,
et qui scandalisait mes camarades de l'École,
mieux doués que moi, plus rigoureux, plus précis :
pas seulement X, Y ou Z, mais aussi Laplanche, ou
Pontalis, qui n'était pas normalien mais avec qui
j'ai préparé l'agrégation de philosophie, ou encore
Pierre Moussa par exemple, qui a quand même
fait la carrière que l'on connaît et qui est un grand
connaisseur de littérature. Et puis le désir éperdu
de publicité. Je l'ai dit déjà, ce n'est pas à cause
d'un appel sacré que je suis entré en littérature,

mais pour des raisons douteuses, et c'est ensuite
que je me suis dit : tiens puisque j'écris, mieux vaut
essayer de faire quelque chose qui ne soit pas trop
tarte.

F. S. – En fait, les personnes qui ont le plus
compté pour vous n'ont cessé de faire obstacle à
votre vocation littéraire?

J. O. – C'est vrai : mon père était franchement
hostile à la littérature. Il n'aurait été hostile ni à
l'Académie ni au *Figaro*, qui étaient pour lui deux
institutions sociales tout à fait estimables, mais la
littérature lui inspirait beaucoup de méfiance.
Après lui, beaucoup d'esprits distingués, comme
Aron, ont à peine caché le mépris que leur inspi-
raient mes premiers livres, qualifiés de bluettes.
« Quand allez-vous enfin vous y mettre sérieusement? » Aron, que j'aimais beaucoup, me croyait
fait pour diriger *Le Figaro*, parce que, disait-il, « ce
jeune homme a des convictions fermes et vagues ».
Il parlait aussi, avec une indulgence amusée, et
assez justement, de mon « ignorance encyclopédi-
que ». Mais il y a le pendant, tout de même,
l'autre côté : mes maîtres d'hypokhâgne et de
khâgne, un Boudout, un Alba, un Hyppolite, qui
m'ont consacré beaucoup de temps et pour lesquels
j'ai une reconnaissance infinie, reconnaissance qui
d'ailleurs m'a fait détester, plus tard, les événements de mai 68. Attaquer la famille, passe encore.
Mais les maîtres!... Il y a aussi mon premier

éditeur, René Julliard, qui a parié cinq fois sur moi et a perdu cinq fois. Cela dit, certains de mes critiques les plus sévères mélangeaient deux choses, l'intelligence et l'écriture : je n'étais pas, je ne suis pas très intelligent. Cela ne me disqualifiait pas nécessairement pour devenir un écrivain. Les idées, par exemple, sont très dangereuses en littérature. Et le style, la petite musique comme on dit, ce qui caractérise un écrivain puisqu'un écrivain véritable ne peut dire qu'une seule chose et d'une certaine manière, ne doit pas énormément à l'intelligence.

F. S. – Berl n'est pas un écrivain?

J. O. – En ce sens, Berl n'est probablement pas un écrivain. Trop d'intelligence peut-être, trop d'interrogations, trop de goût pour les idées. Essayiste, mémorialiste, chroniqueur, mais peut-être pas un écrivain. A-t-il seulement voulu l'être, d'ailleurs? Ça n'enlève rien à son talent. Et d'autre part, on peut être un écrivain et seulement cela, un écrivain comme je les aime, sans idées, et manquer cruellement de toute forme d'intelligence. Ce sont deux questions différentes. Mais entendons-nous sur « écrivain » : en fait, j'emploie ici ce mot au sens de romancier. Cela dit, je ne suis pas sûr que la forme romanesque jouisse toujours de la prééminence qu'elle a acquise au XIXe siècle. On peut même observer une sorte de glissement : le roman tenant aujourd'hui la place que la poésie avait au XIXe – il n'y a pas d'écrivain, en ce temps-là, qui n'ait commencé par la poésie –, et le cinéma et ses prestiges se substituant progressivement au roman.

F. S. – Vous n'aimez visiblement pas qu'on vous pose des questions, et pourtant vous en avez posé beaucoup, à Caillois, à Berl, à Aron.

J. O. – C'est tout à fait exact. Mais j'avais du scrupule à les poser. Pas vous?

F. S. – Peut-être... Ces questions que je vous pose pour en faire un livre, auriez-vous aimé les poser, avec les mêmes intentions, à quelqu'un?

J. O. – J'ai été au bord de faire moi-même ce livre que Berl a fait avec Modiano. Je n'ai pas pu, à cause du *Figaro*, je crois, et aussi de ma paresse. Berl est le premier écrivain qui m'ait pris au sérieux. Il m'a écrit pour *La Gloire de l'Empire*, et j'ai répondu par un petit mot qui disait à peu près que j'étais d'autant plus heureux de sa réaction que je n'avais écrit ce livre que pour me faire plaisir. Alors, il m'a envoyé une autre lettre de vingt pages, sur un thème dont j'ai compris plus tard qu'il était l'un de ses thèmes favoris, l'objet même de sa fameuse querelle avec Proust sur l'amour et l'amitié : la communication entre les êtres. Berl croyait que les hommes sont faits pour communiquer entre eux par l'amour et par l'amitié. Et Proust ne le croyait pas. Il croyait que les hommes sont enfermés en eux-mêmes. Querelle qui s'était terminée drôlement, Proust jetant ses pantoufles à la tête de Berl qui, dans les tranchées, quelque temps plus tard, gardait toujours sur lui la dernière lettre de Proust. Bref, vingt pages de Berl, et sur ce sujet... J'étais paralysé. C'était une lettre merveilleuse, un peu exagérée sans doute, par sa longueur au moins, mais merveilleuse. Lui répondre, à cette altitude, c'était au-dessus de mes forces. Alors je lui ai téléphoné et je suis passé le voir. Il habitait avec Mireille, rue Montpensier. Là, j'ai découvert Berl tel qu'en lui-même, vêtu d'un pyjama, allongé sur son lit, avec ses cheveux longs et gris, et fumant sans cesse de petits cigarillos – des Panter, je crois – et parlant, parlant... exactement comme dans « Océaniques », quand une voix anonyme l'interroge, qui doit être celle de Roger Grenier. Moi, j'écoutais. Au début, une impression d'éparpillement, et puis le discours s'organisait. Assez vite, à ma deuxième visite, il avait la bonté de me dire qu'il parlait avec Malraux, et qu'il parlait avec moi. En fait, bien sûr, il devait *dialoguer* avec Malraux, et moi je l'écoutais. Je m'estimais très indigne de ces conversations qui n'en étaient pas. Que me trouvait-il ? Une certaine vivacité, j'imagine, et de la passion pour ce qu'il disait... Il était aussi très isolé et très oublié à cette époque. J'aurais bien aimé qu'il entre à l'Académie. Un petit tour Quai Conti aurait compensé, même partiellement, une certaine injustice. Avec Berl, nous ne restions pas toujours chez lui, nous allions au Grand Véfour, juste à côté, place du Palais-Royal. Il y avait un couvert mis en permanence. Oliver l'entretenait là. Il parlait aussi de lui-même, de ses histoires de femmes : il avait connu sa première femme dans un bordel de la rue de l'Arcade, il l'a aussi raconté à Modiano, je crois. Un jour, elle l'a quitté pour André Breton en lui laissant, disait-il, un mot digne du vaudeville... Il n'était pas amer. Il était éblouissant.

F. S. – Que pensez-vous des deux idées favorites de Berl, la communication entre les êtres et la discontinuité des personnes?

J. O. – D'abord, je ne vois pas très bien ce que la seconde signifie. Berl voulait parler de discontinuité dans le temps et dans l'espace. Il pensait que le Berl d'aujourd'hui n'était pas le Berl d'hier, et que dans le Berl d'aujourd'hui coexistaient, sans unité aucune, l'écrivain, l'amateur de crustacés, car il adorait visiblement les huîtres, le mari de Mireille, l'ami de Malraux et de Drieu, que sais-je encore. Tout cela ne m'a jamais vraiment convaincu. Quelque divers que nous soyons, notre vie fait pourtant un tout et nous ne la confondons pas avec celle d'un autre. Je crois qu'il a eu très tôt envie de prendre sur ce point le contre-pied de Bergson, avec lequel il avait des liens familiaux et qui a beaucoup pesé sur sa jeunesse, et que cette volonté de se poser en s'opposant explique un peu cette théorie.

F. S. – Et dans la querelle entre Berl et Proust, vous prenez le parti de qui?

J. O. – Sans hésiter, le parti de Berl. Non pas parce que les idées très pessimistes de Proust sur l'amour et l'amitié – « j'appelle ici amour une torture réciproque... » – débouchent sur un univers invivable, car, après tout, l'univers pourrait être invivable, et si Proust avait raison, je ne l'en approuverais pas moins, mais je crois que Proust a tort. L'amour et l'amitié existent, bien au-delà des névroses ou des désirs des individus qui les éprouvent. Proust avait d'ailleurs là-dessus une attitude paradoxale, apparemment au moins, puisqu'il était l'ami le plus fidèle et le plus pointilleux. Mallarmé disait que l'amour est une infidélité envers soi-même : c'est parfois vrai, mais pas toujours. J'aurais plutôt tendance à penser que ce n'est pas vrai du tout. Et quand c'est vrai, je crois que cela n'épuise pas la nature de l'amour. Là-dessus, je peux tout à fait suivre Berl.

F. S. – Paul Morand disait à propos de vous notamment : je n'ai pas eu de fils, mais j'ai eu des petits-fils. Comment l'avez-vous connu?

J. O. – Je l'ai connu très tôt. Mon père n'aimait pas Morand. Ils étaient tous les deux diplomates et mon père, qui était un homme très sérieux, qui avait le culte de l'État, et n'avait pas la littérature en grande estime, tenait Morand pour un sauteur. Le monde à l'époque était sur plusieurs points beaucoup plus sévère qu'aujourd'hui : on ne pouvait pas, comme vous, avoir deux métiers en même temps et être considéré dans l'un et dans l'autre. Les banquiers qui écrivaient des romans, j'en ai connu, n'étaient pas de bons écrivains, et, en dépit de Claudel qui prenait le Quai très au sérieux, on soupçonnait toujours les diplomates écrivains de n'être pas d'excellents diplomates. Peut-être y avait-il là un peu de cette vieille méfiance à l'égard de ces gens qui, parce qu'ils ont un talent, se croient aptes à tout, comme le disait Napoléon à propos de Chateaubriand. C'est un fait, d'ailleurs, que ni Giraudoux ni Morand ne travaillaient beaucoup. Morand, comme tous les amateurs, était en outre approximatif. Mon père eut un jour, pour cette raison, un incident avec lui. C'était à Londres. A mon père qui lui demandait le numéro du télégramme arrivé la veille, Morand avait répondu : je crois que c'est le 326. Réponse de mon père : je ne vous demande pas ce que vous croyez, mais le numéro du télégramme. Ce petit épisode donne la mesure d'une incompréhension.

F. S. – Paul Cambon, à Londres, parlait d'ailleurs de Morand comme de son « attaché cubiste »...

J. O. – Oui. On imagine le haussement de sourcil. Et puis, après, il y eut plus grave : la guerre et l'attitude de Morand pendant la guerre. A partir de là, mon père, qui n'aimait pas Morand mais n'avait aucune raison de le haïr ou de le mépriser, ne lui a plus serré la main. Morand était anglophile, cosmopolite, ce pouvait être un rempart contre la bêtise criminelle de cette époque. En fait, le rempart s'est révélé très fragile. L'influence de sa femme a certainement compté. Elle était roumaine, et, selon une formule fameuse, les Roumains naissaient francophiles, divorcés et antisémites. C'était une femme redoutable, très intelligente. Cocteau la décrivait en Minerve ayant avalé sa chouette. Et puis Morand n'était peut-être pas très courageux. En 1940, au moment de l'armistice, il dirigeait la mission économique française à Londres et, alors que ses chefs voulaient qu'il restât sur place à toutes fins utiles, il est rentré en France. Était-ce pour retrouver une femme, hypothèse idéale, ou par peur des bombardements sur Londres? Je lui ai posé la question au cours d'un déjeuner chez Maurice Rheims. Il m'a répondu, avec une ombre de provocation, que c'était pour rejoindre le maréchal Pétain. Pendant l'Occupation, il publie *France la doulce*, qui est un livre franchement antisémite. Ensuite il est nommé ambassadeur de Vichy à Bucarest, puis à Berne. La IIIe République l'avait mis à la retraite avec le grade de ministre plénipotentiaire, et Vichy lui a donné des ambassades... Après la guerre, c'est l'exil en Suisse, le veto mis par de Gaulle à son entrée à l'Académie, « pour ne pas réveiller les passions », veto levé ensuite. Je connaissais par mon père la plupart de ces épisodes, mais, évidemment, je tenais Morand pour un écrivain. Pour mon père, être écrivain n'avait pas beaucoup d'importance et ne rachetait pas le reste. Bref, malgré tout, je suis allé le voir et, malgré tout ce que je savais, nous sommes devenus amis. J'ai fait le voyage de Suisse, je suis allé à Vevey. C'était une bicoque ahurissante, un faux château médiéval à la Walter Scott. Il avait des goûts étranges : son appartement de Paris, avenue Charles-Floquet, était immense et semé de meubles haute époque, de cathèdres, de trucs un peu sinistres. Sa femme trônait et lui ne parlait pas beaucoup.

F. S. – Conforme à sa légende?

J. O. – A sa légende d'homme pressé en tout cas. Souvent il partait quand les autres convives étaient encore à table. Ou bien dans un salon, au café, on se retournait, il avait disparu. Je l'ai vu passer sous une table fermée, une de ces tables de banquets qui ont la forme d'un U, pour fuir une conversation qui devait l'ennuyer. Je le revois partant d'ici, un soir après dîner, à près de soixante-quinze ans, me disant « Je pars pour Venise » et montant dans sa voiture – et il partait pour Venise. Quand sa femme est morte, après la cérémonie de crémation il est parti comme cela pour Trieste, par la route, avec l'urne contenant les cendres d'Hélène posée sur le siège à côté de lui. Il était bref, rapide. Un jour, ici même, le téléphone sonne : c'était lui. Il me dit : « Tu as envoyé ta lettre? » (Il me tutoyait et je le vouvoyais.) « Quelle lettre? » « Ta lettre à l'Académie. » Et il raccroche. Il n'aimait pas le téléphone. Il voulait parler de ma lettre de candidature. Je l'ai envoyée.

F. S. – Et comme écrivain?

J. O. – Je le mets haut. Au début, il abusait des images, mais son style était si neuf. C'était la littérature hors de la littérature : *La Nuit des Six Jours*. C'est vrai, c'était son époque, le jazz, le cinéma, l'art nègre, le sport, la vitesse, l'Europe qui s'efface, mais plus que ça aussi. *Parfaite de Saligny*, *Hécate et ses chiens*, *Venises*, *Fouquet* sont de très beaux livres.

II

Au commencement

François Sureau – Voulez-vous que nous posions le problème des origines? J'imagine que si je vous demandais : « Quand commence cette histoire? », vous ne répondriez pas par votre date de naissance.

Jean d'Ormesson – Berl, lui, répondait par sa date de naissance. Vous trouvez peut-être que je parle beaucoup de lui? La télévision, qui m'a donné récemment l'occasion de le retrouver vivant, n'a fait qu'aviver un souvenir très présent et très fort, le souvenir de l'un des hommes pour lesquels j'ai eu le plus d'affection et d'admiration. Je suis d'ailleurs toujours président de l'Association des amis de Berl, association dont le vice-président est François Mitterrand. Je n'aime pas vraiment ces regroupements, d'habitude, et les chapelles me sont étrangères, mais j'ai trouvé là le moyen de marquer très concrètement que j'avais une dette à payer. Et je suis d'autant plus soucieux de le faire, je l'ai dit déjà, que j'ai le sentiment que Berl a été victime d'une certaine injustice. Pourquoi? D'abord, ses ambiguïtés, qui étaient nombreuses, et même son ambiguïté foncière, ne permettent pas de le classer dans telle ou telle catégorie, et nos contemporains ont probablement besoin de classer pour admirer. Pensez à ses attitudes politiques par exemple : antinazi et totalement pacifiste; juif, libéral, et écrivant pour Pétain. Et puis Berl ne croyait pas à lui-même. C'est ennuyeux, quand on veut susciter des admirateurs et laisser des traces. Enfin, il ne concluait jamais dans un siècle pressé de conclure, dans un siècle d'intellectuels défini- tifs : c'était l'homme de toutes les interrogations. Tout cela peut expliquer l'oubli, cet injuste oubli. Bref, Berl répondait à votre question par sa date de naissance, et peut-être cet héritier d'une histoire millénaire y mettait-il un peu d'humour. Je rap- pelle cela pour ramener à de justes proportions les développements qui ne vont pas manquer, à partir de maintenant, sur ma chère famille d'Ormesson. Car enfin, si ancienne soit-elle, elle ne peut être comparée aux tribus d'Israël, et si connu soit aujourd'hui celui de ses rejetons qui vous parle, il ne peut pas non plus – sauf à son désavan- tage – être comparé à Emmanuel Berl.

F. S. – De même que tous les habitants de La Ferté-Milon n'ont pas écrit de pièces de théâtre, de même tous les d'Ormesson n'ont pas écrit de romans. Quelle importance, pour un écrivain, de s'appeler d'Ormesson?

J. O. – Aucune. Mais, il y a une autre question. Pourquoi un écrivain parlerait-il de lui? Sa vérité est dans ses livres, et le temps qu'il passe à se raconter est autant de temps volé à la création. Peut-être ferions-nous mieux d'écrire, vous et moi, au lieu de bavarder et de nous amuser. Je vous avoue, très sincèrement, que cette idée me tourmente. Je ne vois qu'une réponse : un écrivain parle de lui quand il en a besoin. Quand il a des raisons de penser que cette petite épreuve, psychanalyse ou confession, ne sera pas inutile. Et cela, même s'il ne dit pas toute la vérité, d'abord parce qu'il n'est pas sûr de la connaître lui-même et ensuite parce que même lorsqu'on croit la connaître, il est souvent impossible de la dire et quelquefois justifié de la cacher.

F. S. – A ceci près, précisément, que les Mémoires ou le journal peuvent se trouver justifiés par leur caractère d'œuvre d'art, de livre à part entière, ce qui est difficilement imaginable pour un dialogue.

J. O. – C'est vrai. Lorsqu'un journal, celui de Green ou celui de Gide, est une œuvre d'art, peu importe au fond qu'il ait été écrit pour être lu. Peu importe la sincérité. A l'inverse, une attitude rigoureuse devrait nous interdire de publier ce dialogue, qui a toutes les raisons de ne jamais atteindre à cette dignité.

F. S. – N'y pensons plus et revenons à votre question préliminaire sur l'écrivain qui parle de lui.

J. O. – C'était plus une réserve qu'une question, en fait. Et après cette première réserve, j'en vois une seconde. Dans ce dialogue, c'est un écrivain qui est en cause – bon ou mauvais, peu importe. Mais, inversement, les autres, pourquoi s'intéresseraient-ils à la vie d'un écrivain? On retrouve le *Contre Sainte-Beuve* dont nous avons brièvement parlé. Dans ses *Pastiches*, Proust imite Sainte-Beuve critiquant Flaubert dans son feuilleton du *Constitutionnel*. Ça donne à peu près : « M. Flaubert est un homme bien élevé. Il est le fils d'un chirurgien tout à fait considérable que nous avons bien connu, etc. » Mais on se fout bien de « M. Beyle » (était-il ou non poli avec les dames?), de « M. Flaubert » et même de « M. Proust », n'en déplaise à Céleste Albaret ou à Painter. A moins, évidemment, qu'on ne veuille décrire les liens intimes entre l'auteur, son œuvre et son époque. Mais je crois que cette description en apprend plus sur l'époque que sur l'œuvre elle-même et ne peut fonder aucune critique.

F. S. – Vous avez pourtant beaucoup parlé de votre vie.

J. O. – Je m'en suis servi. De ma vie, de ses incertitudes, j'ai fait la matière de mes premiers livres. Et pour les autres, j'ai puisé – voyez *Au plaisir de Dieu* – dans mes souvenirs. Des ancêtres et des traditions, je me suis servi également. D'une certaine manière, j'ai détourné l'héritage à des fins personnelles, et je me suis approprié tout le passé. L'art du romancier consiste à inventer avec des souvenirs. Et puis, si j'ai tant parlé de ma vie, de ce présent et de ce passé, c'était aussi, n'en doutez pas, pour m'en libérer.

F. S. – Quand donc commence cette histoire?

J. O. – Bien avant nous. Votre histoire comme la mienne. Avec nos parents, et leurs parents, et Charlemagne dont nous descendons tous. Nous avons le même sang dans les veines, et nous descendons tous de rois, de fous, de brigands et de prostituées.

F. S. – Quels sont les traits que vous croyez tenir de votre famille immédiate, paternelle et maternelle?

J. O. – Nous pourrions en parler pendant des heures et écrire cent pages là-dessus. Elles seraient peut-être lues, d'ailleurs, à cause de la couleur sociale. Il y a une couleur sociale comme il y a une couleur locale. Mais je ne sais plus quel philosophe disait qu'il ne s'agit pas de savoir pourquoi nous ressemblons à notre père ou à notre mère, mais de savoir pourquoi nous ne sommes pas leur réplique exacte. Non pas de se rappeler les choses, mais de les oublier. Nous sommes bien autre chose que le passé en nous. Quelle est cette vieille couleur, en ce qui me concerne? Elle a deux visages différents. Mon père appartenait à une famille de serviteurs de l'État. Une famille de parlementaires, au sens que l'on donnait à ce mot sous l'Ancien Régime, avec une forte propension à l'austérité, et qui servait l'État. Et qui a d'ailleurs servi tous les régimes, à l'exception de l'Empire et du régime de Vichy. Pour ce qui est de l'Empire, je n'en suis plus tout à fait sûr puisqu'on a retrouvé récemment une lettre par laquelle un d'Ormesson postule à je ne sais quel emploi auprès de Napoléon... Vous vous souvenez du mot merveilleux de Napoléon à propos de Chateaubriand – Napoléon n'était pas un tyran ordinaire, il avait une intelligence très fine, très exacte : « Je me refuse à ses services, c'est-à-dire à le servir. »

F. S. – Ces serviteurs de l'État avaient-ils des convictions politiques particulières?

J. O. – Ils étaient ce qu'on peut appeler des libéraux. Il faut débarrasser ce mot du vernis contemporain pour le comprendre : ils n'étaient pas des libéraux d'aujourd'hui. La défense et illustration du capitalisme, le « moins d'État », l'éloge

de l'entrepreneur et le panégyrique de l'enrichissement personnel, tout ça leur était parfaitement
étranger. A moi aussi, d'ailleurs. Ils étaient de
hauts fonctionnaires, méprisant l'argent et travaillant au bien commun. S'ils se disaient libéraux,
c'était par amour des libertés politiques – souvenez-vous des *libertés parlementaires* –, par horreur du
despotisme, par refus du cléricalisme, de l'ordre
moral, de toutes les prétentions autoritaires. Je
crois qu'ils auraient volontiers repris à leur compte
la formule de Tocqueville dans une lettre à un
ami, Beaumont peut-être, et qui dit à peu près :
« Je n'aime pas l'idée que nous soyons ce troupeau
abâtardi que vous nous dites, fait pour être conduit
par des bergers qui ne sont pas en général de
meilleurs animaux que nous et qui bien souvent en
sont de pires. » Et très logiquement, sur la fin,
cette lignée-là est devenue républicaine. Mon père
était ardemment républicain. Le principe monar-
chique, en particulier, lui apparaissait tout à fait
ridicule. L'idée qu'une collectivité puisse assurer
son avenir en remettant la charge à une famille
donnée lui semblait folle. Comme à moi. Les
institutions monarchiques, au sens bien entendu où
les théoriciens de la monarchie les prônent,
conviennent plus à mon avis au règne animal qu'à
celui de l'homme. Et pourtant les constructions de
Maurras sont logiques. On peut même être
convaincu quand on le lit; mais c'est une logique
fermée, irréelle. Tout cela est absurde.

F. S. – Vous connaissez cette anecdote célèbre, où sous le second Empire une Murat regrette devant Morny l'Ancien Régime, et Morny de répliquer : « Ne regrettez pas trop le XVIIIe, Madame. Vous eussiez été à la cuisine, et moi à l'écurie. »

J. O. – Les dernières années de l'Ancien Régime devaient être tout à fait insupportables, non seulement aux pauvres, mais aux gens intelligents et sensibles : le mépris des talents, la réaction nobiliaire, les injustices sociales, les abus de droit... Il y a trace de tout cela dans Chamfort. Dutourd le dit très bien dans *Les Taxis de la Marne*, à propos de l'armée : en 1788, pas un général convenable. Deux ans plus tard, on les ramasse à la pelle et ils ont vingt ans de moins. Il fallait faire sauter le couvercle. Les nostalgiques, on le sait, sont des utopistes du passé, ils se souviennent des perruques poudrées, de l'esprit des salons, du panache, de Laclos, et pas du reste. Ils ont oublié le mémoire de Saint-Simon au roi sur la misère en France. Ils rêvent...

F. S. – Au moment de la fuite de Varennes, vous reconnaissez le roi, que faites-vous? Vous le laissez fuir ou vous le ramenez à Paris?

J. O. – Michelet donne une très belle description de cette scène : les cris dans le village, la nuit, les hussards allemands de Bouillé commençant à fraterniser avec l'habitant, la reine suppliant la femme du maire et le roi déguisé en valet, la perruque de travers... Le pauvre homme, je crois qu'il m'aurait fait pitié. Je l'aurais laissé fuir. Je laisse volontiers s'en aller ceux que l'histoire abat.

F. S. – Quelles sont les figures marquantes de votre famille paternelle?

J. O. – Sous la monarchie, beaucoup se sont bien conduits. C'étaient d'honnêtes gens. Ils étaient courageux. Ils résistaient au roi – c'est-à-dire à l'État, qu'ils servaient pourtant. L'argent leur était égal. Je suis assez content d'eux. Sous la République, les d'Ormesson ont plutôt incliné à gauche.

F. S. – Et pourquoi donc vous êtes-vous séparé de cette tradition-là?

J. O. – Je n'ai jamais récusé toute une partie de cette tradition, le sens de l'État, l'amour de la liberté, la tolérance, tout le libéralisme disons classique. Pourquoi n'ai-je pas été à gauche? Pour une simple raison, qui est, à partir de 1920 environ, la complaisance de la gauche à l'égard du totalitarisme et de la pensée totalitaire. Ici je me situe résolument dans la ligne d'Aron, et c'est d'ailleurs la raison pour laquelle je supporte mal de voir des convertis de fraîche date venir, après nous avoir insultés, nous prêcher ce que nous savons depuis longtemps. Évidemment, vous qui êtes très jeune, vous avez sous les yeux le spectacle d'une gauche française, je parle de la gauche socialiste, assez largement purgée, et probablement grâce à François Mitterand, de son ancien complexe d'infériorité face au communisme. Tel n'a pas toujours été le cas. Il fut un temps où on ne cessait de trouver des excuses au communisme, russe, chinois, albanais, yougoslave, que sais-je encore. Or le totalitarisme, de droite ou de gauche, n'a pas d'excuses. Je l'ai dit, écrit, je me suis rangé à droite.

F. S. – Alors pourquoi n'êtes-vous pas à gauche *aujourd'hui*?

J. O. – Écoutez, ce n'est pas parce que la gauche a fini par penser comme la droite classique, modérée, a toujours pensé, qu'il faut se convertir! Ce serait une autre forme de lâcheté. Aron disait : on ne saura jamais combien la peur de ne pas paraître assez à gauche a fait commettre de lâchetés, et cela s'applique aussi à ce qui précède. Je ne vois vraiment aucune raison de quitter mon camp au moment où ses arguments triomphent; et ce d'autant moins que je ne suis pas sûr que la gauche dont vous parlez aura toujours raison au sein de la gauche. Mais si vous voulez me faire dire que je suis plus proche de cette gauche-là que de la droite extrême, je le dis sans l'ombre d'une hésitation. Je pense à une autre raison d'avoir été de droite et de l'être resté : j'ai horreur de la main sur le cœur et des grands sentiments. Sans le dire, la droite a fait beaucoup, depuis 1945 et surtout depuis 1958, pour l'élévation du niveau de vie et la justice sociale. Aujourd'hui, il y a des très pauvres dans notre pays, et la gauche ne s'en occupe pas beaucoup mieux que la droite parce que c'est la classe moyenne qui représente le plus grand nombre de votants, et qu'on ne va pas aller contre ses intérêts. Alors les sermons, vous comprenez... Et quant à cette prétention à la vertu qui existe à gauche, je ne sais pas si elle relève de la naïveté ou du cynisme, mais je la trouve navrante.

F. S. – Cela dit, le sentiment que donnent beaucoup de gens de droite d'être « nés pour gouverner », *born to rule*, comme on disait dans l'aristocratie anglaise au XIXᵉ siècle, n'est pas très sympathique non plus.

J. O. – C'est l'un des seuls éléments positifs de mai 1981 : avoir montré que personne n'a de droit particulier au pouvoir. Après vingt-cinq ans de pouvoir par les mêmes, nous avons payé un certain prix pour nous en souvenir – ministres communistes au gouvernement, politique économique désastreuse –, mais c'est le prix de la démocratie.

F. S. – Vous appartenez au parti de l'ordre ou à celui du mouvement?

J. O. – Lorsqu'il s'agit de la culture, de la littérature, du destin de la langue, je me range sans hésiter dans le parti du mouvement. Nous déjeunions il y a quelque temps entre gens de presse, comme on dit, et Philippe Tesson demandait, l'air soupçonneux : « Mais peut-on dire cela en français? » « Mais, cher Philippe Tesson, si vous le dites suffisamment bien, on pourra le dire. » « Oh non, vous savez, je suis très respectueux de la langue. » C'est absurde : il n'y a pas d'écrivain qui soit respectueux du langage. Même sans recourir aux exemples extrêmes, comme celui de Joyce forgeant avec une dizaine de langues mortes le vocabulaire de *Finnegans Wake*, il est sûr que tout écrivain crée son propre langage. C'est ce qui fait que le français est encore une langue vivante, et Jacques Laurent a tout à fait raison de refuser qu'on le mette en cage. L'idée, très académique, d'arrêter l'évolution de la langue, de lui interdire d'aller plus loin, n'est pas beaucoup plus intelligente que les ordonnances de Ségur dont nous parlions tout à l'heure à propos de 1789... Et quant au style, il n'est que trop clair qu'on peut en faire ce qu'on veut, à condition toutefois d'avoir au moins du talent. Prenez Corneille : « Je sais que c'est beaucoup que ce que je demande », ou Saint-Simon dans le passage délicieux où un couple lancé de l'époque est condamné à l'exil pour avoir comparé la reine de Suède à une vieille folle admise par charité aux dîners de Versailles : « Il lui demanda ce que c'était que cette Madame Panache qui était si fort prisée à la cour. » Écrivant sur Saint-Simon, Montherlant parle de « tête-à-queue », de « macaroni de qui et de que », mais il conclut très bien : « Son style, c'est un feu grégeois qui brûle en avançant. »

F. S. – Et en politique?

J. O. – Tout dépend de ce qu'on appelle l'ordre. Je me méfie du piège des mots : l'ordre sud-africain, roumain ou soviétique, je l'ai en horreur. Et même l'ordre que les pays occidentaux ont connu depuis la guerre, qui est un ordre bienfaisant, combinant les libertés politiques et la croissance économique, ne doit jamais nous conduire à oublier les défaillances et les imperfections de nos sociétés. Dépassons ce débat : ce qui compte, ce n'est pas l'ordre ou le mouvement, mais le type de société qui en résulte. L'ordre occidental me satisfait à peu près; le mouvement inauguré en octobre 1917 ne me satisfait pas – et d'ailleurs il s'est figé très vite. Ma génération, vous savez, a connu les révolutions les plus terribles des temps modernes : la révolution nazie, qui a écrasé la république de Weimar, la révolution bolchevique, qui a renversé, non pas le tsarisme mais un régime parlementaire, la révolution maoïste que Simon

75

Leys a dénoncée avec tant de brio, la révolution islamique de Khomeiny. Il en résulte chez moi une certaine méfiance à l'égard des classements traditionnels. Si je n'ai pas aimé mai 68, c'est parce que le contenu des discours de l'époque, au-delà des apparences, était un contenu totalitaire, archaïque, et d'une certaine manière réactionnaire. Aron, si je me souviens bien, ne pensait pas très différemment. Et voyez les conséquences de ce « mouvement » : la paralysie, la sclérose de l'enseignement supérieur pendant près de vingt ans.

Non, vraiment, l'ordre et le mouvement, ce sont des catégories trop vagues. Certes, les « valeurs établies » ne commandent pas automatiquement le respect, et les institutions sociales me font souvent rire, mais je ne suis pas assez fou pour sacrifier à ces idoles modernes qui ont déjà fait verser trop de sang. En outre, les critères changent avec le temps. Il y a dix ans, être attaché, comme je le suis, au mérite, au talent et au travail individuels, c'était une idée d'ordre, une idée de droite; aujourd'hui, votre ami Minc aidant, c'est presque devenu une idée du mouvement, une idée de gauche. Est-ce pour cela que plusieurs bons esprits de gauche ne se sentent pas très loin de moi?

F. S. – Ce peut être aussi parce que les solidarités sociales, les solidarités d'*establishment* prennent le pas, dans notre société consensuelle, sur les divergences de fond.

J. O. – C'est possible. Le parti de l'ordre et le parti du mouvement, lorsqu'ils existent, ne sont jamais aussi séparés que lorsque les élites ne circulent pas, pour reprendre une formule connue. Lorsqu'elles circulent, beaucoup de cloisons s'abattent, et c'est tant mieux.

F. S. – Revenons aux origines. Qu'en est-il de la famille de votre mère?

J. O. – Très différente. C'est une famille beaucoup plus conservatrice. Plutôt élégante, jolies alliances, chasses à courre, et tout le saint-frusquin. Le mariage de mon père a posé, à cet égard, quelques problèmes : il était républicain.

F. S. – Que reste-t-il aujourd'hui, pour vous, de ce passé et de ces traditions? Vous avez participé, il y a dix ans à peu près, à une émission de télévision sur la noblesse française. Dans cette même émission, on voyait Charles-Henri de Choiseul-Praslin, à l'extrême gauche à l'époque, parler de la noblesse comme d'un simple clan à l'intérieur de la bourgeoisie. Il y avait dans ce propos du réalisme, du mépris et peut-être de la nostalgie.

J. O. – La formule de Choiseul est tout à fait exacte, avec ce qu'elle peut comporter en effet de nostalgie, car toutes ces histoires n'ont plus beaucoup d'importance. Elles gardent une importance pour quelques charmants garçons que le monde moderne a laissés sur place et qui finissent par ressembler aux *Célibataires* de Montherlant, et pour le grand public auquel elles donnent à rêver. Pour le reste, la distinction entre la bourgeoisie et l'aristocratie ne se fait plus que sur des nuances proustiennes, invisibles à l'œil nu. Même chez Proust, d'ailleurs, ces nuances ne sont pas immuables, et le monde aristocratique, apparemment éternel, est très changeant : voyez cette jeune femme du *Temps retrouvé* qui croit que Forcheville est un nom supérieur à Saint-Loup, tient Legrandin pour un gentilhomme et parle de Bloch en l'appelant « Bloch-Guermantes », le Bloch qui va chez les Guermantes, tout comme Swann vingt ans avant. L'aristocratie, d'ailleurs, ce mot même me gêne. Mon père et mon grand-père ne l'employaient que rarement. Et jamais le mot d'aristocrates. Ils l'auraient trouvé indécent. Ne parlons même pas du mot noblesse qu'on ne pouvait utiliser que dans les formules du type noblesse de sentiments, noblesse de cœur... Bref, peut-être pouvons-nous feindre d'être plus éloignés de l'argent, des affaires, que les « bourgeois ». Ce sont de pauvres feintes, en réalité, puisque tout le monde sait à quoi s'en tenir. En fait, l'aristocratie, puisqu'il faut employer ce mot, est morte du monde moderne. Au point même d'être souvent insensible à sa propre poésie, comme on le voit à chaque page de la *Recherche* : c'était le grand reproche que lui adressait Proust.

F. S. – « Nous étions des juifs de Pologne et nous ne le savions pas... »

J. O. – Voilà. Bien sûr, l'aristocratie est morte d'une mort moins atroce. Mais alors même qu'elle se divertissait, qu'elle se croyait éternelle, supérieure, elle était condamnée. Tout comme beaucoup de ceux qu'elle méprisait. J'ai essayé, dans *Au plaisir de Dieu*, que vous venez de citer, de décrire ce paradoxe.

Au fond, vous savez, l'idée aristocratique, c'est une superstition, un fantasme se développant à partir d'une simple règle juridique, la transmission patrilinéaire du nom : je parle des d'Ormesson, mais je suis bien moins d'Ormesson qu'autre chose, une seule goutte de sang me rattache à cette origine-là, et tout le reste relève de l'imagination. Je crois bien plus au milieu qu'à l'hérédité, mais, en outre, l'hérédité « aristocratique » n'en est pas une, elle ramène au milieu. Cette nature est une culture. Alors je ne peux pas vraiment prendre au sérieux les impératifs qui en découlent. Votre père et votre grand-père étaient professeurs de médecine, mon père et mon grand-père étaient ambassadeurs, on nous dit : soyez dignes des professeurs de médecine et des ambassadeurs, alors qu'ils représentent le quart de ce que nous sommes, et qu'en remontant plus haut, lorsque la famille est « ancienne », l'identité se dissout.

Terrible paradoxe : plus la famille est illustre,

plus on remonte, et plus on remonte, plus les filous, les frotte-parquets et les aventuriers l'emportent sur les chirurgiens et les parlementaires. Tout cela n'est pas très sérieux. Mais notez que ces mythes, pourtant, peuvent conduire à une certaine grandeur. Ils peuvent aider à se tenir un peu droit. Ces fantasmes-là soutiennent les « chevaliers du néant » que nous sommes et j'avoue que je ne suis pas mécontent, non seulement d'avoir, mais encore, tant est grande notre lâcheté, de donner cette image de moi-même, parce qu'elle me protège de bien des tentations. Si je n'étais pas *tenu* de la sorte, je risquerais de glisser vers une sorte de clochardisation intellectuelle. Le souvenir du passé et l'image du père se conjuguent pour m'en empêcher. Eh bien, tant mieux, mais je ne veux pas en être dupe. Et, davantage, je peux souhaiter, de temps à autre, lutter contre ces références, les balayer, les détruire. C'est dans l'ordre des choses.

F. S. – Malgré vos réserves, cette question des origines sociales compte beaucoup dans ce que vous écrivez. Pourquoi?

J. O. – Cette question, qui a peu d'importance pour moi dans la vie sociale, dans la vie ordinaire, en a, en effet, dans la vie littéraire. Pourquoi? Parce que je ne peux pas, malgré tout, m'évader de ce que je suis. Je suis né à tel endroit, à telle place. Certes, j'ai essayé, d'une certaine manière, d'en sortir, bien tard, et d'une manière qui n'est sans doute pas si différente dans son essence de celle qu'emploient ceux qui veulent sortir de l'obscurité et de la pauvreté : j'ai essayé de m'en libérer par moi-même. Dans cette libération, la *description* de ce qui fut a beaucoup compté. J'ai arpenté ce passé, et c'était aussi comme un adieu. En outre, l'esthétique, ici, joue un rôle. Je ne suis pas éloigné de penser, comme Proust, que la véritable valeur de ces classes très favorisées est une valeur poétique. Non seulement à cause des châteaux, des chasses et des jolies femmes, mais parce que ces classes sont – parce qu'elles étaient, pardonnez-moi – les garantes d'une relation très particulière avec le temps, relation dont nous perdons peu à peu le sens : « Une seule princesse de Guermantes, victorieuse de la mort, le nom refermant sur celles qui sombrent de temps à autre sa toujours pareille placidité immémoriale. » Seuls les moines, bénédictins ou chartreux, se projettent encore aujourd'hui de la sorte au-delà des personnes – mais par l'effet de la charité cette fois, et non plus de la vanité.

Et puis, il y a une autre raison, très banale et qui est un aveu de faiblesse. Je me suis attaché à ce milieu parce que c'était une matière riche, inépuisable et que je connaissais. Je n'ai pas fait la guerre d'Espagne, je n'ai pas été muletier en Amazonie, ni trafiquant d'esclaves à Aden, ni pianiste dans un bordel. Je n'ai pas rencontré Lawrence à Damas, ni aucun de ces hommes anonymes et extraordinaires aux vies très romanesques et que Kessel décrit si bien. Alors, où chercher, quand, comme dit M. Teste, on a seulement pris sa part d'aventures diverses sans les aimer? Et je me suis aperçu que je n'avais pas besoin de chercher très loin. Vue sous un certain angle, cette histoire que je n'avais pas explorée par moi-même était là, tout près, dans les murs d'une très vieille maison que nous avons été contraints de quitter.

F. S. – Il y avait un autre choix. Il n'y a pas que *L'Espoir* et *Une éducation européenne* d'un côté, *Au plaisir de Dieu* de l'autre. En fait d'histoire, il y a aussi l'histoire des âmes. Green, Mauriac, Bernanos. Et, à propos du sentiment amoureux, c'est une voie que vous avez suivie une fois, avec *Un amour pour rien*. Pourquoi n'avoir pas continué? Peur de l'analyse, de l'intimisme, d'être trop français?

J. O. – Éliminons d'abord ce que je n'aurais pas *pu* faire, parce qu'il y a des profondeurs auxquelles je ne peux pas descendre. Il en est ainsi de la vie des âmes. Nous verrons peut-être qu'il y a là un sens dont je suis privé, le sens de ces tourments et de ces attitudes que scrutent les romanciers chrétiens de génie, ceux que vous avez cités, en utilisant des instruments spirituels, en se laissant guider par des intuitions qui m'échappent. Dieu ne m'a pas favorisé de ces intuitions-là. Et vous savez que Mauriac lui-même n'a cessé de se demander si cette sorte d'intrusion romanesque dans le domaine de Dieu ne comportait pas de risques graves pour l'âme du romancier. Refermons ce chapitre par une boutade : au cours d'une colle d'agrégation, j'ai tiré, comme sujet, la grâce. Et j'ai parlé de la grâce du chat.

F. S. – Vous me faites penser à Chardonne : « Et si le Dieu qui m'a créé doit me recevoir, je lui rendrai sa créature telle qu'il l'a faite, le cœur étroit et que je n'ai pu changer. »

J. O. – Ce n'est pas gai, ce que vous me dites là. Et ce programme ne m'enchante pas. Le cœur... Vous connaissez l'épitaphe que Porto-Riche avait fait graver sur sa tombe : « Il laissera un nom dans l'histoire du cœur. » J'aurais pu tenter d'approfondir les mouvements du cœur. M'attacher à un personnage et à ses sentiments, comme dans *Un amour pour rien*. Mais là encore, j'aurais été ramené à moi-même. J'aurais pu chercher du côté de la psychologie. Je me méfie beaucoup de la psychologie, classique ou moderne. A défaut du génie de Proust ou la subtilité de Benjamin Constant, la psychologie, c'est de la foutaise. On raconte n'importe quoi. Ou bien encore j'aurais pu suivre la mode de l'absurde, ou du comportement. Tout cela m'ennuyait, et, si j'en juge par les goûts actuels, aurait aussi, très rapidement, ennuyé mes lecteurs. Tout cela – et peut-être aussi l'influence de Hemingway – m'a empêché de sonder les cœurs et les reins, et j'ai préféré, assez vite, raconter des histoires. Je crains que tout le reste ne relève que de la mode, de la théorie, de la reconstitution arbitraire : je préfère raconter des histoires. Lesquelles? Risquons-le, d'un mot : les histoires qui tournent autour du temps qui passe.

F. S. – Auriez-vous écrit *Au plaisir de Dieu* au milieu du XIXe siècle, ou vous êtes-vous attaché spécialement à ce qui était en train de disparaître?

J. O. – Je crois qu'au XIXe siècle, époque des certitudes et de la stabilité, je n'aurais pas écrit *Au plaisir de Dieu*, ce livre né du sentiment d'arriver un peu tard dans ce qui est en train de finir, de la volonté de fixer, comme sur une toile, un univers qui disparaît, une société qui se dissout. Je ne sais plus qui disait que le roman est toujours l'histoire d'un individu qui monte ou d'une collectivité qui descend. J'ai choisi le second terrain, ou plutôt l'époque l'a choisi pour moi.

F. S. – Vous n'avez jamais cédé à la nostalgie réactionnaire?

J. O. – Jamais. D'abord, les « valeurs », je ne sais pas très bien ce que c'est. Michel Debré, que nous avons reçu récemment à l'Académie et que j'aime beaucoup, me disait : « Vous n'avez pas assez le sens des valeurs, ni le sens de votre valeur. » J'ai pensé à part moi : « Encore heureux... » J'ai reçu récemment la visite de jeunes gens qui prétendaient « ressusciter les valeurs » et qui pensaient sans doute que l'auteur d'*Au plaisir de Dieu* et l'éditorialiste du *Figaro-Magazine* se rangerait naturellement à leurs côtés. J'ai été frappé du malentendu, car enfin, nous venons d'en parler, *Au plaisir de Dieu* est plus un hymne à ce qui s'écroule, c'est-à-dire, en définitive, au mouvement, qu'un livre *chouan*. Et, plus profondément, j'aurais voulu leur expliquer que l'histoire n'est pas si simple. Les réactionnaires – et d'ailleurs aussi les progressistes – se fondent tous sur l'idée très naïve d'une histoire univoque, linéaire, unidimensionnelle, qu'on peut juger avec des critères simples. Rien n'est moins vrai. L'histoire est ambiguë, équivoque, pleine de retournements et de pièges. N'aurions-nous pas mieux fait de perdre la guerre de Cent Ans? Les États dérivés du royaume anglo-normand qui se serait alors établi en Europe parleraient français sur toute la surface de la terre, en Amérique, en Inde... Marx n'a-t-il pas permis au capitalisme de durer en l'obligeant à se réformer? Ne faut-il pas que tout change, comme dit le prince Salina dans *Le Guépard*, pour que tout reste pareil? Et je ne parle pas des ruses mineures de la raison : pendant la guerre, encore enfant, je haussais les épaules quand Pétain parlait à la radio, mais quelle stupeur quand j'ai appris que Berl était l'auteur de ces discours beaux et absurdes! Nous sommes dans l'histoire comme des aveugles dans un bois. Nous n'en savons jamais le sens. Et elle nous emporte sans qu'aucun retour en arrière ne soit jamais possible.

F. S. – N'y a-t-il pas du déterminisme dans votre attitude? Où est le libre arbitre?

J. O. – La seule chose sûre, c'est que nous sommes emportés par l'histoire. En vertu de quelles lois, par un mouvement de quelle nature, je n'en sais rien. Il va sans dire que je ne crois pas non plus à la fin de l'histoire, au sens que Marx lui donne : l'histoire n'est pas uniquement affaire de formes sociales, socio-économiques, pour la simple raison que le « travail » n'épuise pas la nature de l'homme, que l'homme est par nature autre chose qu'un travailleur. Je crois plutôt à ce que les théologiens appellent un « plan de Dieu ».

F. S. – C'est votre côté Bossuet laïque?

J. O. – Et sceptique. Je crois à l'histoire, mais sa signification nous échappe.

F. S. – Une question à la Renoir, celui de *La Grande Illusion* : vous sentez-vous plus proche d'un Français du même milieu que d'un écrivain de Brooklyn ou du Caire?

J. O. – Je n'hésite pas une seconde. Ullmann ou Borges me sont plus proches que tout. Sauf en politique, puisque je me souviens que Borges trouvait Pinochet un peu trop modéré. Isaac Bashevis Singer, que j'ai découvert par hasard et bien plus tard que tout le monde, m'a aussi été très proche. J'aurais bien aimé traiter le même thème qu'*Au plaisir de Dieu* à propos d'une famille de juifs de Pologne, mais cet univers-là m'était trop étranger. Pourtant, cette tradition qui est la mienne, ne croyez pas que je la dédaigne. Elle n'est pas sans beauté. Et puis c'est la mienne et je n'en ai pas d'autre. C'est ce qu'on appelle la fidélité. Il faut être fidèle même à ce qu'on n'a pas choisi.

F. S. – N'êtes-vous pas fatigué de penser simultanément une chose et son contraire?

J. O. – Je ne peux pas faire autrement. S'il faut se classer dans l'une des catégories psychiatriques, mettons : schizophrène. Cyclothymique, bien entendu, et schizophrène. J'ai connu un assez grand nombre de paranoïaques et je ne suis pas l'un des leurs. Dès le début, j'ai vécu dans deux mondes, dans le monde de la tradition et dans le monde de l'intelligence, sous les espèces surtout de l'université. Et ils ne se recoupent pas toujours. Sans qu'on puisse donner à cette situation, quand même, la forme parodique qu'affectionnent les Anglais : vous savez qu'il y a à Londres un club dont les seuls membres sont les lords et des journalistes. C'est, disent les statuts, pour apprendre aux lords à réfléchir et aux journalistes à bien se tenir à table. J'ai essayé, avec des succès variables, d'appartenir aux uns et aux autres.

F. S. – On vous prend rarement en défaut sur le second point.

J. O. – Heureux de vous l'entendre dire. On fait ce qu'on peut. Schizophrénie, donc. J'ai dû chercher mes modèles intellectuels hors de ma famille et de mon milieu. Mais je n'ai jamais pour autant haï ma famille, selon le précepte gidien, ni quitté mon milieu. Il faut bien dire que c'est commode d'avoir une double vie. Vous échappez au jugement des autres, vous n'êtes jamais sur le terrain où on vous attend. Les êtres de fuite, et Dieu sait si je l'ai été dans le passé, y trouvent de grandes satisfactions. Quand j'étais plus jeune et qu'Agnelli me qualifiait d'« intellectuel de nursery », les philosophes me prenaient pour un sauteur et les sauteurs pour un philosophe. Et moi, ni l'un ni l'autre, bien caché, je voyais la vie s'écouler avec plaisir.

III

Un écrivain français

FRANÇOIS SUREAU – Dans l'un de vos livres autobiographiques, on voit apparaître des ancêtres irlandais. De quoi s'agit-il?

JEAN D'ORMESSON – C'est entièrement inventé, bien entendu.

F. S. – Ce point étant acquis, venons-en à votre lieu de naissance, qui pose de sérieux problèmes. Vous l'avez successivement situé dans l'Orient-Express, en Argentine, et à Rumeli Hisar, près de Constantinople. Même Morand n'y retrouverait pas ses petits. Qu'en est-il exactement?

J. O. – Je suis né rue de Grenelle, dans le septième arrondissement de Paris, en face de l'ambassade d'URSS – j'allais dire comme tout le monde. Alors pourquoi ces fantasmes de voyageur? C'est encore une de mes contradictions. Il y a sans doute l'idée qu'un romancier ne doit pas avoir de biographie...

F. S. – Comme Dutourd, qui se compare au groupe Bourbaki?

J. O. – Exactement. C'est une idée que j'ai volée à Dutourd. Berl aussi disait la même chose. Pas de biographie, pas d'interviews, rien. La vie du romancier n'a pas grand intérêt, et ses idées, moins il en a, mieux ça vaut. Un romancier n'a pas d'idées, il regarde, il se promène, et pour finir il se confond avec ses livres. D'où le désir de fuir la réalité concrète. C'est le syndrome de Rumeli Hisar. Et puis Rumeli Hisar, c'est loin, c'est peut-être beau – c'est beau : j'y suis allé –, on doit y respirer les parfums de l'Orient. Il y a des jours dans la vie d'un romancier où la rue de Grenelle apparaît tout à fait ridicule. Je ne suis pas le seul, d'ailleurs, à me donner des vies imaginaires : Louis Malle, à une certaine époque, s'attribuait, dans le *Who's Who*, toute une flopée d'enfants, et cela m'impressionnait beaucoup. Et je ne dirai rien de Malraux.

Donc j'aurais bien aimé effacer toutes les traces, et que seuls restent les livres, s'ils restent, flottant dans une sorte de mystère. Le sort en a décidé autrement puisque nous voici. Mais j'aurais bien aimé tout effacer, les échecs bien sûr, mais aussi les réussites, et garder seulement les quelques livres passables que j'aurai faits.

La littérature, pour moi, échappe toujours à l'explication. Ne jamais expliquer, disait Disraeli.

Un livre est réussi, comme ça, par l'effet d'une grâce mystérieuse, et aucune explication ne tient. Une explication, c'est toujours soit une description – la simple description de la réussite – soit un abus de pensée : on peut expliquer tous les mécanismes d'un texte, rechercher ses origines, on ne peut rendre compte du génie ni même du talent. Prenez Proust et simplifions : un marxiste vous parlera des contradictions d'un bourgeois plongé dans la crise du capitalisme, un freudien des relations de l'auteur avec sa mère. Enfin, si le marxiste et le freudien sont suffisamment sommaires, bien entendu. Pourtant voilà : les bourgeois, qu'ils se contredisent ou qu'ils soient dévorés par l'œdipe, ne sont pas tous Marcel Proust. On n'explique jamais rien. On peut décrire, exposer, mettre en lumière mais pas expliquer. Et il va de soi que l'explication, qui est déjà un travail hasardeux, devient tout à fait absurde quand c'est l'auteur qui l'entreprend. *Barthes par Barthes*, c'était plus drôle que *Les Pieds Nickelés*. Notre époque croule sous la glose. La glose de la glose nous envahit. J'aimerais échapper à tout cela.

J'ai du respect en revanche pour la science et l'érudition. L'érudition m'a même fasciné et je crois qu'il en reste quelque chose dans *La Gloire de l'Empire* : cette masse de connaissances précieuses et subtiles accumulée sur nos têtes. Mais les livres sont aussi du côté de l'inspiration, du jeu, de la gratuité, d'une certaine négligence. Alors, qu'à eux au moins on ne cherche pas de pères. Ils sont là et c'est tout. Les classes sociales, la famille, les origines, les professions, Lepeletier de Saint-Fargeau, les d'Ormesson, *Le Figaro*, l'Unesco, l'Académie, à la fin, tout ce fatras me casse les pieds.

F. S. – Je vous vois prêt à devenir Émile Ajar.

J. O. – Un rêve! Rappelons l'histoire, pour ceux de nos lecteurs qui l'auraient oubliée. Romain Gary avait déjà obtenu le Goncourt en 1956 pour *Les Racines du ciel*. Vers la fin des années soixante, c'est un écrivain reconnu, il a beaucoup publié, au point de lasser certains critiques, qui disent absurdement qu'il est fini. Vous savez, c'était sa grande crainte : *Au-delà de cette limite, votre ticket n'est plus valable.* Alors il invente Émile Ajar, et il écrit sous ce nom plusieurs beaux livres, dont *La Vie devant soi*, qui obtient le Goncourt en 1975. Puis il révèle la supercherie. Il a écrit là-dessus une quinzaine de pages, *Vie et mort d'Émile Ajar*, des pages assez amères sur les critiques, sur le milieu littéraire. Ce qui me fascine dans ce dernier avatar de Gary, c'est la fuite, l'échappée : se soustraire aux origines, aux préjugés, à tous les conditionnements. Être simplement un homme et un écrivain, à nouveau, ailleurs. Notre personnalité sociale, dit Proust, est une création de la pensée des autres. Ce n'est pas toujours si facile à avaler. Ne faut-il pas, fût-ce au prix de trucages, rompre de temps en temps avec la société? Nous retrouvons Rumeli Hisar. La vraie vie s'y est réfugiée, là-bas, très loin de la rue d'Ulm, du quai Conti, du rond-point des Champs-Élysées. Rumeli Hisar est à ma vie ce que le pseudonyme est à un écrivain.

F. S. – Vous êtes né français. Est-ce important pour vous?

J. O. – Je n'ai plus qu'une ambition, celle d'être un écrivain français. J'y suis très attaché parce que j'ai mis longtemps à me découvrir cette ambition-là, et peut-être l'ai-je découverte trop tard. Plus jeune, je vous l'ai dit, je n'avais pas d'ambition du tout : je ne voulais ni faire fortune, ni gouverner les hommes, ni servir l'État, ni même écrire. Ce n'est que récemment que j'ai découvert ce pour quoi je crois que je suis fait, et que j'ai voulu devenir un écrivain.

F. S. – Un écrivain, soit, mais pourquoi un écrivain *français*?

J. O. – Mais parce que c'est une donnée, tout simplement. Je suis né là, en France, et pas ailleurs, et le français est ma langue. Dans les mots « écrivain français », je ne mets rien de nationaliste. Tout écrivain qui écrit en français mérite ce qualificatif, presque malgré soi, même s'il le récuse. Breton, qui a fait le procès public de Barrès, aurait probablement détesté qu'on lui donne le titre d'« écrivain français », et pourtant qu'était-il d'autre?

F. S. – Mais le fait même de se définir explicitement de cette manière n'est-il pas significatif?

J. O. – Le nationalisme littéraire, je le répète, m'est entièrement étranger. La Fontaine, Flaubert, Proust, qui ne se sont jamais définis comme des écrivains nationaux, ont fait plus pour la gloire de la France que Barrès ou Drumont, et autant que Péguy. Alors de quoi s'agit-il? Avant tout de payer un tribut. Le lien du langage, dit Tocqueville, est le lien le plus fort et le plus durable qui puisse unir les hommes. La langue est tout pour un écrivain, et la langue française est tout pour moi. Je dirais même que, pour moi, la langue française compte plus que la France. J'ai été élevé en Bavière, j'ai passé mon enfance à l'étranger, je suis en Italie comme chez moi, je me sens profondément européen. La langue et la littérature françaises sont ma vraie patrie, bien davantage que la France physique, que l'Hexagone. C'était, je crois, la même chose pour Morand, ou pour Saint-John Perse, ou pour Larbaud. Valery Larbaud, qui écrivait l'un des meilleurs français qui soient, détestait les passeports : rien n'est moins illogique.

Et puis, il est bien difficile de parler de son pays. Vous connaissez cette anecdote, racontée par Kipling : des officiers anglais perdus dans un poste des Indes reçoivent une mission parlementaire, et les députés leur font de beaux discours patriotiques. Les officiers restent de glace. A un parlementaire qui s'étonne, l'un d'eux explique qu'il ne faut jamais parler de ce à quoi l'on tient.

J'aime la France. Lorsque vous aimez une femme, vous ne cessez pas pour autant de trouver de la beauté à d'autres femmes, et même celles-ci vous tentent parfois. Mais cette femme est la vôtre, elle vous doit beaucoup de choses et vous lui devez encore plus de choses. Et ce pays est le vôtre.

F. S. – Vous donnez pourtant le sentiment d'aimer la France comme un étranger peut l'aimer.

J. O. – C'est possible et ce n'est pas nécessairement contradictoire. Aimer la France comme Borges l'aimait, à cause de Verlaine et de Racine et de La Fontaine... J'ajoute que je me suis toujours fait de la France une idée relativement cosmopolite, en lui accordant une certaine vocation à l'universalité – c'est le mot de Malraux : la France n'est jamais plus la France que lorsqu'elle parle pour les autres –, mais on peut aussi penser que ce n'est qu'une autre forme, plus subtile, plus insidieuse, de nationalisme.

F. S. – Y a-t-il une mission de la France?

J. O. – Vous remarquerez d'abord que cette idée de la vocation de la France a toujours été très présente chez les Français; seulement on lui donne, selon ses propres opinions, des sens très différents. Pour les uns – voyez la célébration du bicentenaire –, c'est la vocation républicaine de la France. Pour les autres, moins nombreux aujourd'hui, il est vrai, c'est comme pour Bernanos la vocation spirituelle de la France. Au fond, le Français arrange le monde aux couleurs de son pays. Il fait de la France le héraut abstrait de ses préférences personnelles. Nous sommes un peu, sous ce rapport, les Polonais de l'Europe de l'Ouest, tantôt laïques, tantôt religieux, presque toujours messianiques. Le gaullisme est, pour une large part, la traduction politique de cette tendance profonde. Il n'en reste pas moins qu'il y a beaucoup d'idéologie dans ces attitudes, c'est-à-dire beaucoup de représentations imaginaires qui ont assez peu à voir avec la réalité. Pour répondre à votre question, je dirai qu'il me semble difficile de justifier en théorie l'idée d'une mission particulière de la France. Mais cette idée, la France l'a eue dans le passé, et cette mission, elle l'a accomplie, ou elle a essayé de l'accomplir, ici et là. Alors il faut continuer. Il y va davantage de notre identité que du salut des autres peuples, que nous n'avons aucune raison d'estimer incapables de se débrouiller par eux-mêmes.

Tout en vous parlant, je repense à ces mots, un « écrivain français »... Ce sont des mots superbes, et pourtant Dieu sait si j'ai craint souvent d'être trop français : psychologisme, rationalité, une certaine forme de sécheresse. Ne pouvoir atteindre à cette force, à cette exubérance qu'on trouve dans certaines grandes littératures romanesques, soit russe, soit américaine. Je pense, en Amérique du Sud, à Carpentier, à Amado. Même en Europe, combien d'auteurs plus profonds et plus sauvages que les nôtres, plus accordés aux rythmes de la nature. Un Yachar Kemal, un Kazantzakis... Nous sommes le peuple des jardins, comme le disait Péguy.

F. S. – Vous n'aimez pas les forêts?

J. O. – Si, bien sûr. Il y avait à Saint-Fargeau une immense forêt de chênes. C'était très beau. Mais je ne pourrais pas vivre en forêt, à la manière d'Ernst Jünger quand il recommande le « recours aux forêts ». Pour moi, les paysages sont avant tout le décor des passions. Cela aussi est très français, j'imagine. Voyez Stendhal : il ne donne pas à voir la campagne italienne, il plante un arbre, une maison, et tout le reste se passe entre les êtres. D'ailleurs, on le sait, il n'y a jamais eu de chartreuse à Parme.

F. S. – Quels sont ces auteurs étrangers qui vous rappellent que vous êtes français?

J. O. – Ils sont nombreux. D'abord les Américains de toutes origines que nous avons déjà cités, Isaac Bashevis Singer, Styron, pour ne rien dire évidemment du grand Hemingway, de l'immense

Faulkner. Et, plus au sud, Garcia Marquez, Macedonio Fernandez, et Borges le plus important de tous.

Nous parlons parfois, tous les deux, des écrivains que j'ai connus, et très souvent j'ai l'air, je crois que vous l'avez remarqué, de ne pas bien me souvenir de leurs paroles, de leurs attitudes, bref d'être resté en dehors de ce qu'ils étaient. Il y a, c'est sûr, l'effet du temps. Mais c'est vrai aussi que je suis en général resté au-dehors. J'avais très peur, j'étais pétrifié. J'écoutais des paroles brillantes et incompréhensibles. Je me disais que décidément ces gens-là me dépassaient de cent coudées et vivaient dans un univers qui ne serait jamais le mien. J'ai eu cette impression avec Berl, avec Malraux, avec Aragon, même avec Marguerite Yourcenar. La conversation de Marguerite Yourcenar était tout à fait étrange, au moins sur le plan musical, puisqu'elle se servait d'une voix aux inflexions terriblement gratin pour évoquer les mondes inconnus, alors que d'habitude ces voix-là, on les entend plus souvent scander le Bottin mondain que l'Apocalypse de saint Jean, à supposer que ces deux livres soient aussi loin l'un de l'autre qu'on le croit. Le résultat était curieux, à cause du contraste, comme le serait un académicien en uniforme chantant des chansons à boire. J'étais saisi. Morand, en revanche, c'était plus simple : il ne parlait presque pas. Donc, en règle générale, je me suis cantonné au rôle de spectateur attentif, privé de cette familiarité qui me permettrait aujourd'hui de dire sur ces personnes illustres des choses instructives, et peut-être profondes.

Il y a eu, quand même, des exceptions. Et l'une de ces exceptions, c'est Macedonio Fernandez dont nous venons de parler. Nous nous sommes très peu vus, vus vraiment : une fois ou deux fois seulement, en tout cas depuis que j'ai commencé à écrire. Mais je me suis senti très vite fasciné par lui, parce qu'il était si loin, si différent, et il a eu sur moi une très grande influence. Indirecte, par ses livres, la superbe *Apologie de Joaquin Alcocer*, les *Chroniques de Sagua-la-Grande*, et les nouvelles de la fin de sa vie, qui font de lui le Maugham de l'Amérique latine, un Maugham plus baroque et plus noir, *Le Temps passé*, et bien sûr, son grand roman, *Les Inconnus*. Et puis, il a eu sur moi une influence directe, par nos rares conversations. Fernandez était à la fois rigoureux et brutal, sélectif et inspiré, comme un Paulhan qui aurait fréquenté Léon Bloy. Une démarche de création très construite et dont il n'admettait pas très bien que les autres ne la partagent pas : il y voyait de l'infantilisme ou de la faiblesse. Et toute son imagination baroque, il la mettait au service d'une sorte de fabuleux programme littéraire : rendre visible, presque palpable, l'ordre de Dieu, l'ordre de la création, en dévoilant les plans cachés, en séparant l'espace du temps, en multipliant les vies parallèles. Un univers superbe, totalement étranger à la psychologie.

On croit souvent qu'un écrivain, placé dans le monde, n'a le choix qu'entre deux attitudes : s'en satisfaire ou y ajouter. S'en satisfaire, c'était Caillois, qui détestait toute prolifération, préférait les minéraux aux végétaux, trouvait insupportable de compliquer encore, par les enfants, par les romans, par les miroirs, par la végétation, l'univers foisonnant et incompréhensible que nous avons reçu en partage. Y ajouter, c'est Balzac, évidemment. Fernandez, lui, avait choisi une autre voie. L'univers, il ne voulait pas l'enrichir et n'acceptait pas de s'en satisfaire. Il voulait le donner à voir. Le dévoiler. C'est ce qui, très certainement, le rapproche de Joyce.

F. S. – Il ressemblait à quoi?

J. O. – Très curieux. Un petit homme râblé, avec des cheveux roux et des yeux presque violets, ce qui n'est quand même pas banal pour un Uruguayen. Il le savait et, même très vieux, jouait de cette apparence. Il a eu une vie très étonnante, moitié Kessel moitié Borges. Au début, correspondant de guerre dans le conflit du Gran Chaco, pour un grand journal de Montevideo, où il habitait. C'est là qu'il a contracté la passion de l'histoire en train de se faire et le dégoût des vies intérieures. Puis retiré à la campagne, au milieu d'une théorie de femmes très belles, dont quelques-unes étaient ses filles. Une fin à la Thoreau ou à la Whitman. Il m'a écrit après *La Gloire de l'Empire*. Il avait connu mon père ambassadeur au Brésil. Nous nous sommes vus à Paris, il était déjà très vieux et il est mort peu après. J'ai beaucoup parlé de lui avec Borges, qui le tenait aussi pour un écrivain très important. Les auteurs qui ne se satisfont pas de leur clocher et organisent leur création sur plusieurs continents et plusieurs dizaines d'années lui doivent beaucoup. Prenez Erik Orsenna, par exemple : l'influence de Fernandez est tout à fait visible dans *L'Exposition coloniale*.

Fernandez et moi nous nous sommes liés d'amitié trop tard. Mais même cette amitié n'a pas suffi à me faire basculer hors de mon pré carré. Elle m'a certainement donné, en revanche, la nostalgie de ce que je ne suis pas. Il n'y a rien d'exotique en moi et parfois je le regrette, mais c'est ainsi. Je reste attaché à mon pays comme à la famille ou à la religion, sans y croire absolument, c'est-à-dire sans que cet attachement soit tout pour moi. Le choix et l'acceptation indissolublement mêlés, la nécessité et la liberté. Et de même que je n'aurais probablement pas écrit *Au plaisir de Dieu* à l'époque de l'ordre social triomphant, de même ne revendiquerai-je peut-être pas de la même manière cette qualité d'écrivain français si j'avais toujours connu une France rayonnante, puissante et respectée. Les gens de ma génération sont un peu ces « enfants humiliés » dont parle Bernanos. Ils ont assisté à l'effondrement de la France. C'est difficile à oublier.

F. S. – Les malheurs passés de la France sont incontestables; mais croyez-vous pour autant à la décadence? Vous avez annoncé quelque part « le temps des pantoufles, d'un immense reflux de l'ambition ». Que voulez-vous dire?

J. O. – C'est une question très difficile. Prenons d'abord le très court terme : qui vise la phrase dont vous parlez? Là, je n'ai guère de doutes : de Gaulle, c'était tout de même autre chose que Giscard, Pompidou, Mitterrand, Barre ou Chirac. La « tontonlâtrie » est une évidente imposture. Mitterrand n'a pas été l'adversaire de De Gaulle, parce que de Gaulle n'avait tout simplement pas d'adversaire à sa taille. Mitterrand lui a mordillé les chevilles, rien de plus. L'histoire de l'après-guerre, pour nous Français, est dominée par de Gaulle et par lui seul, et Mitterrand est plus loin de lui qu'il n'est proche de tous les autres. Nous n'en parlons d'ailleurs que parce qu'il est président et que les Français, qui sont restés un peu monarchistes, ne détestent pas de voir la République s'incarner dans un seul homme; mais, franchement, et sans doute en reparlerons-nous, je crois que François Mitterrand – sauf peut-être s'il réussit à faire l'Europe, mais y réussira-t-il? – sera plus vite oublié qu'il ne le pense. Il n'est pas notre de Gaulle. Il suit l'histoire, quelquefois avec talent. Il ne la fait pas.

Au-delà de ce petit débat, il y en a un autre, bien plus important. Il n'est pas douteux que l'époque gaullienne a été celle de l'ambition. Mais quelle ambition? L'ambition du Général pour la

France ou l'ambition de la France elle-même ? Vous connaissez le mot célèbre de Malraux, qui décrit le Général portant la France à bout de bras pour faire croire qu'elle est vivante alors qu'elle est morte. Peut-être la France s'est-elle simplement donnée à cet homme dont le verbe magique la dispensait d'efforts qu'elle n'était plus en état de consentir. Mais quelle peut bien être, dans ces conditions, la postérité du gaullisme ? Un pays qui ne serait sauvé que par un seul homme, dit Constant, ne serait pas sauvé pour longtemps, et de plus, ne mériterait pas d'être sauvé : je suis souvent tenté de partager cette réflexion pessimiste. Elle ne change rien, d'ailleurs, à la reconnaissance que nous devons à de Gaulle pour avoir empêché la France de sombrer, peut-être définitivement, en tant qu'État souverain, vraiment souverain, ni à l'importance de son œuvre concrète, institutions, défense nucléaire, réconciliation franco-allemande. Et cette conviction que l'importance d'un pays ne se mesure pas à l'aune de la seule puissance matérielle, conviction dont il est clair qu'elle a inspiré toute sa politique étrangère, je vois vraiment mal comment, nous autres écrivains, nous pourrions ne pas l'approuver.

Reste que la décadence est un bien grand mot, un mot trop lourd. Un mot de droite, chargé de fantasmes et de nostalgies. Les rêves, il en faut sans doute pour susciter l'énergie des peuples, mais les nostalgies je les crois tout à fait vaines. Il est certain que la France ne tient plus la place qu'elle a tenue dans la période qui va de Louis XIV à 1919, mais rien ne permet d'en tirer des conclusions définitives. Bien sûr, on incrimine le narcissisme contemporain, l'absence de grands desseins, la civilisation consensuelle et même le déclin de la littérature. Mais toutes les époques ont ainsi parlé d'elles-mêmes. On peut aussi dire, à l'inverse, que ce n'est pas si mal pour un pays de tenir le haut du pavé, l'un des premiers rangs mondiaux dans à peu près tous les domaines, depuis si longtemps. Que la France soit moins exceptionnelle désormais, pour reprendre le titre de Furet, je ne le conteste guère; mais il serait quand même navrant que nous passions sans transition de l'autocélébration au dénigrement, de la vanité au désespoir. Je ne crois pas beaucoup aux « caractères nationaux », mais des esprits chagrins pourraient trouver dans ce moment particulier de la cyclothymie nationale une preuve supplémentaire de la légèreté française.

F. S. – Vous devriez donc logiquement être assez réservé sur l'idée d'une Europe venant se substituer aux nations dépassées?

J. O. – Je crois que c'est ce débat qui est dépassé. D'un côté, ceux qui veulent créer des institutions supranationales et, comme on dit, « faire l'Europe », et de l'autre, ceux qui, comme Michel Debré, se refusent absolument à tout transfert de souveraineté. En fait, plus personne aujourd'hui ne trouve contradictoire d'être à la fois français et européen et, à l'inverse, personne n'imagine sérieusement que l'élection d'un « président des États-Unis d'Europe » puisse changer quoi que ce soit au destin des Européens. Ce destin dépend bien plus de facteurs traditionnels, évolution de l'Union soviétique, situation des pays de l'Est, dialogue entre les Allemagnes, que de progrès institutionnels, et, dans le pire des cas, bureaucratiques. On parle beaucoup en ce moment du « grand marché » et de l'« échéance de 1992 ». C'est la tarte à la crème de la politique française. Mais ne soyons donc pas plus marxistes que les marxistes eux-mêmes : le marché unique, c'est probablement très bien – je m'y connais peu en économie –, mais le marché unique ne signifie pas nécessairement, et ne demande pas d'ailleurs non plus, l'État unique. Je ne crois pas au déterminisme économique, à ce déterminisme que les libéraux extrêmes et les marxistes ont curieusement en commun. Je ne vois pas bien, de plus, ce qu'un tel État, à le supposer possible, apporterait. La défense unique est probablement une utopie, et pour le reste une coopération suffisamment étroite entre les États me paraît suffire. Vous voyez, j'en reviens toujours à de Gaulle : l'Europe des patries. J'ajoute que seule cette conception, à mon sens, devrait nous permettre de tirer profit des évolutions qui se dessinent à l'Est. La plupart des dissidences est-européennes, en effet, sont fondées sur une certaine forme de nationalisme. Comment l'Europe, dans ce contexte, maintiendrait-elle et développerait-elle son influence si elle reniait précisément les patries qui la composent et offrait à ses plus proches voisins un visage, disons pour simplifier, américain? Elle est là, la vraie question européenne : que va-t-il se passer à l'Est et comment devons-nous accompagner les mouvements qui s'y dessinent? C'est la carte de l'Europe politique du XIXᵉ qui est en train de réapparaître sous nos yeux. Cela me paraît plus important que les élections ou les directives.

F. S. – Pourriez-vous vivre ailleurs qu'en France?

J. O. – Tout à fait bien. Mais en Europe seulement. Je n'aimerais pas vivre en Amérique, en Afrique ou en Asie. L'Italie, c'est évident, m'irait tout à fait bien. Je suis chez moi en Italie.

F. S. – Ce ne sont pas des amours compromettantes; elles ne remettent rien en question. Vous vous souvenez de ce que disait la concierge de Larbaud, quand il lui donnait une adresse à Londres : « Monsieur part à la campagne? » L'Italie, pour un Français, c'est un peu la campagne. Ce n'est pas vraiment l'expatriation.

J. O. – Alors va pour la campagne. Vous parliez de l'Amérique : j'ai eu, comme tout le monde, un grand intérêt pour les États-Unis. Les découvertes de cet ordre relativisent ce que nous sommes, c'est entendu. Mais vous savez, ma génération, contrairement à la vôtre, a eu d'autres occasions de mesurer la fragilité, la finitude européennes : alors qu'on nous laisse jouir tranquilles de cette civilisation qui est la nôtre et dont nous avons pu, un moment, craindre qu'elle ne disparaisse. J'ai envie d'épuiser l'Europe, de l'épuiser comme je voudrais épuiser ces traditions dont nous parlions tout à l'heure et qui sont également menacées. C'est peut-être la fin de l'Europe, mais alors je veux savourer chaque minute de cette fin-là.

F. S. – Cela ne vous empêche pas de voyager?

J. O. – Bien moins qu'avant. J'ai beaucoup voyagé autrefois, en Europe et hors d'Europe. J'ai voyagé comme j'ai aimé et comme j'ai dormi, poussé par l'esprit de fuite : je voulais sortir du monde. Et j'ai voyagé aussi pour me débarrasser de tous ces lieux qu'il me fallait voir. Ce fut ma manière à moi d'en finir avec le conformisme : Abou Simbel, Épidaure, Udaipur, *Le Figaro* et l'Académie française, vu, je coche. Il me fallait m'en débarrasser. Tout ce qui est atteint est détruit, et c'est très bien ainsi.

A présent, je suis plus sensible aux objections au voyage. Montherlant y voit un signe sûr de médiocrité, à preuve selon lui que les jeunes filles déclarent toutes qu'elles adorent voyager. M. de Saci dit que voyager c'est seulement voir le diable habillé de toutes sortes de façons, à l'allemande, à l'italienne, à l'espagnole. Et Céline parle du voyage comme d'un « petit vertige pour couillons ». Couillon, je devais l'être, puisque la tête m'a beaucoup tourné. Je ne dédaigne pas de le redevenir, de temps à autre, mais avec plus de mesure. Et je reviens aux mêmes endroits, au bassin méditerranée, que j'aime à la folie.

Si l'on en croit les spécialistes de la tectonique des plaques, dans vingt millions d'années la Méditerranée aura disparu. Le monde sera bien triste alors. Il sera temps de plier bagage.

F. S. – Vous avez eu une enfance allemande. Pouvez-vous nous en parler?

J. O. – Peu après ma naissance, mon père a été nommé ministre de France à Munich. Il y avait à l'époque une légation de France en Bavière, parce que c'était la politique française, à ce moment-là, de multiplier les contacts avec les différentes unités allemandes pour les amener à conserver leur autonomie. L'esprit des traités de Westphalie inspirait évidemment tout cela, qui était assez absurde et en tout cas n'a eu aucun effet. Nous sommes restés huit ans en Allemagne, jusqu'à l'avènement du nazisme. J'ai parlé allemand avant de parler français, et j'ai conservé un certain temps l'accent allemand, jusque vers l'âge de douze ans.

Cette enfance allemande se confond entièrement, dans mes souvenirs, avec la montée du nazisme. Quand nous sommes arrivés à Munich, Hitler était en prison, il venait de rater le « putsch de la Brasserie ». En prison, Rudolf Hess, son secrétaire, écrivait *Mein Kampf* sous sa dictée. Tous ces gens étaient des agitateurs provinciaux et faméliques, protégés par le général Ludendorff et à l'avenir desquels personne ne croyait vraiment. Quand nous sommes partis, en 1933, Adolf Hitler était chancelier du Reich. Depuis, je me méfie toujours, par principe, de ces raisonnements qui semblent fondés sur l'évidence : un tel ne peut prendre le pouvoir, pas ici, pas dans ce pays, c'est tout à fait impossible. Tout est toujours possible. Dans mon enfance, un peintre raté d'origine autrichienne, confus et magnétique, entouré de malfrats, de théoriciens absurdes et d'obsédés sexuels, s'est emparé de l'une des plus brillantes, des plus profondes civilisations d'Europe; puis il a conduit l'Europe à sa perte après avoir laissé sur son histoire la tache ineffaçable du génocide. Il en faut moins pour rendre un homme prudent.

Bien sûr, je me rendais mal compte de ce qui se passait. J'étais petit. Mais mon père veillait. Un jour, de notre balcon donnant sur l'Isar, je vois des soldats défiler, et j'applaudis. Alors mon père me donne une claque formidable, la seule qu'il m'ait jamais donnée. C'étaient des nazis qui défilaient.

Pourtant, voyez-vous, si la patrie est l'endroit où on a passé son enfance, où on a été élevé, alors l'Allemagne est un peu ma patrie, et plus précisément la Bavière. J'éprouve toujours une grande émotion à revoir les lacs bavarois, les Alpes bavaroises, tous ces paysages autour de Berchtesgaden – hélas! – et qui sont les premiers paysages que j'ai aimés.

F. S. – Conservez-vous maintenant, à cause du nazisme, une méfiance spécifique à l'égard de l'Allemagne?

J. O. – Aucune.

F. S. – Je reviens à ce que vous disiez à propos de la prise du pouvoir par Hitler. Les deux manières de l'envisager ont été très bien décrites par Thomas Mann. Soit l'on dit : cela ne pouvait se passer qu'en Allemagne; soit l'on dit : cela pouvait se passer n'importe où, et c'est seulement plus atroce d'être advenu en Allemagne, parce que l'Allemagne est l'un des foyers de la civilisation européenne, une terre de culture, de raison, de tradition. Où vous situez-vous dans ce débat?

J. O. – Je me range dans le second camp. Que le nazisme soit apparu précisément en Allemagne correspond pour moi à l'une des ruses les plus cruelles de l'histoire. Je crois que le nazisme aurait pu apparaître n'importe où. Le caractère allemand, si tant est qu'on puisse le définir, a sans doute donné à ce totalitarisme-là des formes particulières. Mais ce que le nazisme et son cortège d'horreurs mettent en question, bien plus que l'Allemagne, c'est la nature humaine. Ce n'est d'ailleurs pas plus réjouissant.

La persécution des juifs par les Allemands se fondait sur l'idée d'une culpabilité collective : le peuple juif péchait collectivement contre l'âme allemande, l'histoire, le génie allemand, il fallait donc le supprimer. Il nous faut prendre garde à ne pas appliquer aux Allemands le même ostracisme global, indifférencié. Certes, on voit bien la différence : les crimes dont les nazis accusaient les juifs étaient entièrement imaginaires, alors que les crimes du nazisme sont bien réels. Quand même, nous devrions nous refuser à ces mises en accusation nationales, trop commodes. Les coupables individuels doivent être recherchés et punis. Et, au-delà, gardons en mémoire que tout est toujours possible et peut arriver n'importe où. Et même en France.

F. S. – Quand même, nombreux sont ceux qui soutiennent que le millénarisme, le communautarisme allemands offraient au nazisme un terreau idéal pour se développer...

J. O. – Mais certainement; et que Nietzsche, si on le lit rétroactivement en quelque sorte, et au premier degré, est tout à fait équivoque; et que Hegel aurait peut-être aimé Hitler comme il a aimé Napoléon; et que Heidegger a prêté à l'une des plus grandes entreprises de subversion de l'esprit le concours, même temporaire, de sa pensée; et que l'impérialisme allemand, le germanisme ont été depuis plus d'un siècle des phénomènes très réels. Comprenons-nous bien : je n'essaie pas d'expliquer que le nazisme n'a pas eu lieu en Allemagne, je soutiens qu'il aurait pu, et pourrait peut-être encore, survenir ailleurs. On cite les ancêtres intellectuels allemands du génocide, mais on peut aussi citer les ancêtres intellectuels français de la rafle du Vélodrome d'Hiver, Barrès, Drumont et même Maurras. Drumont était tout à fait ignoble, vous savez, un Rosenberg français, populiste et vulgaire, et pourtant Bernanos lui a tressé des couronnes. Et souvenez-vous des pages écœurantes de Barrès sur la dégradation du capitaine Dreyfus dans la cour de l'École militaire... Là aussi, il y avait, comme vous dites, un « terreau ».

Donc il y avait toutes ces tendances. Puis il y a eu la défaite de 1918, avec les conditions très particulières de cette défaite, et puis la crise économique, le bouleversement des structures de la société allemande, le chômage. Le nazisme a germé. Mais ce n'est pas la même chose de recenser ses origines historiques et d'en faire un phénomène exclusivement allemand, dans son essence tout au moins. Il y a là un pas que je ne vois aucune raison de franchir.

Vous savez que Vladimir Jankélévitch, après la guerre, a rompu toute relation, même intellectuelle, avec l'Allemagne. Il ne lisait plus un philosophe allemand, n'écoutait plus un musicien allemand. Je respecte cette attitude, mais je ne la partage pas. Ce serait un comble si, non content d'avoir ravagé l'Europe, Hitler venait encore, par-delà le tombeau, nous priver de Goethe, de Höl-derlin ou de Bach. Quant à se refuser à Kant et Hegel pour exalter Boutroux, Lachelier, Ravais-son, Maine de Biran ou même Bergson, et ce à cause de Hitler, nous sommes tout de même là très près du loufoque. Bref, céder à cette tentation, ce serait donner à Hitler sa plus grande victoire, une victoire posthume : condamner, à cause de lui, l'humanité et la raison.

F. S. – On a fait récemment beaucoup de bruit autour de l'« affaire Heidegger ». Qu'en pensez-vous et quelle est votre conception de la responsa-bilité politique de l'intellectuel?

J. O. – Je regrette d'abord que le caractère de Heidegger n'ait pas été à la hauteur de sa pensée. C'est une évidence qu'on ne rappelle pas assez souvent. Je le regrette parce que je crois que la pensée de Heidegger est l'une des plus riches et des plus fécondes de notre temps. Peut-être ai-je un peu tendance, pour cette raison, à incriminer l'homme, sa lâcheté, sa faiblesse, pour préserver sa pensée. Là, ma conviction est double. Que Heideg-ger ait adhéré au parti nazi ne suffit pas à priver sa philosophie d'intérêt; et que sa philosophie puisse comporter des éléments équivoques ne suffit pas à la discréditer tout entière. Les êtres de raison que nous sommes ont toujours la possibilité de distinguer par eux-mêmes le bien du mal et le vrai du faux. Je me méfie beaucoup des procès en sorcellerie.

F. S. – Sur le plan non plus intellectuel mais politique, auriez-vous approuvé qu'on le fusillât, comme Brasillach?

J. O. – Si j'en avais eu la possibilité, j'aurais signé pour demander au général de Gaulle la grâce de Brasillach. Mais j'ai très bien compris qu'on le fusille. C'était comme un hommage rendu à ses convictions. Cela dit, les convictions en question avaient pris des formes extrêmes, trahison, crime contre l'humanité, qui justifiaient effectivement la peine de mort. Je ne crois pas que Heidegger soit allé jusque-là. Aurait-il dû être sanctionné? Peut-être, mais cette question n'est guère de ma compétence.

Brasillach... C'était un véritable écrivain. Sa mort nous a certainement privés de quelques bons livres. Encore que je me sois souvent interrogé pour savoir s'il n'avait pas atteint, dès avant la guerre, la plénitude de ses possibilités. Ce que je dis est peut-être injuste. Il est toujours très imprudent de se demander ce qu'aurait pu donner, plus tard, un écrivain mort jeune. On peut se poser la même question devant un autre écrivain, mort très tôt lui aussi, et qui était Roger Nimier. *Le Hussard bleu* annonce quelque chose. *Les Sept Couleurs,*

Comme le temps passe, Notre avant-guerre, que j'ai beaucoup aimé, c'est déjà une œuvre, presque achevée. Qu'aurait été la suite? Comment le savoir? On a fusillé Brasillach. Il faut fusiller les écrivains. Ainsi peuvent-ils encore se croire importants, et peut-être même le devenir, en faisant figure de symboles. Pour ma part, je ne détesterais pas qu'on me fusille, tout en sachant très bien que je ne ferai jamais rien qui puisse me valoir ce redoutable honneur.

C'est la multiplicité des rôles qui donne à l'histoire sa beauté romanesque. Pour Brasillach, chacun joue son rôle à la perfection. Brasillach a écrit des choses merveilleuses, puis des choses abominables, il se voit jugé et ne s'étonne pas de la mort. Les écrivains, emmenés par Mauriac, demandent sa grâce, et c'est normal. Le général de Gaulle fait à Brasillach ce compliment terrible de le prendre au sérieux – comme pour Bastien-Thiry quelques années plus tard – et refuse la grâce. Brasillach est fusillé. Tout est bien. Je me demande si lui-même, au fond, aurait souhaité autre chose.

F. S. – Vous souvenez-vous de la condition des juifs d'Allemagne à cette époque?

J. O. – Je me souviens de conversations, le soir, à dîner. Il y était question des juifs que mon père recueillait à la légation pour les faire partir vers la France. Je ne comprenais pas bien. Je ne savais d'ailleurs pas ce que c'était qu'un « juif ». Il n'y avait aucune trace d'antisémitisme dans ma famille, et même, au contraire, plutôt un préjugé favorable. Je dois dire que je ne sais pas plus, aujourd'hui, ce que c'est qu'un juif. Le propos de Sartre – le juif est une création de l'antisé-mite – m'a toujours semblé assez convaincant. Il explique d'ailleurs très bien, comme à rebours, la formule classique des antisémites : « J'ai beaucoup d'amis juifs. » Aron n'était pas très éloigné de cette position, disons sceptique. Beaucoup de juifs le lui ont d'ailleurs reproché. Mais ils lui reprochaient cette position précisément parce qu'il était juif, se considérant comme tel parce qu'il se sentait dési-gné comme tel. Pour un non-juif au contraire, la position sartrienne me semble à bien des égards la plus ouverte, la plus raisonnable.

Plus tard, devenu grand, j'ai vu le désespoir de mon père quand ces juifs allemands qu'il avait fait partir pour la France étaient rattrapés par les nazis. Je me souviendrai toute ma vie de ce désespoir. C'est là que j'ai compris que l'histoire est tragique. Que l'on peut être rattrapé, et détruit, par l'histoire. Mon père n'avait pas, en général, de sentiments violents. C'était un homme mesuré et qui avait construit sa vie sur des valeurs classiques, qui étaient profondément intégrées à sa personnalité. Pour cette raison, la révolte comme la réaction lui étaient totalement étrangères. Si je l'ai vu pourtant éprouver des sentiments violents, ce fut bien à propos de la persécution des juifs. Il haïssait l'antisémitisme. De 1933 à la guerre, son inquiétude et sa tristesse n'ont fait que croître.

F. S. – Il n'a pas rejoint la Résistance?

J. O. – D'abord, il était déjà âgé. Ensuite, toute forme de conspiration paramilitaire lui était fondamentalement étrangère. Enfin, il avait là-dessus une position très proche de celle de Berl, et je crois que j'ai beaucoup aimé Berl aussi parce qu'il ressemblait à mon père. Mon père était profondément pacifiste. Il ne pouvait se résoudre à voir des sociétés civilisées combattre le militarisme par le militarisme. Il ne voulait pas compter sur la violence pour battre la violence et se réclamait de la force plus pure de la raison, de la justice, de la vérité. C'était curieux parce que, dans le même temps, il voyait très bien que le nazisme allait très au-delà du militarisme, que c'était un phénomène horrible. Il faut dire aussi qu'il continuait à penser en termes traditionnels et probablement dépassés, en termes diplomatiques. Il avait beaucoup de mal à admettre que les conflits modernes soient des conflits de sociétés autant que des conflits d'États. Par exemple, avant la guerre, il jugeait qu'une alliance étroite avec l'URSS était absolument nécessaire pour contenir Hitler, et que l'Union soviétique fût un État totalitaire ne le gênait nullement, puisqu'il s'agissait seulement d'alliances diplomatiques. Seulement voilà, aujourd'hui ces alliances engagent beaucoup plus profondément les sociétés qu'à l'époque où Richelieu s'alliait aux États protestants pour contenir la maison d'Autriche. Je crois qu'il ne s'en rendait pas compte. Même après la guerre, je ne l'ai jamais entendu avoir pour le stalinisme, qu'il n'approuvait certes pas, les mots très durs qu'il a eus pour le nazisme, simplement parce que l'URSS avait été notre alliée durant la guerre. Il est vrai qu'il est mort avant Khrouchtchev et les révélations du XXe congrès.

Au début de la guerre, mon père avait pris sa retraite anticipée. Il a été nommé président de la Croix-Rouge. Le siège était à Vichy. Au bout d'une semaine ou deux, il a tout abandonné. C'était, je vous l'ai dit, un homme de centre gauche, alors cet univers vaguement maurrassien, ces conceptions politiques qui sentaient l'eau bénite et ces accumulations de petites lâchetés et de petits arrivismes... Tous ces gens qui profitaient de la défaite pour réaliser des ambitions qui jusque-là leur avaient été interdites, il ne l'a pas supporté. Il est parti. Il faut dire aussi qu'à Vichy il y avait beaucoup de militaires et mon père ne les aimait pas. Il les considérait comme un mal nécessaire. Il riait souvent de la plaisanterie un peu facile : « Pourquoi les généraux sont-ils si bêtes? » « Parce qu'on les choisit parmi les colonels. » Et voir là-bas tous ces types galonnés qui, après avoir perdu la guerre, et pourvus de ce seul titre de gloire, prétendaient gouverner la France, appuyés sur des doctrines absurdes, agricoles et catholiques, ça lui a semblé burlesque, ou plus que burlesque, parce que profiter d'une défaite pour satisfaire des préjugés, c'est quand même plus grave qu'un manquement au bon goût. Et puis, ses amis politiques commençaient à être persécutés. Il s'est enfermé dans sa retraite.

F. S. – Que pensez-vous, vous-même, de ces attitudes pacifistes, celle de Berl, celle de votre père?

J. O. – L'histoire nous montre malheureusement que la raison, la vérité, toutes ces belles idées ne suffisent pas toujours. Je crois qu'une certaine forme d'idéalisme est coupable. C'est la formule de Péguy sur Kant : « Il a les mains pures, mais il n'a pas de mains. »

F. S. – Et Munich?

J. O. – Il y a deux choses dans Munich. L'« esprit de Munich », c'est-à-dire l'esprit de soumission par principe, est haïssable. Cette espèce d'abdication féminine des démocraties devant la force mâle du totalitarisme est tout à fait ignoble. C'est d'ailleurs une tentation assez permanente. Bien sûr, les politiques ont l'art de justifier ces attitudes, en se réclamant de je ne sais quelle pensée profonde, ou de je ne sais quelle habileté tactique. Cela ne change rien. Cela dit, dans le problème de Munich, il y a une composante vraiment politique qui n'est pas du tout négligeable. On peut en effet soutenir qu'au moment de Munich la France n'était pas prête à faire la guerre et qu'il fallait, pour mieux la préparer, retarder l'échéance. Cela n'a servi à rien, nous avons retardé l'échéance en sacrifiant nos alliés, nous nous sommes mal préparés à la guerre et nous avons été battus. Vous connaissez le mot de Churchill : « Vous aviez le choix entre le déshonneur et la guerre. Vous avez choisi le déshonneur et vous aurez tout de même la guerre. » C'est bien avant Munich qu'il aurait fallu défaire le nazisme, en envoyant l'armée française en Allemagne – à l'époque de la remilitarisation de la Rhénanie, par exemple. Elle est là, l'occasion manquée. Mon père, lui, défendait les conceptions les plus nobles, les conceptions briandistes. Je ne suis pas sûr qu'il ait eu raison. Peut-être les plus bornés, les plus sectaires, les poincaristes, voyaient-ils plus juste. Notez bien cependant qu'une politique de force eût complètement isolé la France. Les Anglais, les Américains y étaient très hostiles. En ce sens leur responsabilité dans la suite des événements est tout à fait incontestable.

F. S. – Vous vous souvenez du livre de Jardin, *La Guerre à neuf ans*. En Bavière, vous aviez à peu près cet âge. Y a-t-il des images de l'univers totalitaire dont vous vous souveniez?

J. O. – Assez curieusement, les éléments raciaux m'ont beaucoup moins frappé que, par la suite, en France, l'étoile jaune, le statut des juifs, la discrimination à leur égard. Pourtant, la Bavière était la terre d'élection du national-socialisme et son berceau. Peut-être y avait-il moins de juifs. A Berlin à la même époque, ou un peu plus tard à Vienne, la persécution était certainement plus visible.

F. S. – La légation de France, c'était un îlot dans un univers hostile?

J. O. – Absolument. Un univers entièrement, violemment hostile. Nous nous sentions menacés. A la fin de notre séjour, mon père recevait pratiquement chaque matin sa photographie avec les yeux crevés. Très vite, après 1933, sa situation est devenue intenable et nous sommes partis. Mon père ne pouvait pas rester à Munich en raison des positions qu'il avait prises et le gouvernement l'a alors envoyé à Bucarest. J'ai été élevé dans la hantise de la montée du nazisme, dans l'effroi devant ses progrès que rien ne paraissait pouvoir endiguer. En 1938, ambassadeur au Brésil, mon père a demandé sa retraite anticipée parce qu'il croyait la guerre inévitable et qu'il voulait à tout prix rentrer en France. J'ai vraiment vécu ces années comme une sorte de course à l'abîme.

Depuis, j'ai eu l'occasion d'en parler avec des

Allemands. A l'époque, j'étais trop jeune, et puis nous vivions en autarcie, comme plus tard en Roumanie ou au Brésil. C'était l'existence confinée des postes diplomatiques et je vivais entre mes parents, leurs amis et des précepteurs. Une vie de nursery, très artificielle. Plus tard, j'ai compris le drame des Allemands libéraux, intellectuels, de ceux qui résistaient à l'antisémitisme. Ils se sont trouvés privés d'un coup de leurs racines, de leurs traditions irrémédiablement compromises par l'hitlérisme. Une épreuve terrible, puisque cette aventure a ruiné l'amour de leur pays en même temps qu'elle bafouait leurs convictions. Elle a fait d'eux des hommes sans mémoire possible. La conscience libérale allemande est depuis lors une conscience déracinée. C'est quelque chose de bien plus douloureux, sans doute, que le regret de la « décadence française » dont nous parlions tout à l'heure. Lorsque je me débats avec la rue de Grenelle, Saint-Fargeau et Rumeli Hisar, pour des motifs de grand luxe et d'esthétisme, je pense souvent à eux. Même pour la grande masse des Allemands non nazis, ceux qui ont passivement accepté, et certains avec complaisance, le nouvel état des choses, il a dû y avoir, après l'effondrement, un grand traumatisme. Les terroristes, les Verts, les pro-Soviétiques, chacun pour leur part, sont nés de ce traumatisme-là.

F. S. – Quel est l'écrivain allemand contemporain que vous mettez le plus haut?

F. S. – Certainement Ernst Jünger, en faisant abstraction de son côté politique. Je n'ai aucune indulgence ni pour ses goûts ni pour ses abstentions politiques. Non que Jünger ait été nazi, au contraire. Mais il a quand même prêté au nazisme le concours d'une grande réputation allemande, celle d'un héros de la Première Guerre mondiale. Et aucune horreur ultérieure ne l'a conduit à protester ouvertement. C'est très bien d'écrire dans son *Journal* que la vue de l'étoile jaune à Paris lui fait honte d'être en uniforme, mais est-ce suffisant de l'écrire ? Le *Journal* est un très beau texte, mais il faut pour le lire faire abstraction d'une attitude humaine extrêmement décevante chez un homme de cette stature. Vous savez qu'on a beaucoup reproché à Morand et à d'autres d'avoir déjeuné ou dîné avec lui pendant l'Occupation. Avoir accepté, c'était certainement déplacé. Mais l'avoir proposé, dans ces circonstances, à des hommes pour lesquels il éprouvait de l'estime, c'est tout aussi incompréhensible. Pour nous, au moins. Pour lui... En fait, il était *ailleurs*. C'est cet ailleurs qui, au demeurant, donne au *Journal* ce ton si original et parfois si beau. Mais pouvait-on alors être ailleurs ? Jünger était, et est resté sans doute, un conservateur. Je me souviens d'un passage du *Journal* des années soixante-dix où il dit qu'on rentre dans la démocratie libérale comme dans un bain chaud. On voit bien le sous-entendu : c'est agréable et amollissant. C'est toujours ce stoïcisme un peu masochiste des conservateurs. Mais au fond, qu'importe? On peut faire abstraction de ces bêtises et conserver l'image d'un très grand écrivain, pour *Jeux africains*, son roman d'initiation, pour *Sur les falaises de marbre* et pour son *Journal*. J'avoue que ses tentatives philosophiques, elles, me laissent de marbre, si vous me passez ce jeu de mots.

F. S. – L'avez-vous rencontré?

J. O. – Je l'ai connu par Heller, qui a traduit en allemand *La Gloire de l'Empire*.

F. S. – L'homme des services de propagande allemands à Paris?

J. O. – Lui-même. Heller était très francophile avant la guerre. Pendant l'Occupation il a été chargé des relations avec les écrivains. Il m'a écrit vers 1970, ou un peu plus tard, et je l'ai rencontré. Un vieux monsieur charmant, qui avait l'air, et pour cause, de connaître tout le monde à Paris. Mais curieusement, je ne faisais pas le lien entre mon Heller à moi et le lieutenant Heller dont j'avais entendu décrire le rôle pendant la guerre. Je croyais que c'était un homonyme. Quand j'ai réalisé que c'était une seule et même personne, j'ai eu une sorte d'éblouissement, un peu comme le narrateur de Proust qui se retrouve derrière sa maison après avoir erré dans Combray.

Heller s'est retrouvé au cœur d'un drame formidable, celui des écrivains français sous l'Occupation. D'un côté, officier loyal et faisant ce qu'il pouvait pour rallier au Reich le maximum de suffrages intellectuels; et, de l'autre, probablement tourmenté par le fait que ces services qu'il rendait à la cause du nazisme comprommettaient profondément cette culture française à laquelle il tenait. Il a, je crois, protégé Malraux avant que celui-ci ne rejoigne la Résistance, et il a aussi contribué à maintenir intacts les liens entre Malraux et Drieu dans cette période. Je me suis demandé, par la suite, si je n'aurais pas pu être séduit par Heller, à cette époque. Si, au lieu d'être un garçon de quinze ans violemment antipétainiste, j'avais été un jeune écrivain de vingt-cinq ans? Heureusement, je n'ai pas eu à faire cette expérience. Heller m'a fait connaître Jünger plus de vingt ans plus tard, quand ce n'était plus comprommettant. Jünger était très beau et très lointain. Je ne peux même pas vous dire que nous ayons parlé de papillons et de vins de Bourgogne, ce qui serait conforme à la légende. J'étais figé sur place et je suis resté silencieux. Aujourd'hui, je ne me souviens de rien. J'ai toujours fait un mauvais usage des grands hommes. Aurais-je accepté de le voir, à Paris pendant la guerre? C'est une question tout à fait vaine, mais je ne peux m'empêcher de me la poser. La France était battue, mais Jünger est un très grand écrivain. Que faire? On ne sort pas facilement de ces contradictions-là.

Un jour, en ce temps-là, mon père a reçu une lettre de Schulenburg, qui avait été ambassadeur du Reich en Russie, une lettre où Schulenburg, qui avait trouvé je ne sais où un livre aux armes d'Ormesson, proposait à mon père de le rencontrer pour le lui offrir. Mon père adorait les livres anciens. Après le dîner, rue du Bac, il nous a lu sa réponse. C'était une lettre superbe, la lettre d'un vieux monsieur très droit et très digne, qui disait qu'il ne pouvait accepter ce cadeau parce que nous étions en guerre, mais qu'un jour, lorsque le droit et la raison l'auraient emporté, lorsque la guerre serait finie, il serait heureux de le recevoir, lui, Schulenburg, comme un Français doit recevoir un Allemand. Aujourd'hui encore, les larmes me viennent aux yeux à ce souvenir. C'était cela, mon père, cette douceur, cette douceur inflexible. Lui ne flottait pas comme moi entre les contradictions.

IV

Enfances diplomatiques

François Sureau – A travers les fonctions de votre père, nous venons de rencontrer le problème du totalitarisme, d'où qu'il soit, et de l'attitude des Français d'un certain milieu devant le totalitarisme. L'écho de la révolution d'Octobre était-il parvenu jusqu'à vous, et comment parlait-on, à l'époque, de l'Union soviétique?

Jean d'Ormesson – Nous avions un peu de famille russe, elle a été massacrée. C'était évidemment très triste, mais aussi c'était lointain. Finalement, pour nous, l'événement décisif, c'était la prise du pouvoir par Hitler. Cela explique peut-être que mon père n'ait jamais eu à l'égard de l'Union soviétique les sentiments très forts, très violemment hostiles, qu'il avait à l'égard de l'Allemagne nazie. Je dis bien à l'égard de l'Allemagne *nazie*. Il n'avait, lui non plus, aucune aversion à l'égard de l'Allemagne. A la maison, je n'ai jamais entendu prononcer le mot « boche ». Jamais.

Le pacte germano-soviétique évidemment l'a

laissé sans voix. Au début, il ne parvenait pas à y croire. Il était devenu un peu plus pessimiste après le remplacement de Litvinov par Molotov, mais quand même... Je m'en souviens très bien, c'était en août, à Saint-Fargeau, nous avions entendu les nouvelles à la radio, ces grandes radios en bois comme il y en avait à l'époque. Mon père était effondré : après cela, selon lui, la guerre était inévitable. C'était la fin d'une grande partie de ses espérances. La famille de ma mère, une famille franchement réactionnaire, trouvait, elle, que cette alliance était dans l'ordre des choses. Les crapules s'alliaient entre elles. Je dois dire, à mon grand regret, que les réactionnaires avaient raison. Dans ce cas particulier, leur vue un peu courte les servait.

F. S. – Comment expliquez-vous cet aveuglement paternel sur une moitié du totalitarisme contemporain?

J. O. – D'abord, et avant tout, par une conception exclusivement diplomatique des choses. Conception qui d'ailleurs continue d'exister. Beaucoup de nos politiques en sont imbus. Regardez la politique française à l'égard de l'URSS depuis la fin de la guerre, ou à l'égard de la Chine au moment de l'effroyable Révolution culturelle...

Pour dépasser cette conception, il faut un regard froid que mon père n'avait pas. Il faut peut-être surtout une certaine familiarité avec le mal. Il faut un peu plus de cynisme. Berthelot, Clemenceau, Churchill avaient cette qualité particulière du regard, parce que c'étaient des *irréguliers*. Mon père détestait l'irrégularité. Pourtant, il y a des circonstances où le fait d'être sorti des sentiers battus vous donne un peu plus d'intuition.

Vous savez, je crois, au fond, que mon père n'avait pas, comme on dit, vécu. Il était trop pur. Il n'était pas romanesque. Il détestait l'aventure. Il était respectueux d'un certain conformisme. Et à l'intérieur du conformisme, il se méfiait même des héros. Le héros, pour lui, était déjà tout près de l'aventurier. Tout ce qui pour nous fait, il faut le dire, le sel de l'existence, il le rejetait résolument. Remarquez que cette attitude minimaliste – étroitesse ou mesure? – n'est pas sans beauté. Mais elle ne le disposait pas à tout comprendre de l'époque troublée dans laquelle il a vécu.

Ce qui est curieux, c'est que cet homme qui haïssait la droite, le fascisme, qui avait des sympathies pour la gauche et de la tolérance pour l'extrême gauche croyait au milieu, au milieu social. A « notre milieu », comme on dit.

F. S. – De quoi s'agit-il?

J. O. – Ce n'était pas, naturellement, l'« aristocratie ». Ce n'était pas non plus le monde de l'argent, car mon père détestait l'argent. Nous en avions, bien sûr, mais il le détestait. Le milieu, c'était une communauté d'idées, et, plus encore, car les idées c'est déjà bien près de l'aventure et du risque, une communauté d'éducation et de comportement. Léon Blum, c'était notre milieu, autant que les Boisgelin et les d'Harcourt.

F. S. – A quoi ressemblait cette vie diplomatique que vous avez connue enfant?

J. O. – La vie diplomatique, c'était d'abord des malles. Les malles en bois de camphrier dont parle Léger dans sa correspondance. J'ai vécu dans des malles. Je me vois sortir de ces malles en bois qui se sont transformées ensuite, après le Brésil, en malles-cabines. C'était le comble du luxe. Nous faisions des voyages de trente jours. C'était encore l'époque des paquebots. Pour aller en Roumanie, il fallait trois jours de train ou dix jours de voiture. Les routes étaient mauvaises en Europe centrale et parfois nous nous retrouvions sur des chemins perdus au milieu de paysans éberlués à qui nous demandions : « Où va cette route? » Et ils nous répondaient : « Elle va tout droit. »

Il y avait quelques grands bals, bien sûr, avec habit et décorations, mais surtout une succession de dîners. Cela ne cessait jamais. Mes parents n'avaient pas un instant à eux. Mon père brocardait volontiers les diplomates qui ne voyaient personne et s'appropriaient les indemnités allouées par le Quai. Lui, au contraire, tenait à donner l'image d'un pays hospitalier, et il était donc toujours en représentation. Il faut dire qu'en ce temps-là, la France était encore en situation d'exercer une influence véritable, et qu'une part de cette influence passait par les occasions de la vie sociale. Il est clair que cela a beaucoup changé.

F. S. – Vous souvenez-vous de quelques agents du ministère des Affaires étrangères de cette époque?

J. O. – Parmi les divinités tutélaires de mon père, il y avait Philippe Berthelot, que je n'ai pas connu, mais dont mon père parlait très souvent, même après la mort de Berthelot, dans le milieu des années trente. Il l'admirait infiniment, mais en même temps le personnage l'inquiétait : trop de chats, trop de femmes faciles, trop d'écrivains chez lui. Berthelot avait vécu assez longtemps en union libre avec celle qui allait devenir sa femme, Hélène, un ancien modèle de peintre. Mon père, qui n'était pas très obstinément religieux, y voyait surtout un manquement regrettable à l'ordre social. Pour tout vous dire, je ne suis pas vraiment sûr que si Berthelot ne l'avait pas dominé de tout son ascendant hiérarchique, il n'aurait pas blâmé ces attitudes indignes d'un haut fonctionnaire. Il a jugé très sévèrement, par exemple, les fantaisies de Morand. Il faut dire que Morand était, paraît-il, un diplomate approximatif, alors que Berthelot était un très grand professionnel, possédant l'Europe dans sa tête et abattant quinze heures de travail par jour. C'était très différent. Il y avait

aussi Léger, le successeur de Berthelot au secrétariat général, et dont mon oncle Wladimir m'a
beaucoup parlé. Wladimir n'aimait pas beaucoup
Léger, qui avait adopté pendant la guerre, à
Washington où il était en exil, une attitude très
hostile à de Gaulle. Léger n'aimait pas ces idées de
France libre, de gouvernement provisoire, et a,
semble-t-il, entretenu l'animosité de Roosevelt à
l'égard du Général. De Gaulle s'est d'ailleurs
opposé par la suite à son entrée à l'Académie
française. Mon père adorait Léger, il en parlait
souvent aussi. Je dois avouer, à ma grande honte,
que ce n'est qu'en khâgne que j'ai découvert que
Saint-John Perse et Léger ne faisaient qu'un.

F. S. – Et Giraudoux?

J. O. – Il était tenu pour un fumiste. Un
fumiste moins éclatant que Morand, et donc moins
blâmable, mais un fumiste quand même. Mon père
a travaillé avec lui, à la propagande, en 1940.
Comme écrivain, je l'ai beaucoup aimé. Il est un
peu oublié. Il y a dans *Provinciales*, dans *Bella*, dans
son théâtre, beaucoup de pages merveilleuses.
Cela dit, l'évolution du personnel diplomatique
a réservé aux agents de l'ancienne école dont était
mon père, des surprises plus désagréables que
l'apparition d'un Giraudoux ou d'un Morand.
Roger Peyrefitte par exemple. Giraudoux ou
Morand étaient des branlotins, mais on pouvait
dîner avec eux. Pas avec Peyrefitte. Non qu'il fût

un diplomate particulièrement accablant, mais à cause de ses livres. Mon père qui ne s'intéressait pas à la littérature arrivait malgré tout à séparer le bon grain de l'ivraie, *Lewis et Irène* et *Bella* des *Juifs* ou des *Ambassades*, que sais-je encore.

Je me souviens aussi de Jean Chauvel, qui a été un grand diplomate. C'est lui qui a négocié les accords de Genève, après Diên Biên Phu, pour le compte de Bidault d'abord et de Mendès ensuite. Il a laissé un bon livre de souvenirs diplomatiques, qui s'appelle *Commentaire*, et des poèmes qui n'étaient pas mauvais. Mais vous savez, tous ces gens dont les noms me reviennent – Charles-Roux, tenez, qui était secrétaire général au début de la guerre, après que Léger a été renvoyé par Reynaud –, non seulement je n'aurais jamais osé leur adresser la parole, cela va sans dire – je n'étais pas Pascal Jardin –, mais je n'aurais même jamais eu l'idée de les décrire, de noter leurs propos dans un journal, dans des carnets, d'écrire sur eux une petite nouvelle. J'ai été un enfant, un adolescent soumis, très poli, très gai, très insouciant, un peu inconscient de ce qui se passait autour de moi.

F. S. – Et les hommes politiques?

J. O. – Nous ne les voyions pas. Léon Blum, qui a nommé mon père ambassadeur, ce qui a valu à mon père une réputation de « marquis rouge », je ne l'ai connu qu'après la guerre, par l'École normale. Il ressemblait à l'un ou l'autre de nos oncles très élégants. Il était véritablement d'une élégance extraordinaire, une élégance rentrée, un peu frileuse; il était très mince, des lorgnons, une longue moustache, un visage allongé et rectangulaire, il ondulait... Daudet, avant guerre, le traitait de « grand lévrier ». Il était visiblement, comme mon père, tout à fait incapable de s'adresser avec naturel à un garagiste ou à un ouvrier, alors que la fraction ultraréactionnaire de ma famille était merveilleusement à l'aise avec les maçons, les fermiers, les maréchaux-ferrants. Pourtant, quand il faisait des discours, ça passait très bien, parce qu'il restait lui-même et qu'une grande force l'habitait.

Les admirations de mon père, c'étaient Briand ou Barthou. Jamais pourtant je ne les ai vus à la maison. Nous menions en fait, à Paris, une vie assez modeste, très peu lancée, comme on disait alors, très peu branchée, comme on dit maintenant. Mon père aurait détesté donner l'impression de se pousser du col. *No social climbing, no intellectual climbing* non plus, d'ailleurs. Et puis, les hommes politiques, c'était quand même un peu mauvais genre. Il en fallait, c'est sûr, et il les préférait de centre gauche. De là à les fréquenter, il y avait une marge. Rien n'était plus loin de lui que l'envie de voir des gens connus. La « star », qui d'ailleurs n'existait pas encore, c'était très près de l'aventurier. Bien sûr, mes parents voyaient qui il fallait, quand c'était nécessaire : la reine de Roumanie était intime avec eux et, à Bucarest, je voyais plusieurs fois par semaine Tataresco ou Titulesco à la maison. Mes parents y prenaient du plaisir, mais le devoir n'était jamais absent.

A Bucarest, ils recevaient aussi, alternativement, deux dames dont l'hostilité était devenue légendaire. L'une était Marthe Bibesco, très brillante, éblouissante, *Le Perroquet vert, Au bal avec Marcel Proust*. Elle avait eu des tentations germanophiles pendant la première guerre, tentations auxquelles elle a cédé lors de la seconde, allant à Berlin, dînant avec Goering et toutes ces sortes de choses. Il faut dire que les Roumains, Hélène Morand en est un autre exemple, étaient particulièrement antisémites. L'autre, Hélène Vacaresco, était beaucoup plus proche de la France, une femme remarquablement intelligente. C'était une de ces « femmes élevées » avec lesquelles mon père adorait parler : physiquement, un véritable monstre. « Un hippopotame qui aurait avalé un rossignol » d'après Mme de Noailles. On aurait pu lui appliquer la formule célèbre : « Le devant, c'est le côté où il y a la broche. » Marthe Bibesco disait d'elle : « Avouez que tant qu'à me choisir une ennemie, je n'aurais pas pu en choisir une plus laide. » Hélène Vacaresco et mon père ont même prononcé ensemble une conférence, à l'instigation d'Hélène qui lui avait dit : « Vous parlerez de l'amitié comme Cicéron et je parlerai de l'amour comme tout le monde. » Ces traits d'esprit enchantaient mon père, qui oubliait volontiers le physique de la dame.

Donc, très peu d'hommes politiques, très peu de

célébrités, sauf dans les postes diplomatiques, très peu d'écrivains. A l'exception peut-être de Maurice Bedel, dont les livres si amusants sont injustement oubliés : *Molinoff Indre-et-Loire*, *Jérôme 60° latitude Nord*, qui avait eu le Goncourt. C'était, avant tout, une vie de fonctionnaire. La famille fournissait d'ailleurs suffisamment d'occasions d'être sociable et de s'amuser – ou de faire semblant.

Peut-être peut-on trouver là l'origine de cette inhibition que j'ai toujours ressentie devant les gens célèbres et, en particulier, devant les écrivains. Littéralement, je n'ai jamais su quoi leur dire. Je vous l'ai dit déjà à propos de Jünger, mais j'ai bien d'autres exemples. Je crois par exemple que Malraux lui aussi m'aimait bien. Il m'a envoyé *Lazare*, l'un de ses derniers livres, avec une dédicace dont je me souviens encore. Je me suis trouvé dans l'incapacité absolue de répondre, de crainte d'être trop bête. D'ailleurs, je ne parviens pas à m'expliquer qu'il ait pu rechercher ma compagnie. Il m'invitait à Verrières, chez Louise de Vilmorin, et je restais là, sans articuler une parole, interdit par ses fulgurances et ses expressions mystérieuses. Le chat Essuie-Plume courait sur les tables et Louise était fréquemment réduite au silence par les regards acérés de l'agitateur devenu ministre, alors que ceux-ci n'avaient d'autre but que de l'inciter à parler. « Qu'en pensez-vous, Louise ? Développez, développez ! » Pourquoi diable me faisait-il venir ? Il me parlait de saint

Jean et de l'Apocalypse et je ne comprenais presque rien.

Avec Aragon, j'étais plus détendu. Ce n'était pas un personnage aussi construit que Malraux. Il m'avouait qu'il était snob. On se voyait dans les cafés, dans des restaurants, au Lutétia par exemple. L'atmosphère était très différente de celle de Verrières. Son chauffeur l'attendait quand même toujours à l'extérieur et, un soir, il était très tard, le malheureux est venu demander s'il devait rester. « Pourquoi croyez-vous qu'on vous paye, mon ami ? » a jeté Aragon en me regardant d'un air sarcastique. Je n'ai pu m'empêcher de lui dire que ma grand-mère, qui vivait à une autre époque pourtant, n'aurait jamais employé ce ton avec un domestique... Enfin, bref, avec Aragon, c'était plus facile, avec Berl aussi. Mais avec les autres...

F. S. – Dans votre enfance, pas de littérature, pas de romanesque, beaucoup de conventions. Comment vous sont venus vos goûts actuels ?

J. O. – Je me le demande encore. Enfant, je lisais beaucoup, des choses absurdes, naturellement. Et puis, par contagion je suis arrivé dans le domaine de la littérature. De la comtesse de Ségur à Jules Verne, de Verne à Dumas, de Dumas à Balzac, de Balzac à Proust. J'ai découvert Proust vers quatorze ans et j'ai été pris d'une passion qui ne m'a pas quitté. Le chemin de la découverte littéraire est jonché de cadavres, Paul d'Ivoi, Erck-

mann-Chatrian, Maurice Leblanc, Conan Doyle...
Je dois vous dire que certaines indulgences coupables me sont restées, et en tout premier lieu pour Edmond Rostand. Quand je suis entré au comité de lecture de Gallimard, Caillois m'a simplement prévenu : « Dites ce que vous voulez, mais n'avouez jamais que vous lisez Mme de Noailles et *Cyrano de Bergerac*. » Étant d'un naturel conformiste, j'ai suivi ce conseil, mais je n'ai pas abdiqué mes faiblesses. J'ai entendu avec enchantement Vladimir Jankélévitch avouer à « Apostrophes » qu'au théâtre il mettait par-dessus tout *L'habit vert* et *Le Roi* de Flers et Caillavet. Vous savez, ce sont tous ces petits livres qui m'ont donné l'idée d'un monde différent. Le monde de mon enfance était très agréable et très privilégié, mais il était désespérément sérieux : la vie est sérieuse, il ne s'agit pas de s'amuser, le talent n'existe pas ou il est un peu louche, les livres on peut en lire, mais en écrire c'est à peine convenable, le travail et l'ancienneté – le tour de bête, comme on dit dans votre corps d'origine – sont l'aliment des grandes carrières. C'était un monde assez austère, très digne, pas du tout emporté. Et tout ce qui fait pour vous ou moi la joie de la vie – ne parlons même pas des femmes – en était absent, et d'abord les livres. C'est un peu par hasard, au fond, que je les ai découverts. Mon père aurait certainement préféré me voir plongé dans Siegfried, mais je préférais, et je préfère toujours Maurice Leblanc. Arsène

Lupin, c'est tout de même autre chose que la sociologie électorale.

F. S. – Il est difficile d'imaginer quand même que le monde de votre enfance était entièrement privé de sentiments?

J. O. – Il ne l'était pas, mais c'étaient des sentiments mesurés et convenables, mêlés à l'idée du devoir. Ainsi mes parents s'aimaient-ils visiblement, mais d'une manière très calme, très policée. Jamais un éclat, jamais un ton trop haut, une grande attention portée à l'autre. C'était un amour sans passion, mais beaucoup plus qu'un amour social. Mon père n'avait certes pas fait un mariage d'argent. La fortune de ma mère, c'était bien, parce que c'était dans l'ordre des choses; Saint-Fargeau l'enchantait à cause des souvenirs historiques, le conventionnel régicide surtout. Rien de plus. Peut-être cet amour était-il, après tout, l'amour selon l'Église, à laquelle pourtant mon père ne croyait pas beaucoup. J'étais sûr que ni ma mère ni mon père ne partirait jamais, et ils sont restés fidèles. Je n'ai jamais entendu sur mon père, qui a vécu entouré de femmes, de femmes supérieures naturellement, celles avec lesquelles on a des conversations élevées, aucune histoire. Un jour après la guerre, quand il nous a annoncé qu'il avait acheté un haut-de-forme gris pour emmener aux courses Mme Martinez de Hos qui était une

139

femme d'une grande beauté, ça a été un véritable événement. Comme dans Proust, quand on attend la caisse de vins de je ne sais plus quel prince du sang. Un événement et une tempête de rires. Et de même, l'admiration qu'avait ma mère pour Bruno Walter, le chef d'orchestre, était un grand sujet de plaisanteries. Cet univers de certitudes, c'est tout à fait merveilleux pour un enfant, et peut-être un peu dangereux, malgré tout : entièrement privé d'angoisse, j'ai évité ces questions qui m'auraient rendu... comment dit-on? profond. Je me suis aussi demandé si le spectacle de cet amour heureux n'avait pas contribué, paradoxalement, à mon immaturité prolongée et récurrente, et notamment à mon immaturité sentimentale. De fait, mon adolescence a éclaté un peu plus tard. C'était une adolescence-retard.

F. S. – Et le goût de l'irrégularité, dans cette atmosphère idéale, il vous est venu comment?

J. O. – C'est encore plus mystérieux que le goût de la littérature. Je ne le tiens ni de mon père ni de ma mère. L'ironie, l'amour des départs, une certaine désinvolture à l'égard des grandeurs d'établissement qui aurait pu, en d'autres circonstances, faire de moi une sorte d'asocial, non, je ne sais pas d'où ça vient. Car je n'ai jamais été non plus un révolté. J'étais un enfant très gai et très bien élevé. Je ne sais plus qui a écrit : « J'étais un enfant triste et que tout blessait. » C'était exactement le contraire pour moi.

La gaieté, en revanche, je vois bien d'où elle vient. Mon père, si sévère, était très gai. Ma mère aussi. J'en parle peu, ici. Elle comptait énormément. A table, nous riions beaucoup, de choses permises naturellement, sans ironie méchante – mon père, très courtois, ne disait jamais de mal des gens – mais enfin nous riions. Mes parents étaient austères, raisonnables, terriblement comme il faut, mais ils étaient gais. Ce goût de la vie, c'est à eux que je le dois. Le mien n'a pas pris les mêmes formes que le leur, mais il n'est pas très différent. Une grande simplicité d'âme, un côté primesautier, une aptitude médiocre aux problèmes intellectuels, une certaine immédiateté. J'ai hérité de tout cela. Il y a aussi un petit don – pardonnez-moi – pour me mettre à la place des autres, pour *être les autres* et leur communiquer un peu de ce mouvement que je sens autour de moi et qui est celui de la vie même. L'acceptation de la vie, de l'été, de l'hiver, du froid, de la chaleur, de l'amour et de la solitude, du bonheur et du malheur. Si j'ai fini par devenir après tant d'années quelque chose qui ressemble à un romancier, malgré tant d'inclinations contraires ou d'obstacles sociaux, c'est probablement à cause de cela, de cette disposition à l'échange : offrir aux autres de se mettre à ma place après qu'en écrivant je me suis mis à la leur.

F. S. – Vous vous réclamez du bonheur, de la gaieté. Il y a pourtant beaucoup de mélancolie dans vos livres.

J. O. – Un de mes amis, un Afghan très remarquable, du nom de Bammate, disait exactement la même chose que vous : sous des apparences légères, tout ce que tu écris est une exaltation du *Weltschmerz*, de la douleur du monde. Alors là, franchement, ça ne vient de nulle part. Je peux vous assurer qu'il n'y avait aucun *Weltschmerz* du côté des officiers de cavalerie, et aucun non plus du côté des ambassadeurs et des présidents de Parlement. Ni rêves ni souvenirs. Les rêves étaient proscrits, et les souvenirs étaient des souvenirs de l'administration. Chez moi, on n'entendait jamais la petite musique de la mélancolie. Il faut croire qu'elle venait de plus loin.

F. S. – L'idée du péché a-t-elle marqué votre éducation?

J. O. – Non, absolument pas. Ou alors l'idée du péché contre le bon goût ou contre le devoir. Je ne voudrais pas non plus donner de mes parents l'image de bourgeois victoriens hypocrites et terrorisants, ils ne l'étaient pas du tout. L'éducation qu'ils nous donnaient était fondamentalement libérale. C'est probablement ce qui explique que lorsque j'ai voulu me dégager, très tardivement, de tout cela, j'ai choisi la fuite plutôt que la révolte, et jamais d'ailleurs, malgré la peine que j'ai dû leur faire, je n'ai rompu avec eux. Mais le péché, celui de Green ou de Mauriac, on ne m'a pas appris ce que c'était, et je ne suis pas sûr de le savoir davantage à présent. D'ailleurs, lorsque mon adolescence à retardement a pris des allures blâmables, si j'en ai éprouvé de l'angoisse c'était plus, je dois l'avouer, une angoisse sociale qu'une angoisse morale. Je m'en voulais de faire sauter des couvercles auxquels je n'aurais pas dû toucher, ce qui montre que j'étais resté très conformiste.

F. S. – Et la solitude, la solitude par exemple du premier de la classe? Le complexe de Louis Lambert ou du petit Léniot?

J. O. – Je vous décevrai jusqu'au bout. Aucune impression de solitude. J'étais un petit garçon très sociable, peut-être un petit peu trop porté à la compétition, mais rien de plus. Rien de métaphysique en tout cas. Léniot, c'est dans *Fermina Marquez*, n'est-ce pas? Une jeune prodige qui courtise une ravissante Espagnole dans la cour du collège en lui expliquant qu'il fera pâlir les étoiles d'Alexandre et de Pasteur... Ce n'était pas du tout mon genre et d'ailleurs je n'ai courtisé qui que ce soit que bien plus tard.

F. S. – Vous donnez l'impression d'accepter tout avec une grande facilité, les événements de la vie, la fuite du temps...

J. O. – J'ai toujours eu de la facilité à tout accepter. C'est une véritable grâce que j'ai reçue là. L'idée que tout est bien et la paix avec le monde. Et même la mort, vous voyez, s'il faut parler d'elle, je dirais que j'y pense comme au retour de l'hiver, comme on pense aux choses inévitables. Sans passion et sans tremblement. Sans avoir besoin de faire un effort, de me résigner. Peut-être que le moment venu ce sera plus difficile, mais aujourd'hui je ne ressens devant la mort qu'une curiosité plutôt sereine.

F. S. – Vous avez reçu une éducation religieuse ?

J. O. – Pas du tout. Je n'ai reçu aucune éducation religieuse. J'ai échappé à ces bons pères qui vous ont beaucoup plu. Bossuet, c'était simplement l'antichambre de Louis-le-Grand, une sorte d'étude et on n'y parlait guère de religion. A la maison, avec ma mère et nos institutrices, pratiquement pas de catéchisme ou alors je l'ai oublié. Tout cela était presque laïque. Je me souviens seulement qu'on avait tenté de m'expliquer l'éternité : un oiseau qui passe tous les cent ans et qui, tous les cent ans, du bord de son aile effleure la terre et l'éternité c'est le temps qu'il faut pour qu'à la suite de ces effleurements la terre disparaisse. Je me demande encore quel sulpicien gâteux avait inventé cette histoire absurde. Même un enfant peut imaginer que l'éternité est en dehors de la durée, qu'elle échappe aux règles du temps. L'éternité n'est pas du temps allongé, c'est l'absence du temps. Le temps, oui, m'a fasciné très tôt, mais pas l'éternité, qui m'est toujours apparue très abstraite. Et l'éternité en Dieu, la fin de notre passage ici-bas selon les croyants, je veux bien y croire s'il s'agit de foi, mais je ne sais pas ce que cela représente. « O mon âme, n'aspire pas à la vie éternelle, mais épuise le champ du possible. » C'est d'Hésiode, je crois, ou de Pindare.

Vous savez, je passe aux yeux de certains pour un écrivain catholique, mais c'est une espèce d'imposture. Si je suis respectueux de la religion, et de celle que j'ai reçue parce que précisément je l'ai reçue, si je ne mets pas en doute la plupart des vérités sur lesquelles elle se fonde, je ne suis pas en revanche ce qu'on appelle un esprit religieux. Un jeune député conservateur vient voir un jour Disraeli et lui fait part des troubles de conscience qu'il éprouve devant un projet qu'il n'approuve pas. « Mon ami, lui dit Disraeli, vous ne voterez pas selon vos convictions comme un voyou, mais avec vos amis comme un gentleman. »

Je me souviens d'une conversation avec mon père, je devais avoir huit ou dix ans, et il m'a dit : « Est-ce que la Terre a été créée par le bon Dieu ?

Rien n'est moins sûr. » Pour lui, c'était déjà les abîmes de la philosophie et nous ne sommes pas allés au-delà. « Rien n'est moins sûr... » Il se disait chrétien. Se dire catholique, c'était déjà très près de l'intolérance.

F. S. – Vous lisez la Bible?

J. O. – Je la lis beaucoup.

F. S. – Comme un agnostique ou comme un croyant?

J. O. – Comme un agnostique. Je suis agnostique. J'aimerais m'expliquer un peu là-dessus. Vous savez, souvent après que nous avons fini de parler, je repense à ce que nous avons dit. Je me trouve injuste... Par exemple, je ne voudrais pas donner l'impression que je méprise la tradition. Je suis très attaché aux traditions : mais pas spécialement à la mienne, que je ne mets pas au-dessus des autres. Je suis attaché à toutes les traditions. Je les crois nécessaires. J'aime les traditions juive, bouddhiste et musulmane, et, s'il faut parler de traditions sociales, la tradition ouvrière aussi, qui est évidemment très loin de ce que j'ai connu.

Alors, pour moi, la religion, c'est d'abord une tradition qui est la mienne, la tradition chrétienne, que je respecte infiniment. Mais que cette tradition-là soit supérieure aux autres, que chacun des éléments qui la composent ait été précisément voulu par Dieu, qu'elle permette seule d'accéder au divin ou qu'elle détienne le monopole de son interprétation, non, je n'y crois pas. En fait, je crois à son utilité, ou mieux à sa dignité, plutôt qu'à sa transcendance.

F. S. – Une utilité de quelle nature? Sociale, comme le pensait Maurras, ce qui a d'ailleurs valu à l'Action française la condamnation de l'Église?

J. O. – Il y a quelque chose d'assez bas dans l'idée d'utilité sociale de la religion. Il faut la voir plutôt comme un appel, comme une invitation à autre chose. L'utilité de la religion, c'est d'abord le rappel des valeurs évangéliques, le fait que ces valeurs innervent notre culture, c'est tout ce qu'on appelle plus largement le judéo-christianisme et qui conduit du respect de la personne au respect du droit et peut-être même à la démocratie, qui font de nos sociétés, à la fin de ce siècle, des sociétés où, à la différence de tant d'autres, il est possible de vivre. Des sociétés ouvertes, tolérantes. Avec des variantes, et aussi des erreurs et même des crimes. Mais avec des exigences qui permettent le progrès.

Et puis, je crois aussi à l'utilité personnelle de la religion. Je crois à la nécessité d'avoir devant soi le visage du sacré et tout ce qui nous rappelle ce que nous sommes; et à la valeur profonde de ces vertus, notamment de charité, que notre tradition religieuse nous conduit à pratiquer. Le reste, je n'en sais rien. Je n'ai bénéficié d'aucune révélation particulière et je ne peux pas me prévaloir – je le dis sans aucune ironie – d'une relation un tant soit peu personnelle avec Dieu. Et si c'est dans cette relation que consiste l'essence de la religion, alors certainement je ne suis pas religieux. Mais que la religion soit plus capable que tout le reste de donner une idée de la dignité de l'homme, je le crois de toutes mes forces.

F. S. – L'enseignement du Christ a-t-il pour vous une valeur particulière?

J. O. – Je connais peu de textes aussi beaux que le sermon des Béatitudes. L'enseignement du Christ, pour nous, est l'image même de l'absolu, mais l'absolu, pour d'autres, peut prendre le visage du Bouddha ou de Mahomet. Je ne vous choque pas, j'espère?

F. S. – Mais non. J'aimerais seulement, pour être plus précis, vous poser une question d'inquisiteur des siècles passés : croyez-vous que le Christ soit le fils de Dieu?

J. O. – La divinité du Christ, l'immaculée conception, un Dieu en trois personnes, la résurrection de la chair... Est-ce que je crois à tout cela? Je vais vous faire un aveu. A la foi, d'instinct, je préfère la vérité. La vérité, malheureusement, ne nous est pas donnée. Nous en sommes réduits à *croire*. Que des convictions si profondes, si déterminantes, puissent être fondées simplement sur la *croyance*, voilà qui me paraît tout à fait étonnant, et presque insupportable. Donc j'en reviens à la seule chose dont je sois sûr : je ne sais pas.

Je ne sais pas, mais, en vérité, j'espère. J'espère que tout cela est vrai. Je l'espère avec la force que je ne peux pas mettre dans ma foi. J'espère que le Christ est le fils de Dieu et que nous assisterons, à la fin des temps, à la résurrection de la chair; j'espère qu'un jour, comme dit la Bible, nous pourrons enfin voir Dieu face à face. La foi, disait saint Thomas, est la forme de mon espérance.

F. S. – Le péché originel : ces mots ont-ils un sens pour vous?

J. O. – Je ne crois pas que l'homme soit la mesure de toutes choses. Cette prétendue vérité qu'on nous répète de génération en génération, je n'y crois pas du tout. Je crois, au contraire, que l'homme est trop grand pour lui. Ou trop petit, c'est la même chose. Il n'est pas son propre horizon. Le péché originel, si c'est le nom qu'on donne à la limitation de l'homme, à sa finitude, à cette espèce de carence essentielle, intrinsèque, de l'homme, alors, oui, j'y crois. Rien de plus sot qu'un humanisme qui fait de l'homme le centre et le but d'un univers qu'il ne comprend pas.

F. S. – Y a-t-il des éléments de « foi », dont vous soyez d'ores et déjà presque sûr, des convictions qui échappent à votre doute?

J. O. – Il y en a, certainement. Et d'abord les éléments qui sont d'ordre cosmique, si je puis dire. Tous ceux qui concernent la création du monde. Que le monde ait été créé par hasard me paraît tout à fait impossible. Pour reprendre la phrase de Sartre, entre l'absurde et le mystère, je choisis le mystère. Et puis j'aime mieux un bon mystère une fois pour toutes que des millions de mystères à chaque instant.

Je crois qu'il y a un plan de l'univers. Je me souviens de ce que me disait Caillois, qui était agnostique, mais un agnostique au sens fort du terme, beaucoup plus radical que moi, assez proche de l'athéisme. Il disait : « Il y a quand même quelque chose qui me trouble, c'est que toutes les mutations successives de l'espèce conspirent au maintien de l'espèce humaine, qu'aucune ne soit allée, depuis si longtemps, dans le *mauvais sens*. » Il y a eu des époques où le genre humain représentait quelques dizaines de milliers d'individus. Ils ont été préservés. Tout se passe comme si l'univers était une sorte de grand organisme qui ne cessait de veiller à sa propre survie.

Je ne suis pas sûr que le catholicisme parvienne jusqu'à la fin des temps. Je crois que tout finira, la Terre et les hommes. Tout disparaîtra tour à tour.

Mais tout ne sera pas fini quand même, parce qu'il est inimaginable que ce qui a été ne soit plus. C'est tout aussi inimaginable que la pensée d'un monde qui n'ait pas été créé. Je crois que ce qui est, d'une façon ou d'une autre, ne peut pas cesser d'être.

F. S. – En fait, vous pratiquez une religion générale, une religion d'explication du monde, qui est très proche d'ailleurs du déisme, et non une religion particulière, fondée sur la recherche personnelle de Dieu?

J. O. – Si vous voulez. Dieu, je ne l'ai pas rencontré. Il ne m'a pas fait ses confidences. J'imagine sans trop de difficultés qu'il ait créé l'univers, mais pour le reste... Allons jusqu'au bout des choses : la transsubstantiation, la présence réelle, le vin changé en sang, c'est quand même très proche de la magie. Et cet anthropomorphisme qui conduit sans cesse les croyants à prêter à Dieu des sentiments humains? En fait, je ne vois pas bien ce qui autorise tout cela, et, sans être voltairien – quelle horreur! – je dirais même que certaines raisons ne sont hélas! que trop claires – elles tiennent à notre besoin d'être jugés, de retrouver les morts que nous avons aimés, d'avoir un jour l'explication du monde, d'être éternels. Mais qu'est-ce qu'un Dieu né du besoin?

F. S. – Vous êtes plus proche en effet de Renan que de Voltaire.

J. O. – Renan n'était pas un personnage très sympathique, mais ses positions me paraissent tout à fait convaincantes. Elles mélangent l'incrédulité au respect et réservent la part du possible. C'est déjà beaucoup. Vous savez, dans ce siècle où les athées s'affrontent aux fondamentalistes, ou, même lorsqu'ils ne s'affrontent pas, nous fatiguent du bruit de leurs déclarations parallèles et également irréfutables, c'est une attitude assez adaptée... Au XIXᵉ, elle passait pour extrémiste, aujourd'hui elle est devenue modérée. Je n'ai pas beaucoup de goût pour la modération, sauf peut-être en ces domaines. Il ne s'agit d'ailleurs pas de modération. Il s'agit de laisser une place au sacré, à l'ineffable, à ce qui nous dépasse et que nous ne comprenons pas.

F. S. – Ces questions, religieuses ou métaphysiques, avez-vous cessé de vous les poser après avoir fixé votre position, ou continuez-vous à vous les poser?

J. O. – Je crois que je me les pose de plus en plus. A deux ou trois niveaux différents. D'abord, sur les points fondamentaux, ma position étant une position de doute, je ne vois pas ce qui pourrait la modifier, sauf une révélation personnelle, un chemin de Damas. Je trouve aux preuves rationnelles de l'existence de Dieu un certain charme esthétique – ah! l'argument ontologique... –, mais je ne fais pas suffisamment confiance à cette forme de pensée pour les trouver convaincantes.

Puis il y a un deuxième niveau. Celui de l'homme qui « fait comme si », qui suppose, comme disent les mathématiciens, le problème résolu. Et là, quoi de plus passionnant que toutes ces questions de métaphysique ou de théologie rationnelle qu'on oublie un peu aujourd'hui parce que notre époque est davantage une époque d'effusion, de sentiment religieux? Ce sont les questions classiques : comment s'exerce la volonté de Dieu? la création est-elle continue? Malebranche, Spinoza et Leibniz...

Enfin, il y a le niveau littéraire, romanesque. Il m'est arrivé de me dépeindre comme un lampiste de l'histoire, un agent secret de Dieu. Rien de plus enchanteur que d'observer les mille facettes de la création, les lignes voulues par Dieu qui se déploient et se croisent dans l'espace et le temps, qui sont la trame de l'histoire et de la vie personnelle des êtres. Et cette contemplation, et la description qui s'ensuit – *Dieu, sa vie, son œuvre* – me remplissent d'allégresse. Vous vous souvenez de Barrès, *Un jardin sur l'Oronte* : « Au bourdonnement d'une mouche qui vole, le soufi éperdu prend sa tête entre ses mains. L'ineffable concert ne se tait jamais dans le monde... »

F. S. – Êtes-vous particulièrement sensible à l'œuvre des écrivains « religieux », un Mauriac, un Bernanos, un Claudel?

J. O. – Je les aime d'abord parce que ce sont de grands écrivains, car je suis également sensible à l'œuvre d'écrivains très éloignés de la foi. Le monde des écrivains qu'on dit catholiques, ce monde du péché et de la grâce, ce n'est pas le mien, mais il ne m'est pas inintelligible. Je crois que pour des raisons exactement inverses, Claudel trouvait insupportable l'univers de Proust. Je suis très étranger à l'univers claudélien, et cela ne m'empêche pas, non seulement de l'aimer, mais peut-être même de le comprendre.

Il y a une autre chose qui me touche dans la vie et l'œuvre des écrivains catholiques, c'est cette espèce d'aller et retour permanent entre les préoccupations romanesques et les préoccupations politiques : cette manifestation de la double nature du chrétien, à la fois absent et présent au monde : tantôt l'accent mis sur l'histoire d'une âme, et tantôt sur celle de tous les hommes. Ce mélange de détachement et d'engagement. De *Thérèse Desqueyroux* aux *Bloc-Notes*, du *Journal d'un curé de campagne* aux *Grands Cimetières sous la lune*. Il y a là une attitude qui me paraît dépasser la querelle de la littérature gratuite et de la littérature engagée. On sent que pour eux rien n'est jamais gratuit puisque c'est toujours la relation de Dieu avec sa création qui est en cause, et, d'un autre côté, ce n'est jamais affaire de thèses, d'idées, de doctrines, mais simplement de passion.

F. S. – Vous aimez Julien Green?

J. O. – Entre lui et moi, il y a un article que j'ai écrit pour *Arts* il y a de longues années et où je disais à peu près que je ne trouvais aucun intérêt à son œuvre. J'ai l'impression que nous n'avons ni l'un ni l'autre oublié cet article. C'était un texte stupide, je l'avoue sans détour et même avec plaisir parce qu'il est toujours agréable de reconnaître ses erreurs. Aujourd'hui, je préfère le Green du *Journal* au Green des romans. Les romans, pour le coup, sont trop loin de moi, de ce que je peux comprendre. Le *Journal* aussi, bien sûr, vous introduit dans un univers très personnel, tantôt puritain tantôt franciscain, Hawthorne d'un côté, Maritain de l'autre, un univers tout à fait inhabituel, mais au moins il y a un guide qui est l'auteur lui-même. C'est plus facile.

J'ai été élevé dans le catholicisme, je reste amoureux de sa tradition si riche et si profonde, je suis persuadé de sa valeur mais incapable d'affirmer sa transcendance. S'il le fallait, si mes coreligionnaires étaient persécutés, je me joindrais à eux, mais sans y croire tout à fait. Je suis né dans la religion catholique et je compte bien y mourir. J'espère, malgré les doutes et les incertitudes, que je n'aurai pas vécu, que je ne serai pas mort trop loin de la vérité.

F. S. – La vérité?

J. O. – Vous vous souvenez de l'Évangile de saint Jean, la scène du procès de Jésus. Ponce Pilate l'interroge et lui demande qui il est, et le Christ parle de la vérité. Alors Pilate lui dit : « Qu'est-ce que la vérité? »

F. S. – Puis, sans avoir obtenu de réponse, il se retourne vers le peuple et lui dit qu'il ne voit aucune raison de condamner Jésus.

J. O. – C'est un geste très étonnant. Il a posé à cet homme une question métaphysique, assez peu romaine, et il n'a pas obtenu de réponse. Et pourtant, il recommande la clémence, comme s'il voulait dire qu'il ne faut pas condamner Dieu. Il ne faut pas condamner Dieu, même s'il refuse de vous répondre.

F. S. – Caillois a écrit un *Ponce Pilate*...

J. O. – ... où l'on voit Pilate, saisi par la justice, relâcher le Christ. Et ce refus de l'iniquité empêche la naissance du christianisme.

F. S. – La fin de Pilate est assez étrange. Peu de temps après la mort de Jésus, il multiplie les provocations contre les juifs. Cela se termine par un massacre ordonné par lui. Alors le légat de

Syrie l'envoie à Rome rendre des comptes et l'on perd sa trace.

J. O. – Il y a plusieurs versions de la fin de Pilate. Dans une version, il se jette dans un lac, en Suisse, le lac de Lucerne, où une montagne s'appelle Pilatus. Dans une autre version – celle d'Anatole France – il prend paisiblement sa retraite dans le sud de l'Italie. Un de ses amis va le voir, et ils évoquent ensemble leurs souvenirs de Palestine. L'ami demande à Pilate : « Tu te souviens de cet agitateur galiléen qui est passé devant ton tribunal? » « Quel agitateur? » « Tu sais bien, ce Galiléen du nom de Jésus. » Pilate réfléchit un instant et dit : « Non, je ne m'en souviens pas. »

V

Une avant-guerre

JEAN D'ORMESSON – J'ai repensé à nos dernières conversations. Le fond de l'affaire, je crois, c'est que la vraie vie est absente. Elle est absente parce que nous ne savons rien de Dieu et c'est parce qu'elle est absente que nous sommes conduits à nous poser des questions sur le temps, l'éternité, la création, comment marche le monde et comment il va finir. La littérature et l'art ne permettent pas nécessairement de comprendre le monde. Mais ils peuvent peut-être mener, comme le pensait Proust, à une espèce de salut, ou au moins de rémission.

FRANÇOIS SUREAU – Vous seriez malheureux si vous n'écriviez pas?

J. O. – Sûrement. Au point que je me demande parfois comment font pour être heureux ceux qui n'écrivent pas. Ils doivent avoir des recettes qui me sont inconnues. J'exagère un peu, naturellement.

F. S. – Que signifie, pour vous : « La vraie vie est absente »? Je crois que Rimbaud ajoutait : « Nous ne sommes pas au monde. »

J. O. – C'est d'abord, effectivement, le sentiment que le monde nous échappe, qu'il nous déborde de tous les côtés, et aussi, dans le même temps, le sentiment que pourtant il n'est pas absurde, qu'il n'est pas tout à fait inintelligible. C'est la combinaison de ces deux sentiments qui nous donne cette impression si curieuse d'être des étrangers sur une terre qui malgré tout est la nôtre. Une terre en même temps, par nature, hospitalière et inhospitalière. D'où le mythe de la caverne, et la recherche de la vérité des mouvements derrière les ombres projetées sur les murs. Quelque part, ailleurs, tout est accompli alors qu'ici nous ne voyons que l'inachevé.

Nous ne sommes, si je puis dire, que les ombres de nous-mêmes. C'est, me semble-t-il, d'une évidence éclatante. Plus fort encore en moi que l'amour de la vie, qui est pourtant très fort, il y a le sentiment, dont il est inséparable, que notre vie n'a pas son explication en elle-même, mais ailleurs.

F. S. – J'aimerais que nous revenions à l'avant-guerre. A son atmosphère, aux préoccupations qui avaient cours dans votre milieu. Une question d'abord : les années trente, c'est l'empire français à son apogée, juste avant son déclin. Que saviez-vous de l'univers colonial?

J. O. – Très peu de chose. Jusqu'à la guerre, j'ai vécu pour l'essentiel à l'étranger et le reste du temps, l'été en général, à Saint-Fargeau. Je n'ai pas connu Saigon ni la casbah d'Alger, sauf par Gabin et les films de Julien Duvivier. Il n'y avait pas de planteurs ni de trafiquants de piastres dans ma famille et personne n'y faisait suer le burnous. A l'époque, après l'Exposition coloniale de 1931, mon père considérait sans doute que la question ne se posait pas, alors que vers la fin de sa vie, il était favorable à l'indépendance. Déjà avant guerre, on entendait les premiers craquements. C'est l'époque du journalisme anticolonial de Malraux en Indochine et du malheureux épisode du temple de Banteaï-Srey. Je me souviens d'ailleurs que, vers 1955, il me fut tout à fait impossible d'organiser pour l'Unesco une réunion avec des conservateurs de musée où Malraux aurait paru : il faisait fuir les conservateurs. C'était avant qu'il devienne ministre, naturellement. Je suis sûr qu'après la plupart de ces messieurs ont oublié leurs nobles réticences. Enfin voilà : pour nous, pas d'aventures, pas de colonies. La vie simple et tranquille.

Après, je me suis interrogé moi-même sur les colonies. Pour mesurer une fois de plus le retard dramatique des politiques que nous avons suivies. Un peu comme pour Munich. Peut-être que si nous avions accordé, dès l'entre-deux-guerres, aux premiers leaders indigènes ce qu'ils demandaient et pratiqué une vraie politique d'association, les choses auraient été différentes. Pourtant je n'en suis même pas sûr. En revanche, après 1945, et surtout après que l'Angleterre eut donné l'indépendance à l'Inde, c'était fini. Nous nous sommes obstinés, mais c'était trop tard et nous avons dû payer un prix très lourd pour aboutir à un résultat tragique.

F. S. – Le gaullisme dont vous vous réclamez parfois n'y est pas pour rien : soutien à d'Argenlieu en Indochine contre Leclerc, colonialisme virulent du RPF, Debré et *Le Courrier de la colère*...

J. O. – Il y a de très bonnes pages au début du *Coup d'État permanent* où Mitterrand, qui était lui-même, à l'origine, favorable à l'Algérie française, dit la même chose que vous. Sur la question coloniale, de Gaulle a changé, et il a bien fait. Je suis toujours frappé de l'inanité de l'argument selon lequel la guerre d'Algérie a duré plus longtemps sous la Ve que sous la IVe République. Peu importe la durée, si je puis dire. De Gaulle a mis fin à cette guerre et c'est tout. Personne avant lui n'y était parvenu. On peut dire la même chose de Nixon et Kissinger à propos du Vietnam. En politique, on ne peut rendre justice qu'aux faits.

Peut-être que le grand homme de toute cette période, le seul esprit pénétrant, c'était Lyautey. Il y a des lettres de lui où il justifie son système en critiquant l'administration directe et l'implantation des colons, et on voit se dessiner tous les conflits ultérieurs.

F. S. – Il y a aussi la position de Clemenceau, encore plus nette, dès le début du siècle.

J. O. – Parce qu'il trouvait que la conquête coloniale nous détournait de la « ligne bleue des Vosges »?

F. S. – Pas seulement. Avant tout parce qu'il trouvait contradictoire, et donc risqué, de coloniser en brandissant les principes républicains, le droit des peuples à disposer d'eux-mêmes, etc. Et puis, il ne croyait pas à la « mission civilisatrice de la France ». Il y a un discours contre Ferry où il doute assez drôlement de la capacité de l'épicier de Pézenas à civiliser le mandarin tonkinois.

J. O. – L'évolution des formations politiques sur le sujet colonial est très intéressante. A l'époque de Clemenceau, c'est le centre gauche, Jules Ferry, qui veut coloniser. La droite est contre pour des raisons ultranationalistes, à cause de l'Alsace et de la Lorraine auxquelles il ne faut cesser de penser. D'ailleurs Bismarck a encouragé le colonialisme français pour des raisons parallèles. Ensuite les positions s'inversent, mais pas totalement. Sous la IVe, les socialistes ont pris une part active à la répression coloniale. D'un autre côté, de même que

Mauriac était pour l'indépendance du Maroc, Aron était pour l'indépendance de l'Algérie. Il faut se souvenir de tout cela pour ramener les discours politiques à leurs proportions exactes. Par exemple, j'entendais récemment je ne sais plus quel orateur socialiste reprocher à la droite son vichysme intrinsèque. Mais c'est la Chambre du Front populaire qui a voté les pleins pouvoirs au maréchal Pétain et je crois que très peu de voix socialistes ont fait défaut...

Prenez la politique coloniale de Ferry : d'une certaine manière, c'est du Caillaux ou du Briand avant l'heure. C'est l'idée que la colonialisation est un moyen pacifique d'utilisation des énergies nationales, permettant de les détourner des guerres européennes, lesquelles sont absurdes. Ce n'est pas une pensée basse. Nous retrouvons là l'un de nos thèmes favoris, celui des chassés-croisés de l'histoire, et de son infinie complexité. Au fond, notre époque oscille entre deux tentations : s'abstraire entièrement de l'histoire, comme le voulait Valéry, ou la sacraliser. Et de même avec la politique : en nier absolument la valeur, ou lui conférer une dignité historique, très lourde à porter. Ce que montrent ces exemples, c'est que ces deux attitudes sont également absurdes, *irrelevant*, comme on dit en anglais.

Derrière cette querelle coloniale, il y a aussi une querelle ethnologique. Vous savez d'ailleurs que l'ethnologie est née avec le colonialisme. On pensait alors que les progrès de la civilisation feraient entièrement disparaître les cultures primitives et qu'il fallait donc les décrire pour en conserver une trace. La querelle, c'est celle du rapport des cultures entre elles. Ce rapport s'inscrit-il ou non dans la durée? Doit-on considérer que les cultures africaines ou océaniques sont semblables aux cultures occidentales d'il y a mille ou deux mille ans, toutes les cultures étant situées sur la même échelle temporelle, celle de l'évolution? Ou bien faut-il juger chaque culture comme un tout absolument original? Cette question, celle de la différence, de la comparaison des cultures, est une des grandes questions de l'ethnologie – voyez *Race et histoire* de Lévi-Strauss –, mais c'est aussi, sans qu'on s'en rende compte, une des grandes questions de la politique. Derrière ce qu'on appelle le problème du racisme comme derrière le problème colonial, il y a cette question extrêmement complexe de la coexistence des cultures.

Race et histoire a été publié, à l'origine, dans une des collections de l'Unesco. Caillois, qui avait une position diamétralement opposée à celle de Lévi-Strauss, a critiqué le livre dans la revue *Diogène*. Et Lévi-Strauss a répondu par un article qui s'appelait « Diogène couché ». C'étaient les deux conceptions que j'ai décrites qui s'affrontaient, toutes deux également progressistes et réactionnaires. Si je me souviens bien, Caillois défendait la conception évolutionniste. Lévi-Strauss jugeait, lui, que chaque culture devait être considérée en elle-même, mais aussi que chacune – dont la nôtre – avait en quelque sorte le devoir de se protéger elle-même des atteintes extérieures pour pouvoir durer – et quel meilleur moyen de protéger une culture que de la croire irremplaçable, supérieure? D'une certaine manière, la thèse de Caillois avait des fondements réactionnaires et des prolongements pratiques progressistes, et celle de Lévi-Strauss des fondements progressistes et des prolongements pratiques réactionnaires.

F. S. – Voyons les autres débats de l'avant-guerre et la façon dont les échos en sont parvenus jusqu'à vous. Nous avons déjà parlé des attitudes possibles à l'égard de l'Allemagne. A l'intérieur du pays, avait-on conscience, et comment, de la crise du parlementarisme?

J. O. – Il y avait plus que la crise du parlementarisme, me semble-t-il. Il y avait la crise d'une République. La IIIᵉ avait gagné la guerre, et puis elle avait perdu beaucoup de vertu. Vertu au sens de rigueur morale, et aussi au sens de Machiavel, *virtù*, énergie. Elle paraissait incapable de répondre aux défis. Elle était défigurée par les scandales, Oustric, Hanau, Stavisky. L'affaire Stavisky symbolisait, pour les milieux traditionnels, ma famille maternelle, par exemple, la conduite erratique de la « femme sans tête » – ainsi appelait-on la République. Et les gens d'Action française collaient volontiers à l'envers, sur les enveloppes, les timbres à l'effigie de Marianne. On avait tous les jours devant les yeux ce spectacle accablant d'un « grand pays démissionnaire » dont a parlé je ne sais plus qui. Les gouvernants ne gouvernaient pas, mais échafaudaient des combines. Pensez donc : après le 6 février 1934, on va chercher Doumergue à Tournefeuille... Tournefeuille! C'est une des villes clefs de l'époque avec Munich. Le dérisoire et l'abandon. Parce que, à l'extérieur, le monde ne cafouillait pas autant que nous. L'ordre s'installait, on ignorait encore ce qu'il allait signifier. C'est d'ailleurs ce qui explique que les doctrines autoritaires aient connu une telle vogue. Des esprits bien intentionnés et un peu naïfs ont pu croire que ces doctrines donneraient au pays l'« instrument » dont il avait besoin parce que la démocratie parlementaire avait démontré son incapacité. Ces gens-là ne partageaient pas nécessairement les « valeurs » autoritaires ou les fantasmes raciaux des pays voisins. C'était une attitude assez absurde. Il valait évidemment mieux renforcer le parlementarisme.

Et puis, bien sûr, il y avait les idéologues. Ceux qui préféraient la doctrine autoritaire à l'intérêt national. Ceux qui se sentaient plus proches d'un Allemand nazi antifrançais que d'un socialiste français patriote. Ce sont des déviations curieuses, mais assez courantes en France. On y préfère souvent la doctrine. Un tel dévoiement vient peut-être de notre idée de mission universelle. Les Français sont fréquemment nationalistes et doctrinaires en même temps, et ce même quand la doctrine ne va pas dans le sens des intérêts du pays. Les Anglais, par exemple, pensent et agissent sur ce point d'une façon inverse de la nôtre. Bref, la plupart de ces gens se sont retrouvés à Vichy ou dans la collaboration parisienne. Je crois qu'à l'époque on sentait assez bien cette confusion des esprits. On ne distinguait pas les genres, les idées, les espèces et sous-espèces comme on peut le faire maintenant après coup. On ne théorisait pas. Mais l'atmosphère de pourrissement était très sensible. Avec cette impression si pénible de l'inéluctable. Pourrissement au-dedans, cours inéluctable des choses au-dehors.

F. S. – Je voudrais vous poser dès maintenant, à propos de ces scandales de la IIIe, une question qui anticipe un peu sur la suite de notre dialogue. Vous avez manifestement hérité d'une grande méfiance à l'égard de l'argent. Vous en parlez comme d'un mal nécessaire. Comment conciliez-vous cette attitude avec votre fonction de chroniqueur dans un journal – *Le Figaro-Magazine* – qui pendant plusieurs années a entendu réhabiliter non seulement le profit, mais l'enrichissement individuel, ou même simplement la détention du patrimoine, dans une optique assez « néo-wébérienne »?

J. O. – La réponse est assez simple. Je partage cette option libérale vis-à-vis de l'argent parce que je crois profondément que la liberté ne se divise pas et que la liberté d'entreprendre, de posséder, de penser, de choisir ses gouvernements, c'est une seule et même liberté, ou que, si on parle de libertés au pluriel, ces libertés-là vont de pair. Chateaubriand explique très bien que sans la propriété, il n'y a pas de liberté. Or, il se trouve qu'en France, au moment où *Le Figaro-Magazine* a lancé cette campagne, la liberté d'entreprendre ou de posséder − le droit de propriété garanti par toutes les déclarations de droits − venait de faire l'objet de campagnes incessantes et absurdes, pendant plus de dix ans : souvenez-vous de l'atmosphère intellectuelle néo-marxiste des années soixante-dix. Mais, d'un autre côté, je n'entends pas donner à cette option libérale des prolongements moraux auxquels elle ne peut prétendre. L'enrichissement, conséquence tangible de la liberté d'entreprendre, est tout à fait admissible. L'individu, dans tous ses aspects, est au centre de la philosophie libérale. Mais cela ne signifie pas que l'enrichi a plus de qualités morales, de vertus, ni même d'utilité sociale que celui qui ne s'est pas enrichi. Je suis très réticent devant le mélange des genres. Il conduit à une sorte d'irénisme marchand, d'idéalisme matérialiste, si je puis dire, qui ne sont guère convaincants. Cette mode est d'ailleurs en train de passer.

Je peux même aller plus loin. Je n'ai pas reçu en héritage le culte du profit, mais bien plutôt le sens de l'État. La raison a fait de moi un libéral, mais un libéral modéré, presque modérément libéral, et pas en tout cas un libéral utopique, comme Hayek ou tel jeune ministre de la cohabitation. En politique, évidemment, je suis totalement libéral. Mais en matière d'organisation économique et sociale, je dois forcer un peu ma nature pour l'être. Je pourrais très bien, j'aurais pu être un socialiste modéré, modérément socialiste. Je vous ai déjà dit pourquoi je ne l'étais pas devenu.

Et même, je ne dissimule pas toujours qu'au-delà du goût du paradoxe, de la contradiction, le combat des communistes français m'inspire de l'estime. Ces gens-là ne sont pas méprisables. Entendons-nous : je hais les totalitarismes, ceux de droite et ceux de gauche. Mais il y a derrière le communisme une aspiration morale, une tension vers le bien – autrement plus solide et digne d'intérêt que les prétentions scientifiques du marxisme et surtout que ses méthodes – qui n'existent pas à l'extrême droite, qui m'est toujours apparue davantage marquée par la peur et la haine. Sans parler d'Aragon, que j'aimais comme écrivain d'abord, j'ai été intéressé par Andrieu – je ne sais pas bien ce qu'il est devenu – et j'ai de la sympathie pour Leroy. Ce sont des esprits curieux : déliés par la dialectique d'un côté, et voués d'un autre à une obéissance loyolitique. Il ne faudrait pas les pousser beaucoup pour qu'ils vous déclarent comme Claudel que « la tolérance, il y a des maisons pour cela ». Ne soyons tout de même pas dupes les uns et les autres : ils me flattent et je les flatte. Nous jouons la comédie sans risques du faux guillotiné et des faux guillotineurs. C'est parce qu'ils sont dans l'opposition, et de moins en moins nombreux chaque jour, que les relations avec eux sont si faciles. Et je n'oublie jamais les crimes que la doctrine leur a fait obligation d'approuver. J'ai un tout petit souvenir à ce sujet, celui d'avoir été violemment attaqué par Ferrat dans une chanson qui s'appelait « Un air de liberté », attaqué parce que j'avais douté que la chute de Saigon ouvrît pour le peuple vietnamien une époque de liberté et de bonheur. Nous n'étions pas nombreux, à ce moment-là, à écrire de pareilles choses. Souvenez-vous des articles de mon ami Lacouture ou de Patrice de Beer dans *Le Monde*. C'est d'ailleurs pourquoi je supporte mal à présent de recevoir des leçons d'anticommunisme de la part de la gauche libérale.

Je suis peut-être sensible aussi au fait qu'il y a, malgré tout, une pensée d'extrême gauche. A l'extrême droite, depuis la disparition de Maurras, il n'y a plus que des instincts et des nostalgies. Le confusionnisme ambiant m'énerve un peu : ce n'est pas parce que les effets de ces attitudes si différentes sont à peu près les mêmes – nazisme et stalinisme – qu'il faut les confondre.

Nous parlions de cela à propos de l'argent. Je dois dire qu'à titre personnel, jamais l'argent ne m'est apparu sous l'aspect d'un dieu obscur, du veau d'or, mais plutôt, selon le mot de Dostoïevski, comme la liberté monnayée. Je dirais volontiers

« rien de plus » si je n'avais conscience que c'est déjà beaucoup.

F. S. – A quoi avez-vous employé votre argent depuis que vous en avez?

J. O. – Vous me forcez à des retours en arrière un peu cruels. Si on excepte les voyages, il ne fait guère de doute que je l'ai employé à des bêtises. J'ai acheté des chemises – j'ai eu un moment une véritable passion pour les chemises –, des chaussures, des voitures rapides. J'ai eu longtemps un comportement tout à fait primitif devant la richesse : il fallait la dépenser dans une sorte de potlatch itinérant, vestimentaire et mécanique. Je conserve de cette période, qui est quand même terminée à présent, une collection de chaussures tout à fait incroyable. Un de mes amis, Philippe Baer, prétend qu'il serait immoral d'en faire un musée privé. Il suggère d'en faire don à l'État, à la rigueur à la région. Je ne sais plus très bien combien j'en ai acheté à chers deniers, souvent au cours de mes voyages. Il m'est arrivé de me rendre à Rome uniquement pour aller chercher des souliers chez le cavaliere Gatto, via Pietro Salandra, et le talent italien est bien autre chose, croyez-moi, que la rigueur anglaise. Il y a certainement là-dedans quelque chose d'anormal dont Jacques Lacan aurait fait ses délices. Je suis un peu calmé à présent, rassurez-vous, ça va beaucoup mieux.

En revanche, le destin m'a épargné la ruine par

les femmes. J'ai bien connu des créatures coûteuses, mais pas au point de me ruiner. Et puis l'instinct de conservation a toujours été très fort chez moi.

F. S. – Vous avez connu des ensorceleuses?

J. O. – Mais comment donc... encore que... Que voulez-vous dire par « ensorceleuses »?

F. S. – Une femme vénéneuse, qui vous conduit où vous ne voulez pas aller, et qui pourtant n'est pas votre genre...

J. O. – Conduit où je ne voulais pas, je l'ai été. Mais pas par ce type de femmes. Il est possible, je crois, d'aimer qui on méprise, d'aimer quelqu'un pour lequel on n'éprouve pas d'estime. « Et tout cela pour une femme qui n'était même pas mon genre... » Ce sont de terribles passions. Je n'ai jamais connu cela. L'Ange Bleu m'a été épargné. J'ai eu de la chance.

F. S. – Vous êtes d'un naturel égalitaire en amour?

J. O. – J'ai toujours été conquis par celles que j'ai aimées, autant que je les ai conquises. Ainsi s'explique peut-être que l'amour et l'estime soient toujours pour moi allés de pair.

F. S. – Les lectrices nous pardonneront, j'espère, de passer sans transition à un sujet qui, malgré la légende, n'a aucun rapport et auquel vous avez fait allusion. Vous aimez les voitures?

J. O. – Moins qu'avant. Je les ai aimées à la folie. La voiture peut être un instrument de travail ou de plaisir. Elle a été pour moi un instrument de fuite durant toutes les années où j'ai fui. Le plaisir n'était pas absent, bien sûr, de ces escapades motorisées, presque toujours vers le sud.

F. S. – Votre premier livre commence par le récit d'un licenciement, immédiatement suivi par une sorte de course à la mer...

J. O. – C'était mon thème favori : la route de la Provence au printemps, au début de l'été, l'air chaud, les arbres lourds, la pancarte, sur la nationale 7, qui marquait le seuil du Midi. C'était le bonheur. Au-delà, il y avait la Provence, la Méditerranée, l'Italie, avec ses petites villes sans trottoir... C'est sur ces routes-là que j'ai connu mes premiers embouteillages, à l'entrée de Saint-Étienne, quelques années après la guerre. Auparavant, on filait presque seul sur la route, les cheveux au vent, le cœur léger, sans savoir où aller et sans le moindre plan. J'ai eu souvent des cabriolets décapotables, des voitures pour une ou deux personnes, avec leur brosse à dents et leur insouciance.

J'ai beaucoup parlé de voitures avec Morand, pas de technique, de soupapes ou de carburation, mais de confort, de performances. Il y a eu notamment un cabriolet Mercedes dont les portes s'ouvraient vers le haut, ce qui donnait à la voiture un air de papillon. Il me faisait envie. Morand roulait très vite. A l'époque, il n'y avait pas de limitation de vitesse et nous en abusions l'un et l'autre.

F. S. – C'était seulement la « fureur de vivre » ou bien vous faisiez un peu de tourisme littéraire, aussi, pendant vos escapades?

J. O. – Le tourisme littéraire, je l'ai pratiqué et je m'en méfie, un peu pour les mêmes raisons que celles qui me font considérer que la vie des écrivains n'a pas beaucoup d'importance. Il faut éviter de verser dans une sorte de sulpicianisme littéraire. Cela dit, de même que Rome, la Rome terrestre, c'est important pour un catholique, de même on peut goûter à certains endroits une ivresse littéraire, affectueuse, à la fois ironique et un peu nostalgique. « Je veux tout voir, écrit, sur la route de Grenade à Paris, Natalie de Noailles dans ses bras, Chateaubriand à Joubert, je veux voir les pantoufles de l'archevêque Turpin. » Vous savez, c'est l'archevêque Turpin de *La Chanson de Roland*. Il est douteux qu'il ait jamais existé, mais ses pantoufles sont exposées dans le musée de Roncevaux.

En fait, il y a deux sortes de pèlerinages. Le

pèlerinage réel, Illiers, Combourg, Civitavecchia, et le pèlerinage imaginaire, vers les endroits que les écrivains ont peuplés de leurs créatures. Sancerre à cause de la muse du département, ou Nancy à cause de Lucien Leuwen. Franchement, les deux me sont un peu indifférents et j'essaie de me garder de la superstition, du fétichisme. Rien n'est plus opposé à l'esprit de Proust que d'aller voir la maison de la tante Léonie. Je n'ai jamais fait de tourisme littéraire avec autant de talent et de persévérance que Michel Déon, par exemple. Vous vous souvenez de *Bagages pour Vancouver*, qui est un livre merveilleux? Déon suit les traces de Stendhal en Italie, reconstitue drôlement ses menus, ses déambulations, compare les vins... Mais j'ai toujours été intrigué par les maisons des écrivains. Chateaubriand à la Vallée-aux-Loups, Morand à Vevey, Malaparte à Capri, j'ai aimé ces endroits à cause d'eux, les vivants et les morts. J'aurais beaucoup aimé voir la maison de Tolstoï à Iasnaïa Poliana et la petite gare où il a fini.

F. S. – La Vallée-aux-Loups, c'est à quel moment dans la vie de Chateaubriand?

J. O. – De 1807 à 1817. 1807, c'est l'époque du fameux article du *Mercure* – « Lorsque, dans le silence de l'abjection, on n'entend plus retentir que la chaîne de l'esclave et la voix du délateur, lorsque tout tremble devant le tyran et qu'il est aussi dangereux d'encourir sa faveur que de mériter sa disgrâce, c'est en vain que Néron prospère, Tacite est déjà né dans l'Empire... » –, article qui déclenche la fureur de Napoléon : « Chateaubriand me prend-il pour un imbécile? Je le ferai sabrer sur les marches des Tuileries... » Fesch, l'oncle de Napoléon, l'ambassadeur sous lequel Chateaubriand avait servi à Rome en 1803, est l'un des plus acharnés à sa perte. Chateaubriand, qui a été un grand ambassadeur, était un détestable attaché d'ambassade. C'est à Rome qu'il avait reçu Pauline de Beaumont qui venait mourir dans ses bras. Il l'avait reçue avec courage : ils étaient l'un et l'autre catholiques et mariés. Et il était en poste auprès du Saint-Siège...

F. S. – Courage?

J. O. – Courage, ou dédain, ou désinvolture. C'est assez bien, ce diplomate français au Vatican qui accueille sa maîtresse pour qu'elle meure auprès de lui. Enfin tout cela ne lui avait pas gagné les bonnes grâces de Fesch, qui, quatre ou cinq ans plus tard, met l'article du *Mercure* sous les yeux de Napoléon, malgré les efforts en sens contraire de Fontanes. Ce qu'on sait moins, c'est que l'article du *Mercure* avait pour prétexte le compte rendu d'un livre d'Alexandre de Laborde consacré aux jardins et aux châteaux de France et d'Espagne. Et Alexandre de Laborde était le frère de Natalie de Noailles, dont Chateaubriand, à cette époque, est follement amoureux. C'est dans ce compte rendu, où l'amour et la politique avaient donc également leur part, qu'il a glissé la phrase fameuse. Et par la suite, c'est le renoncement à Paris, le départ du *Mercure* et l'exil à la Vallée-aux-Loups. Vous voyez comme tout est mêlé et comment tout un pan de la vie de Chateaubriand est lié à la Vallée-aux-Loups. La première phrase des *Mémoires d'outre-tombe* concerne cet endroit, où Chateaubriand a été assez heureux, moins tout de même que Mme de Chateaubriand, qui a pu le tenir là sous son emprise et mieux contrôler sa vie sentimentale. Ce qui est paradoxal, c'est qu'il a dû vendre sous les Bourbons, faute d'argent, cette propriété qu'il avait pu acquérir sous l'Empire. Il la vend en 1817, l'année même où, par une sorte de compensation du destin, il rencontre, chez Mme de Staël en train de mourir, Juliette Récamier.

Il y a une foule d'anecdotes sur la Vallée-aux-Loups. On raconte ainsi qu'un jour où Chateaubriand n'était pas là, Benjamin, le jardinier, a vu arriver un petit monsieur très simplement vêtu, rapide et autoritaire, qui s'est enquis de savoir si M. de Chateaubriand était chez lui et qui, sur la réponse négative, a vite fait le tour du jardin puis est reparti.

F. S. – C'était Napoléon?

J. O. – C'est du moins ce que Benjamin a toujours cru dur comme fer, et Chateaubriand quant à lui s'est très bien accommodé de la légende. C'est aussi à la Vallée-aux-Loups que Lamartine, jeune homme, grimpait aux arbres pour tâcher d'apercevoir de loin la silhouette de Chateaubriand.

F.S. – Et Valbois, la maison de Larbaud et de Caillois, y êtes-vous allé?

J. O. – *Veux-tu connaître le monde?*
Ferme les yeux, Rosemonde.

F. S. – Vraiment?

J. O. – Si je suis sensible aux atmosphères, si j'aime parfois respirer l'air qu'un écrivain a respiré avant moi, je me refuse à me laisser enfermer par ces choses. On se laisse très facilement couler, je ne dis pas dans le confort, mais dans la magie des lieux. L'esthétisme est un obstacle.

F. S. – Vous vous souvenez de la villa de D'Annunzio, le Vittoriale?

J. O. – Je n'ai pas une passion pour D'Annunzio, qui ressemble toujours un peu à son pastiche par Reboux et Muller, mais le Vittoriale, franchement, ça dépasse tout ce qu'on peut imaginer. Enfoncé, le palais mauresque de Loti à Rochefort, enfoncé, le pauvre Facteur Cheval : le cuirassé dans le jardin, les tombeaux des *arditi*, les fétiches nationalistes, les chambres mortuaires, c'est du grand art.

F. S. – Nous revoilà donc opportunément replongés dans l'avant-guerre. La guerre d'Espagne a mobilisé, comme pour une répétition générale, beaucoup d'écrivains de la génération précédant la vôtre. Quel souvenir en gardez-vous?

J. O. – J'avais neuf ans. La guerre d'Espagne, pour moi, c'est la guerre à neuf ans. Blum était prorépublicain et non-interventionniste. Après coup, on se dit que, puisque le monde dure par les tièdes et vit par les extrêmes, il aurait mieux valu choisir entre Brasillach d'un côté, Hemingway, Malraux ou Orwell de l'autre, mais choisir. L'Alcazar de Tolède ou les Brigades internationales.

F. S. – C'est facile à dire maintenant, mais qu'auriez-vous choisi?

J. O. – Pour parler franchement, j'aurais été très embêté. Vous, avec votre côté gauchisant et paradoxal, je vous vois bien chez les républicains, mais moi? Aller avec ceux que soutenaient Hitler et Mussolini, c'était impossible, mais de l'autre côté, les communistes et le POUM, ce n'était pas exaltant non plus. Les anarchistes du POUM, qui ont fini par être massacrés par les communistes staliniens, c'est très bien sur le plan romanesque, mais dans la réalité, c'était assez barbare et totalitaire aussi. Et les deux camps ont commis autant d'horreurs.

F. S. – Quels sont les écrivains de la guerre d'Espagne que vous préférez?

J. O. – J'ai beaucoup aimé *L'Espoir*, avec cette violence de document d'archives. C'est écrit sur le vif et pourtant on a le sentiment d'une œuvre qui bénéficierait du recul du temps. Et Orwell, *Homage to Catalonia*. Et Bernanos, qui par souci de la vérité frappe tout ce qu'il aime, l'Église, son Église.

F. S. – Cette époque, c'est aussi les troubles sociaux en France, le Front populaire. Je pensais à l'affaire Salengro en lisant un propos prêté au président de la République : « La droite, c'est la chasse à l'homme. » Cela vous semble injuste?

J. O. – Absurde. Giscard et les diamants, ce n'était pas la chasse à l'homme? Et Pierre Moussa? Il y a certainement dans les idées de gauche un profond mouvement du cœur. Mais la gauche d'aujourd'hui me paraît, davantage que celle du Front populaire, marquée par une certaine imposture. Elle n'a plus d'élan, plus d'idées et s'accommode de tout. C'est sûr, elle est plus compétente qu'autrefois. Mais la compétence, nous avons la droite pour cela. Et parce que la gauche perd son identité, périodiquement elle est saisie par l'esprit

d'anathème, ou elle s'invente des combats imaginaires, développant une sorte de paranoïa. Et je
peux très bien comprendre le désarroi des gens
sincères qui militent et votent à gauche sans appartenir aux cercles du pouvoir : ils se voient administrer tous les jours, en ouvrant le journal, une leçon
de choses paréto-machiavélienne en vraie grandeur; ou bien ils sont dégoûtés de regarder de
jeunes nietzschéens issus du maoïsme et de Mai 68
s'enrichir en dépit et sous le couvert des grands
principes. Là-dessus, on pourrait relire Péguy.

F. S. – En 1936, votre père est nommé ambassadeur au Brésil.

J. O. – Je me souviens très bien du Brésil. C'est
un pays où il ne faut jamais parler ni de chaleur, ni
de serpents, ni de Noirs. C'est surtout un pays
extrêmement attachant. Au Brésil, mon père a
souffert de plusieurs choses, et ce poste, qui a été
pour lui le dernier, n'est certainement pas celui
qu'il a le plus apprécié. D'abord il y avait précisément la chaleur : je l'aimais beaucoup, il la
supportait mal. Et puis c'était une ambassade où
les problèmes économiques tenaient une place
essentielle, et mon père n'était pas friand d'économie, ni pour lui, à titre individuel, ni dans son
métier. Claudel, lui, ambassadeur littéraire s'il en
est – et le Brésil a joué un grand rôle dans la
genèse du *Soulier de satin* –, adorait les chiffres, les
comptes, les balances de paiement...

F. S. – Les surréalistes lui reprochaient vivement je ne sais quel trafic de porcs ou de jambons auquel il s'était livré – pour le compte de l'État naturellement – pendant la guerre.

J. O. – Exactement, et je crois même que Breton a écrit là-dessus un de ces petits pamphlets dans lesquels il excellait, du genre : « Les sectateurs de l'absolu vous crachent solennellement à la gueule, Monsieur l'Ambassadeur. » Donc, une ambassade économique. Enfin, il y avait un troisième inconvénient : mon père succédait à un ambassadeur qui avait très bien réussi et avait pris sa retraite sur place, et du coup le nouveau venu a eu un peu de mal à s'imposer. Cet ambassadeur incrusté, qui s'appelait Hermitte, a été décrit par Giraudoux dans *Bella* sous les traits d'un individu pas très recommandable qui fouille les corbeilles à papiers. Ce qui conduit un de ses collègues du Quai à laisser à son intention un papier dans la poubelle : « Je pensais bien vous y trouver. » C'était sans doute un peu exagéré, mais il reste que mon père s'est vu faire par son prédécesseur une petite guerre de propagande. Il était le « marquis rouge », le faux libéral, un homme de Léon Blum et du Front populaire, et cette guérilla l'a un peu gêné dans ses débuts. Mais la vie était tout de même très agréable, parce que le Brésil est un pays extrêmement divers, très mêlé, très accueillant, avec de grands écrivains, dont le plus connu en

France est Jorge Amado, une élite cultivée et francophile, et même, interdit de sourire, une académie où j'ai eu l'honneur de remplacer André Malraux. Le président, qui porte le superbe nom d'Austrégésilo de Athayde – il y a au Brésil beaucoup de prénoms grecs, romains, wisigoths, beaucoup de Benjamin Constant et de Chateaubriand –, est d'ailleurs le même que du temps de mon père – il y un demi-siècle. Ce n'est pas du tout un pays de marchands de guano, et mon père, que la vie politique sous le dictateur Vargas irritait, que l'économie ennuyait, passait beaucoup de temps avec les écrivains, les poètes, les académiciens.

Je me souviens de cette ville si brillante, avec un seul gratte-ciel : le journal *A Noite*. La baie, qui n'était pas encore traversée par l'immense pont de Niteroi, était d'une luxuriance tropicale. Il y avait toute une vie sociale très animée, et, tout près, un autre monde qui était l'univers des *favelas*, ces collines où s'entasse une population misérable. La crise n'était pas loin et, pour écouler les stocks de café, on les brûlait comme du charbon dans les chaudières des locomotives. Par chance, il n'y avait pas de problème racial à cause de cette politique systématique du mélange des races qui a toujours été une des constantes des administrations portugaises, en Inde, en Afrique ou en Amérique. C'était peut-être André Siegfried qui disait : « En Amérique du Nord, quand on a une goutte de sang noir, on est noir. Au Brésil, quand on a une goutte de sang blanc, on est blanc. » Tout le monde est blanc, au Brésil. Il n'y avait pas de véritable problème racial, mais il y avait un problème social : une minorité jouissant de toutes les facilités et la grande masse de la population vivant difficilement.

Déjà à l'époque, le carnaval était l'occasion d'oublier ces difficultés. Vous savez que ce n'est pas une tradition très ancienne : le carnaval a été créé dans les années vingt. J'en ai donc connu les toutes premières années. Vous imaginez bien que, même petit, j'étais très excité par le carnaval, alors que ce n'était pas la tasse de thé de mon père. Il y avait des femmes à moitié nues, la plupart très belles, et des lance-parfums répandaient sur l'assistance de l'éther à la place des parfums. Je sais encore certaines chansons du carnaval de 1937 : (*suivent ici des borborygmes difficiles à reproduire par écrit*).

F. S. – Vous aimez « la fête » ?

J. O. – Non, je n'aime pas beaucoup cela. Il y a quelque chose de forcé, dans la fête, une obligation de s'amuser tous ensemble. Je déteste même les grands bals, qui sont quelquefois beaux. J'aime la fête avant la fête, la fête après la fête, et Venise sans carnaval. Dans ces fêtes organisées, héritières des Lupercales et de l'inversion sociale, carnaval de Rio, nuits de la Saint-Jean dans les pays scandinaves, il y a l'idée de la parenthèse où tout est permis, et on arrive très vite au défouloir. Je préfère les moments où tout est interdit et où vous passez outre quand même. La transgression m'amuse plus que la fête.

F. S. – Quelles impressions avez-vous eues de la France quand vous y êtes rentré définitivement, juste avant la guerre?

J. O. – Des impressions un peu étranges. Ce n'était pas vraiment mon pays, je n'y avais jamais vécu et enfant j'avais appris une autre langue – l'allemand. Comme j'ai une grande faculté d'adaptation, je m'y suis fait très vite. Le lycée, après les institutrices et les cours par correspondance, ne m'a pas beaucoup troublé. Simplement, l'esprit de compétition m'a envahi. Il fallait être meilleur que les autres. Je suis entré à Bossuet. Tous les matins, levé à six heures, je traversais le jardin du Luxembourg et j'étais en classe vers sept heures pour mener cette vie assez rude du collégien français, qui est littéralement dressé au travail dès son plus jeune âge. J'ai fini par rêver d'un monde où les enfants seraient libres et où on s'adonnerait aux études vers la fin de sa vie.

F. S. – Vous avez des souvenirs à la Alain-Fournier, les études le soir, les longs corridors, l'odeur de l'encre, toutes les images de la vie scolaire?

J. O. – Je ne suis pas un homme de souvenirs. Toute ma vie, j'ai davantage attendu que regretté. Et j'oublie très facilement. De cette période, je garde seulement le souvenir de la découverte de l'étude, du travail – j'aimais beaucoup travailler –, et surtout le souvenir de mon professeur d'histoire, qui était Georges Bidault. Il était évidemment complètement inconnu. C'était un petit homme toujours tiré à quatre épingles, strictement coiffé, une allure très contrôlée. Un costume bleu, un col dur. Il parlait avec une voix métallique et disait souvent des choses un peu énigmatiques. C'était un amateur d'ellipses et cette particularité l'a rendu célèbre, plus tard, à l'Assemblée. « Les tuiles remontent sur le toit », et « Il vaut mieux se laver les dents dans un verre à pied que les pieds dans un verre à dents. » Il a eu par la suite une réputation d'alcoolique parce que le moindre soupçon d'alcool lui faisait perdre la tête, mais à l'époque nous n'en savions rien. Nous connaissions ses opinions politiques de centre gauche – on ne disait pas encore démocrate-chrétien : plutôt démocrate-populaire – par ses éditoriaux de *L'Aube*. Un jour d'ailleurs, à la fois pour faire le malin et pour lui montrer que j'avais les mêmes opinions que lui, je me suis mis à lire ostensiblement. *L'Aube* sous son nez. Il m'a amicalement mais fermement prié de ne pas recommencer. J'étais son élève préféré, je crois. C'était mon professeur préféré.

En ce temps-là, on ne parlait pas de politique en classe. C'était une période critique et malgré tout les professeurs ne commentaient pas les événements, même les événements extérieurs. Quelquefois Bidault laissait paraître son dégoût du nazisme et des régimes autoritaires. Ce qui me frappe cependant, c'est que personne ne voulait la guerre, même pour abattre le nazisme. C'était très différent de l'atmosphère de 1914, de l'enquête d'Agathon et de l'enthousiasme des élites et de la jeunesse, alors que pourtant, me semble-t-il, la cause était plus juste et les échéances plus inévitables en 1939. Mais précisément il y avait eu la saignée de la Grande Guerre, et puis aussi la crise économique, la crise du parlementarisme. Les gens étaient résignés, fatalistes. S'il fallait se battre, on se battrait, rien de plus. Et puis il y avait aussi les pro-Allemands, les pro-Italiens, les adeptes des régimes autoritaires, et les communistes depuis le pacte germano-soviétique. Ça faisait beaucoup de monde, et du monde influent, dans le camp de l'abstention et du défaitisme. Quant à ceux qui étaient les plus hostiles aux dictatures, ils étaient le plus souvent à gauche, et donc largement pacifistes par principe. Moi, j'étais un benêt de treize ans, mais j'étais, de manière tout à fait gratuite et irresponsable, pour une intervention militaire contre les hitlériens.

Les trajectoires ultérieures commençaient à se dessiner mais nous ne les devinions pas vraiment. Je me souviens que mon père se méfiait de Pétain, qu'il décrivait comme un maréchal politique et volontiers intrigant. Le culte dont Pétain a fait l'objet par la suite, puis sa condamnation, ont un peu fait oublier la manière dont les gens informés le voyaient avant la guerre : comme une figure de légende, bien sûr, mais aussi comme un personnage un peu moins pur, un militaire manœuvrier, assez calculateur. Il n'y avait d'ailleurs personne sur qui s'appuyer. Les grands capitaines de la première guerre étaient morts. Les politiques étaient incertains et les « durs » n'étaient que des pasticheurs : il y avait Mandel, peut-être, mais Reynaud, plus tard – pour ne rien dire de Daladier –, ne fut qu'une mauvaise copie de Clemenceau. L'armée française était la première du monde mais on la savait fragile. Gamelin passait son temps dans les salons où il se rassurait en échafaudant des théories bizarres. En fait, nous sommes allés de lâche soulagement en lâche soulagement, Munich d'abord, la « drôle de guerre » ensuite, jusqu'à l'effondrement. Mais les premiers craquements, on les entendait déjà bien avant que la guerre ne commence.

F. S. – Vous n'avez pas revu Bidault, ensuite ?

J. O. – Si, je l'ai revu à la fin de la guerre. Mon frère, qui était dans la Résistance, m'avait fait porter des tracts à je ne sais plus quelle adresse. J'étais à vélo. Arrivé à destination, passablement ému, je sonne à la porte d'un appartement et

Bidault vient m'ouvrir. Il a eu l'air un peu surpris, amusé peut-être. Moi, j'étais frappé par la foudre.

F. S. – Quelles images gardez-vous de cette époque, juste avant la guerre?

J. O. – Une atmosphère gaie, facile, un peu stupide. Maurice Chevalier, Suzy Solidor, Rina Ketty. Un côté morale de midinette. En fait de danse, c'était le fox-trot sur un volcan. Beaucoup de gestes saccadés, beaucoup de vent brassé, beaucoup de bruit pour rien. Heureusement, il y avait le cinéma, avec Renoir, Duvivier, Carné, les films avec Jouvet, avec Fresnay. Aller au cinéma, c'était un événement exceptionnel. Il nous arrivait d'avoir le cinéma chez soi : pendant les goûters d'enfants, on voyait des magiciens, dont je raffolais, et on passait des films, des Charlot, des Harold Lloyd, des Laurel et Hardy. Mon premier film, qui m'a bouleversé, c'était *Veillée d'armes*, avec Anabella, je crois. Et puis *Forfaiture*. Et ensuite, beaucoup d'autres, avec une préférence pour Renoir, le Renoir de *La Règle du jeu*. Et puis, bien sûr, les premières comédies américaines, *L'Impossible M. Bébé*, *M. Smith va au Sénat*... Je ne sais plus si le merveilleux *Philadelphia Story* date de la guerre ou de l'avant-guerre.

J'ai aimé le cinéma à la folie. Quand je suis entré à Normale, épuisé par l'effort, j'allais au cinéma plus d'une fois par jour. Maintenant je n'y vais presque plus. Certains films ont joué un rôle déterminant dans ma vie sentimentale : *Mädchen in Uniform*, par exemple, qui passait aux Ursulines. Pendant ce film, une jeune fille très intelligente et que j'aimais beaucoup est tombée dans les bras d'un brillant garçon qui se préparait à revêtir l'uniforme ridicule de conseiller maître ou d'inspecteur des finances – mais ont-ils seulement un uniforme? Le monde s'est écroulé sous mes yeux, dans cette demi-obscurité, comme au son des trompettes du Jugement dernier. Ça m'a foutu un coup, je vous assure. Ce n'était pas tellement du dépit ou de la jalousie, mais, pour un normalien vautré dans les idées, s'apercevoir qu'une femme peut préférer à tout autre un fonctionnaire bien mis et plein d'avenir, c'est absolument terrible. En fait, je la croyais attachée à Laplanche, le psychanalyste, qui était un de mes condisciples et que j'admirais beaucoup. Elle a épousé l'inspecteur des finances, et cela m'a semblé comme une trahison intellectuelle. L'inspecteur était très bien, et beaucoup moins convenu que bien des hurluberlus qui m'entouraient, mais cela je ne l'ai appris que plus tard. Le monde autour de moi avait du mal à se mettre en place et ses secousses m'ébranlaient.

Je pense au temps que nous consacrons aux histoires insignifiantes que je vous raconte. A peine plus sur la guerre d'Espagne, sur Bidault, sur Malraux que sur la mince aventure des Ursulines... Je ne peux pas vous dire si nous avons raison ou tort. Je ne sais pas à laquelle de ces histoires nous ne rendons pas assez justice. Il n'est pas tout à fait sûr que, pour chacun de nous, les grands événements soient ce qu'il y a de plus important.

F. S. – Lubitsch?

J. O. – J'ai adoré Lubitsch. Il écrivait des films que j'aurais aimé écrire. *The Shop around the Corner...* Il me faisait penser à ce vers d'Apollinaire : « Mon verre s'est brisé comme un éclat de rire. » Son allégresse triste m'enchantait. Il illustre très bien ce que nous venons de dire sur l'insignifiance des grandes choses et l'importance des petites. Il tirait un chef-d'œuvre de presque rien.

Je dois avouer que le film génial m'ennuie souvent. Lubitsch, ce n'est pas génial, c'est mieux : c'est très bien. Quelques degrés en dessous, j'ai toujours eu une passion pour le genre de films que *Le Nouvel Observateur* classe dans la catégorie « tarte à voir ». *Pandora, La Comtesse aux pieds nus.* Tenez, *Out of Africa*, par exemple, quand l'héroïne raconte des histoires à ces deux aventuriers qui l'écoutent comme des enfants. Ou quand, après être passée par des épreuves effroyables, Merryl Streep rejoint son mari qui lui dit simplement : « *You changed your hair.* » Je comprends que cette seule phrase : « *I had a farm in Africa...* » ait suscité l'enthousiasme d'une multitude de spectateurs. Je pleure beaucoup au mélodrame. J'avais la gorge serrée à la fin d'*Out of Africa*. J'ai aussi aimé à la folie *Le Festin de Babette*, qui est tiré, lui aussi, d'une nouvelle de Karen Blixen.

Question bateau, à trois sous, que vous faites peut-être bien de ne pas poser : le cinéma est-il un art ? Comme l'art est lui-même difficile à définir, on peut se borner à relever certains traits propres du cinéma, traits qui correspondent à autant de limites. L'essentiel tient en une phrase : les images du cinéma sont si fortes, si prégnantes qu'elles bloquent l'imagination sur elles-mêmes alors que les images de la littérature permettent des lectures successives et d'innombrables interprétations. De là qu'un film supporte assez mal d'être revu plusieurs fois, alors qu'un livre supporte – et même exige – d'être relu. De là que chaque génération reconstruit à son gré *Antigone* ou *La Chartreuse* alors que tout film est figé en lui-même et apparaît assez vite comme une pièce de musée. Remarquez que les images de la peinture sont aussi libres que l'œuvre littéraire et permettent autant de lectures. Le spectacle de la toile s'impose à l'œil comme le cinéma, mais il ne bride pas l'imagination. Pourquoi, alors qu'il s'agit aussi du regard ? On en arrive ici à une autre singularité du cinéma, c'est qu'il ne peut s'affranchir de l'histoire racontée. C'est la combinaison de l'histoire et du regard qui constitue la force et la faiblesse du cinéma. La peinture, c'est le regard sans l'histoire ; le roman, c'est l'histoire sans le regard. Dans les deux cas, vous reconstruisez tout à votre gré, vous jouez comme vous voulez avec l'imagination. Quand l'histoire et le regard se rejoignent, on peut se distraire, on peut rire, pleurer et même rêver mieux que partout ailleurs – mais on est prisonnier de l'image.

F. S. – Je crois que certains auteurs de la nouvelle vague en étaient conscients. *Pierrot le Fou* de Godard, par exemple, est une tentative pour s'affranchir de l'histoire racontée.

J. O. – Je crois que vous avez raison, mais *sutor, ne supra crepidam.* Mon truc, c'est le mélo, le cinéma romanesque, le western, le polar, *Le train sifflera trois fois* ou *Kagemusha* – et *Jules et Jim*, avec ses dialogues sans pareils.

F. S. – Vous n'avez jamais été tenté d'écrire des scénarios ou des dialogues de films?

J. O. – Non. Je regrette beaucoup en revanche de n'avoir jamais écrit de pièces de théâtre et j'aimerais bien en écrire une, comme ça, très vite, puisqu'il paraît que c'est la règle et qu'il faut enlever la pièce dans le mouvement... Cela dit, j'ai écrit assez peu de dialogues dans mes romans, et je manquerais certainement d'entraînement. Dans mes livres, je m'efforce toujours d'appliquer la règle de Hemingway, règle d'or du genre romanesque, selon laquelle les dialogues ne doivent pas avoir pour objet d'expliquer quelque chose, de faire avancer l'action : ils doivent faire entendre une voix.

F. S. – Et – autre thème convenu – les actrices?

J. O. – Gene Tierney avant les autres. *Laura*, vous vous souvenez? Rita Hayworth aussi – les gants de *Gilda...* –, et Lauren Bacall, et Ava Gardner, et Ingrid Bergman. Ingrid Bergman dans *Notorious* ou dans *Casablanca*, parce que j'aime les femmes *clean* et que je la vois ainsi. Et vous ne me ferez rien dire sur les actrices contemporaines.

Dans le cinéma, ou dans ma façon de l'aimer, il y a aussi le goût des mots, le culte des formules partagées par un petit nombre et qu'on se refile entre soi. « *Just whistle... You know how to whistle?* » En littérature aussi, les secrets qu'on se transmet entre initiés, chaîne mystérieuse des préférences du plaisir, de l'envoûtement, me sont très chers, presque autant que les marques éclatantes du génie. Lorsqu'on lit, par exemple, le texte ou la préface qu'un écrivain consacre à un autre écrivain, Gracq sur Rimbaud ou Breton, Giono sur Melville, Sartre sur Nizan, on s'introduit en tiers dans un merveilleux dialogue, on jouit de cette complicité qui rend le monde plus que supportable, bienfaisant.

F. S. – « Il les préférait sottes et vierges, séduit par le secret vertigineux de la bêtise, notre seule profondeur, et par l'éclat verni d'une chair sans souvenirs. »

J. O. – Sartre?

F. S. – Sartre, parlant de Nizan. Et vous, quelle formule aimeriez-vous transmettre comme un secret?

J. O. – J'hésite. Peut-être : « J'écris *Polders*. »

VI

La guerre à quinze ans

FRANÇOIS SUREAU – Quel souvenir gardez-vous de la déclaration de guerre?

JEAN D'ORMESSON – Nous ne sommes pas rentrés en classe.

F. S. – C'est tout?

J. O. – Je plaisante. Avec quoi plaisanter, sinon avec les catastrophes? Il faut plaisanter avec les drames pour les rendre moins pénibles. D'ailleurs je ne plaisante qu'à moitié, puisque nous avons tout d'un coup changé d'univers. Il n'y avait plus d'école, plus d'obligations, c'étaient les grandes vacances avant l'heure. Des grandes vacances un peu spéciales, puisqu'on nous distribuait des masques à gaz. Tout le monde en avait, on les portait en bandoulière, ou à la ceinture. En fait, au bout d'une semaine ou deux, une fois le premier engouement passé, personne ne s'encombrait plus de ces objets inutiles. On aura tout connu pendant les cinq années sinistres, sauf ce qu'on attendait. Il faut dire que la « drôle de guerre » n'avait, comme son nom l'indique, que très peu des allures de guerre. On racontait que les soldats vivaient en pantoufles dans la ligne Maginot, et le théâtre aux armées était certainement l'unité la plus occupée de l'armée. La radio diffusait des chansons stupides. Je me souviens de quelque chose comme : « Le colonel est de l'Action française, le lieutenant est radical, le sergent est socialiste, le caporal est communiste, mais tout ça fait d'excellents Français » ou « d'excellents soldats », je ne sais plus. Je réinvente peut-être un peu : je ne suis pas sûr que la couleur politique suivait à ce point l'ordre des grades, mais peu importe. C'était bien cette ambiance-là.

Les départs, je les ai vus, mais la ligne, le front, l'attente, je n'en ai guère entendu parler. Pourtant, plusieurs membres de ma famille, au sens large, sont partis, et plus tard quelques-uns sont morts. L'un des plus beaux livres de Julien Gracq est celui où il décrit un aspirant d'infanterie perdu dans la forêt des Ardennes et dont la vie est comme suspendue au déferlement de l'ennemi : *Un balcon en forêt.*

Mes parents, comme tout le monde, craignaient que Paris ne fût détruit par les bombardements et nous nous sommes transportés à Ormesson, à quinze kilomètres de Paris. A Ormesson, nous avons repris le système des institutrices et des cours par correspondance. Comme il fallait collaborer à l'effort de guerre, on nous faisait exécuter des menus travaux dans les bois. Mon frère et un de mes cousins coupaient des chênes. Mon autre cousin André et moi, qui étions moins robustes, ou plus malins, nous faisions des fagots. André est devenu un homme très beau, très séduisant, un peu nonchalant, très amateur de femmes avant son mariage. André et moi liant des fagots, quand les autres coupaient des chênes, ma foi, c'était peut-être un signe. Dans les grands bouleversements de l'histoire, Lubitsch, les romans, ma vie, la littérature sont des espèces de fagots.

Mon père avait pris sa retraite, mais, à ce moment-là, il s'est occupé de l'administration de l'Information, héritière de la Maison de la Presse qu'avait fondée Berthelot. Giraudoux dirigeait. Il faisait des discours raisonnables et beaux, parlait des petits villages polonais et de la clarté, de la mesure françaises. C'était tout à fait dérisoire. Mon père voyait tout cela. Il avait répugné à ce qu'on résistât à Hitler par les mêmes moyens que les siens, militarisme, jeunesse musclée – même démocratique – se jetant dans la Seine en train de charrier des glaçons, et maintenant Hitler était le plus fort et nous devions nous contenter de pauvres slogans. Et plus la situation se dégradait, plus les slogans devenaient ridicules. « La route du fer est coupée » avant « Nous vaincrons parce que nous sommes les plus forts » sur les murs des villages à côté des réclames pour le quinquina ou le Dubonnet. Par la suite, naturellement, le flot des réfugiés s'est écoulé sous ces affiches. Mon père, lui, s'en remettait à une sorte de providence républicaine. Il n'avait pas tout à fait tort – mais à très longue échéance. J'imagine qu'il attendait que le peuple allemand, les généraux, je ne sais qui, renverse Hitler.

Je crois me souvenir que nous savions obscurément ce qui allait se passer. Il y avait cette impression de machine infernale, d'entraînement irrésistible. Je ne peux pas m'empêcher de penser que si nous étions placés aujourd'hui dans la même situation, ce ne serait guère différent. Ce n'est pas que je veuille exonérer les politiques, les militaires, les intellectuels de leurs responsabilités; mais il y a des moments où l'idée même de cette responsabilité passe au second plan, où tout arrive comme si le destin seul gouvernait les événements, presque sans intervention humaine. Clemenceau nous aurait-il évité la défaite? Je n'en suis même pas sûr. D'ailleurs, une fois défaits, nous avons cherché une figure légendaire, une figure de notre victoire pour nous protéger, et voyez comment cela a tourné. C'était la même malédiction. Ce que je dis là n'a évidemment aucune valeur historique, c'est simplement pour mieux expliquer le malaise profond que nous ressentions alors. C'était peut-être le malaise caractéristique des peuples qui, par lassitude, après avoir longtemps été les sujets de l'histoire en deviennent les objets.

Bien entendu, on peut aussi avoir une vision assez technique de la défaite. Nos généraux étaient médiocres, ils ont perdu. Et toutes les salades moralisantes de la suite, l'esprit de jouissance, etc., n'ont été qu'un alibi permettant de rejeter sur le corps social les carences de l'armée. Les militaires d'alors, apparemment, n'aimaient pas leur métier. Il suffit pour s'en convaincre d'observer la course aux places civiles à laquelle ils se sont livrés à Vichy. Un pays qui nomme des amiraux préfets ne vaut plus très cher. Bref, il n'est pas exclu que la responsabilité de la défaite incombe d'abord à l'état-major et que tout le reste, la décadence française, la crise du parlementarisme, tout cela n'ait été qu'habillage, que reconstruction a posteriori; que si Gamelin avait été Foch, Hitler était battu, et c'était d'ailleurs ce que redoutaient les généraux allemands, qui trouvaient leur maître follement téméraire. Il avait raison, me direz-vous. En fait, il n'avait ni raison ni tort, il agissait comme cela parce que c'était dans sa nature, il l'a fait contre plus faible et contre plus fort que lui, sans distinction, jusqu'à sa chute. C'est vrai, la IIIᵉ République n'était pas bien solide. Mais l'était-elle beaucoup plus en 1914? Il y avait eu l'affaire Dreyfus et le scandale de Panama. Les gouvernements tombaient tout aussi souvent. En 1940, il y avait eu la saignée de la Grande Guerre, mais les Allemands l'avaient subie aussi. Certes, il y avait moins d'enthousiasme qu'en 1914, mais de la résolution et du professionnalisme auraient peut-être suffi.

Voilà. Nous étions à Ormesson, attendant je ne sais quoi, liant des fagots, espérant quand même.

F. S. – Qui voyiez-vous dans cette période?

J. O. – La famille exclusivement. J'ai beaucoup vu, à ce moment-là, mon oncle Wladimir. C'était un homme très beau, assez grand, tout à fait irrésistible. Ce n'était pas un diplomate de carrière. C'était un autodidacte. Sa chance a été Lyautey. Il a fait partie de l'équipe de Lyautey, que Maurois, qui avait lui-même tourné autour du Maréchal, a décrite. Il y avait aussi Gaston Palewski et toute une cascade de jeunes gens appelés à de grands avenirs. Lyautey, donc, a fait la carrière de Wladimir qui s'est mis à travailler, et même, plus tard, à écrire. Il a commencé par le journalisme où il a tout de suite très bien réussi. Il a écrit dans *L'Europe nouvelle* de Louise Weiss, dans *Le Temps*, et puis dans *Le Figaro*. Il a occupé de grands postes diplomatiques, comme l'ambassade de France au Vatican, et il est entré à l'Académie française.

F. S. – Était-il aussi bête que le prétendait *L'Action française*?

J. O. – Je vois à quoi vous faites allusion. Éditorialiste au *Figaro*, porte-parole des modérés, Wladimir était la tête de Turc des royalistes et plus précisément de Léon Daudet. Léon Daudet était un demi-fou mais un excellent écrivain, avec un vrai talent pour le trait et l'insulte. Aujourd'hui où tout est si convenable, il ferait, plus encore que Bloy, figure d'énergumène, mais on pouvait admirer son talent sans partager du tout ses idées. Sur Wladimir, il était souvent très drôle. D'abord, le trouvant soporifique, il l'avait surnommé Wladimir d'Endormesson. Je crois que j'ai retrouvé, de temps en temps, appliquée à ma personne, la même formule dans *Le Canard*. Et il commentait tous les matins la température du jour en écrivant : aujourd'hui il fait dix degrés au-dessus, ou trois degrés en dessous de Wladimir d'Ormesson. C'était féroce et facile. Il y avait une foule de talents dans *L'Action française* de cette époque, Bainville, Maurras, dont j'aime beaucoup les poèmes, Daudet, Massis, Maulnier, Gaxotte... Une équipe de journalistes dont on n'imagine pas l'équivalent aujourd'hui. Il va sans dire qu'ils étaient très excessifs dans la défense d'une cause indéfendable.

F. S. – Est-ce que la carrière de Wladimir d'Ormesson ne représente pas, quand même, tout ce que vous détestez?

J. O. – Il avait beaucoup de talent dans son domaine qui était politique. Moi, je voulais autre chose. J'ai un peu rué dans les brancards. Comme disent les philosophes, je me suis posé en m'opposant : à mon père, à mon oncle. Il y avait, pour moi, une trinité qui m'a comblé de bienfaits et dont je redoutais comme la peste l'exemple et la contagion : Wladimir, André Siegfried, Fabre-Luce. Je me dis parfois que, *Le Figaro* et l'Académie aidant, je suis passé très près du précipice. Ma légèreté et mes insuffisances m'ont sauvé. En vérité, et j'exagère à peine, le talent me faisait horreur. Au fond, je retournais ses propres armes contre ma famille où le talent n'était pas très bien vu. Vous savez, tout cela, c'est un peu le classement de Gide dans *Les Caves du Vatican*, les subtils et les crustacés. Je ne suis peut-être pas un subtil, mais j'ai toujours su ce qu'était un crustacé et que je n'avais, pour le devenir, qu'à faire un pas de travers – c'est-à-dire dans le bon chemin. J'ai tout à l'heure déjà parlé de clochardisation : en fait, j'ai évolué entre deux bornes, celle de la marginalité, voire du parasitisme, et celle du grand sérieux de la vie et de l'ennui.

F. S. – Vous avez relu récemment du Wladimir d'Ormesson?

J. O. – J'ai relu *Enfances diplomatiques*, qui est un livre charmant.

F. S. – Charmant?

J. O. – Oui, charmant. Wladimir était là, à Ormesson, dans ce mois de mai 40 qu'allait chanter Aragon, quand mon cousin André a fait irruption dans ma chambre pour m'annoncer que les Allemands avaient envahi la Belgique et la Hollande. Il y a eu, pendant des jours qui sont passés très vite, des discussions atterrées. On critiquait beaucoup le roi des Belges, en opposant sa lâcheté au courage du roi-soldat Albert Ier, celui de la première guerre, et aussi un général dont le nom ne doit plus rien vous dire – le nom même de Gamelin n'est-il pas aujourd'hui totalement oublié? – et qui s'appelait Corap. Je me souviens très bien aussi de ce jour, vers la fin de mai, où Wladimir, moins sombre que d'habitude, nous a dit : « Aujourd'hui ça va mieux, un colonel de blindés a fait une contre-attaque. » C'était le général de Gaulle. Quelques jours après, Paul Reynaud a nommé Wladimir ambassadeur à Rome.

Puis tout s'est effondré. Vous ne pouvez pas imaginer ce que c'était : une des plus grandes puissances se vidant comme un seau. Vingt ans après Foch, après Clemenceau... Le « meilleur soldat du monde », comme disait la propagande, détalant comme un lapin, sauf quelques-uns qui se sont quand même fait tuer pour l'honneur, sur les ponts de la Loire ou ailleurs. Et très vite, une atmosphère nauséabonde, chacun s'exonérant des fautes commises, la recherche des boucs émissaires, le gâtisme maréchaliste, un pays vaincu hésitant entre le masochisme et les rodomontades. Vous n'avez pas idée de l'effet que ça peut faire, un grand pays effacé de l'histoire en si peu de temps.

Surtout quand ce pays, c'est le vôtre. C'est évidemment de là que vient mon admiration, le mot est encore faible, pour ce général qui, s'il n'a pas lui-même ni tout seul réparé le désastre, a magnifiquement, et tout seul, incarné la réparation. Le geste de ce militaire de rang moyen qui brusquement rompt toutes les attaches et s'en va tout seul sauver l'essentiel, cinquante ans après j'en reste saisi. On raconte que Gide, après la guerre, s'est enhardi jusqu'à lui demander : « Mon général, quand avez-vous eu l'idée de désobéir? » C'est du pur Gide. Précis, fin, pudique même, et cela reste en surface. Dans des moments pareils, on se moque de la psychologie. En vérité, c'était une tragédie, avec des étapes successives. A la fin, tout avait été balayé, la nation, la démocratie, la culture, et chacun, le patriote, le démocrate, l'intellectuel, avait de bonnes raisons de désespérer. C'était la fin de tout. Et le désert.

Donc, il y a eu l'armistice – assez curieusement, Reynaud, qui se disait partisan de la guerre jusqu'au bout, avait fait entrer dans son gouvernement des partisans de l'armistice – et la fin de la IIIe République. Mon père ayant été nommé président de la Croix-Rouge, nous sommes partis pour Royat, comme je l'ai déjà raconté, je crois. Nous nous sommes retrouvés à la pension Bon Accueil, et il était prévu que mon père nous rejoindrait chaque samedi, après avoir passé la semaine à Vichy. En fait, après quelques jours nous avons vu revenir notre père qui venait de donner sa démission :

impossible de rester à Vichy, impossible de supporter Pétain et sa cour, Laval et ses manœuvres.

Dans cette pension, il y avait la famille Poincaré. C'étaient des gens très bien. Ils se levaient quand le maréchal Pétain parlait à la radio et nous, nous restions assis. Je crois même que nous sortions.

F. S. – Quelle est, pour vous, la faute la plus grave du maréchal Pétain? Avoir signé l'armistice? Avoir fait la révolution nationale? Avoir précédé, notamment en ce qui concerne les lois raciales, les désirs de l'occupant?

J. O. – Il est très difficile de répondre. Je ne suis pas historien et je me méfie beaucoup des reconstitutions. S'il faut porter un jugement politique, je dirai plusieurs choses. En fait, les fautes de Pétain vont du plus superficiel au plus profond. D'abord, il y a la question de l'armistice et l'on peut remarquer, conformément à ce que nous disions tout à l'heure, que la solution retenue était dès le départ une solution antipolitique, anticivile, permettant de faire retomber la responsabilité de la défaite sur le régime et sur le corps social tout entier. Plutôt que l'armistice, une capitulation strictement militaire eût peut-être mieux valu. Fallait-il, ensuite, que le gouvernement quitte la France, aille en Afrique du Nord? Je ne sais pas. L'argument selon lequel la répression eût été plus rude n'est pas très solide, puisque des historiens sérieux ont montré qu'en matière de lois raciales, par exemple, le régime de Vichy a pris l'initiative, sans aucune pression allemande. Et il est sûr qu'à partir de 1942, les Allemands faisaient la politique qu'ils voulaient, en se donnant les gants de la faire exécuter par des Français, ce qui était manifestement délibéré de leur part. L'affaire des lois raciales est tout à fait significative : les collaborationnistes les plus actifs voulaient donner des gages à l'Allemagne pour se réinsérer dans le nouvel ordre européen, derrière l'Italie ou à égalité avec elle. C'était à la fois criminel et absurde. Si l'Allemagne avait gagné, la France, rafle du Vel' d'Hiv' ou pas, n'aurait eu aucune place. Il y a une note de Hitler qui le montre, où il précise qu'après la guerre la France devra devenir un pays gouverné par le Reich, et spécialisé exclusivement dans le tourisme et les produits de luxe. Cela dit, cette illusion-là, c'était plutôt celle de Laval, ou de Darlan première manière, ou de Benoist-Méchin, que celle de Pétain. Pétain a couvert tout ça, avec du double jeu, de la prudence paysanne, de la sénilité aussi.

Et puis il y a eu la révolution nationale, dans laquelle se sont engouffrés les réactionnaires et les ratés des années précédentes. Travail, famille, vaisselle, comme disait Nimier. Utiliser une défaite, et l'occupation étrangère pour régler des querelles internes, en remontant très haut, jusqu'en 1789. Se retirer du monde et cultiver son carré de salades sous la protection du clergé et d'une vieille gloire nationale. C'était une politique d'amateurs dans tous les sens du terme. Mais je crois que personne ne prenait ça très au sérieux, cette espèce de scoutisme monarchiste.

Il aurait mieux valu, au fond, qu'aucune autorité française n'apportât son concours, sous quelque forme que ce soit, aux desseins de l'Allemagne nazie. Que ce soit une figure historique qui l'ait fait ajoute encore à la cruauté du temps. De Gaulle, après avoir dit à ce propos que la vieillesse est un naufrage, écrit à peu près ceci : « Pour que rien ne nous soit épargné, la vieillesse du maréchal Pétain allait s'identifier avec le naufrage de la France. » Il n'y a rien à ajouter.

F. S. – Rien de tout cela n'était clairement perceptible à l'époque?

J. O. – Il n'y avait plus rien, vous savez. Tout le pays s'était liquéfié d'un coup, les élites, les institutions. Très peu de gens savaient vraiment qui était Pétain, son attitude politique dans l'entre-deux-guerres et au début de la guerre. Le fait par exemple d'avoir été le premier ambassadeur de France auprès de Franco – même avec l'usage très spécial qu'il faisait des baignoires de l'ambassade où, si l'on en croit Lambron, il s'ébattait avec les dames de la société madrilène. Pour la majorité des gens, pour les anciens combattants qui étaient très nombreux, il était le vainqueur de Verdun. Tout le monde s'est tourné vers lui. Et puis il y avait des préoccupations immédiates. Nous étions vaincus, l'avenir était fermé, il fallait vivre malgré tout, nourrir sa famille, attendre. Pendant quelques semaines, peut-être quelques mois, aucun régime n'a été plus populaire : la France entière était pétainiste. Les Français ont eu l'impression que le Maréchal les protégerait et qu'ils pourraient attendre, dans son ombre, la victoire des Alliés. Car progressivement, dès qu'il a été avéré que Hitler ne réussirait pas à soumettre l'Angleterre, il me semble que la population a commencé de considérer que, tôt ou tard, l'Allemagne serait battue. En attendant, elle préférait Pétain à un Gauleiter. Seuls, à l'époque, les esprits les plus lucides, les mieux informés, ont aperçu dès le départ les ambiguïtés profondes de la politique pétainiste, et qu'elle s'inscrirait dans un enchaînement de circonstances, de calculs, d'illusions, de nostalgies, qui feraient d'elle une politique corrompue et qui entacheraient l'honneur de la nation tout entière : persécution des juifs, destruction délibérée – et pas seulement mise en sommeil – de la démocratie, instauration d'un quasi-fascisme en France. A la rigueur, une sorte de fondé de pouvoirs, de gestionnaire intérimaire, pourquoi pas? Mais c'est là qu'a été l'imposture. Les gens ont accepté Pétain dans cet esprit d'expectative, or Pétain c'était aussi autre chose, c'était le doigt dans un engrenage intolérable. Cela, mon père l'a bien vu, il s'est méfié très tôt, et il est parti. Il avait l'impression que Pétain poursuivait depuis longtemps un projet qui avait abouti à l'occasion de la défaite. L'inverse, en quelque sorte, et la réplique de la « divine surprise » de Maurras. Donc mon père a approuvé les quatre-vingts parlementaires – dont beaucoup étaient de droite – qui ont refusé de voter les pleins pouvoirs au Maréchal. On retrouve ce que je vous disais : à la rigueur les pouvoirs d'un gouvernement de transition, d'affaires courantes, une délégation pour le temps de la guerre, d'accord, mais les pouvoirs *constituants*, c'était très mauvais signe.

Maintenant j'ai quand même du mal à considérer que Pétain fût un traître. C'était un ambitieux, et un ambitieux coupable, et aussi un vieil ambitieux – ce sont les pires. En outre, il n'était pas volontaire, il ne pouvait pas l'être à cause de son âge, il était fataliste. Et donc étranger à la fois au volontarisme absurde des pronazis et au volontarisme intelligent de De Gaulle, soucieux de forcer un destin dont il a su très tôt, dès ses premiers appels, qu'il lui serait favorable dès que l'alliance inévitable de tous contre l'Allemagne se réaliserait. Mais je ne crois pas cependant qu'on puisse qualifier Pétain de traître, avec ce que ce mot comporte de renonciation entière, totale, au sentiment national.

F. S. – Avez-vous parlé de tout cela avec Berl, après la guerre?

J. O. – Bien sûr. Je lui ai parlé des discours, en particulier, de *ses* discours : l'esprit de jouissance qui l'emporte sur l'esprit de sacrifice, c'était bien trouvé, mais c'était quand même une imposture. Après tout, à l'époque, les trois quarts de la France c'était la campagne et les paysans trimaient aussi dur qu'en 1750. L'esprit de jouissance – à supposer qu'il fût blâmable – c'était Morand, Cocteau, très peu de monde, en fait. Je me souviens d'une caricature de Sennep où l'on voyait un maréchaliste en uniforme, béret et leggins, expliquant à un paysan éberlué, appuyé sur sa fourche : « Vous voyez, tout notre malheur vient de ce que vous avez trop lu Proust et Gide. » Berl, lui, expliquait, comme il l'a fait à Modiano, qu'il avait seulement fait œuvre de scribe, qu'il s'était coulé dans le moule. Il faut dire que c'était tout au début de la révolution nationale.

En fait, derrière ce souci affiché d'austérité, chez les pétainistes, il y avait l'envie, plus ou moins explicite selon les personnes, d'imiter l'Italie, l'Espagne ou l'Allemagne. C'est un trait du caractère français qui est assez permanent, et d'ailleurs contradictoire avec l'idée de la mission universelle de la France, que cette recherche du modèle étranger. Dans les années soixante-dix, c'était l'Allemagne. Avec la vague libérale, ce fut ensuite les États-Unis ou l'Angleterre. J'ai entendu les socialistes évoquer avec émotion la Suède et l'Autriche. Maintenant on parle beaucoup de l'Italie. C'est assez curieux, cette incapacité d'être nous-mêmes. A l'époque, le mythe du chef faisait des ravages. J'ai toujours pour ma part préféré le droit, la République, toutes ces vieilles choses essentielles.

F. S. – N'est-ce pas un peu incompatible avec votre gaullisme ?

J. O. – Comment cela ? Je vous explique que Pétain n'a pas ma faveur, c'est le moins qu'on puisse dire, et vous trouvez cela incompatible avec le gaullisme ?

F. S. – Je me suis mal exprimé. Au-delà des services incontestables que le général de Gaulle a rendus à la patrie, il y a quand même dans le gaullisme des éléments qui peuvent froisser une sensibilité républicaine un peu vive : d'abord, le culte du chef, les dithyrambes de Mauriac, « moi ou le chaos », Malraux expliquant à Berl qu'il faut faire un acte d'adhésion à la personne même du Général, et ensuite un certain mépris du droit traditionnel, les cours militaires de justice, les référendums transformés en plébiscites...

J. O. – Il y a des points – les tribunaux militaires par exemple – où je serais assez d'accord avec vous. Enfin, d'accord et pas d'accord. Le bilan *républicain* du général de Gaulle est incontestablement positif. D'abord, il a sauvé et rétabli la République. Puis, il lui a donné des bases, et en particulier des bases constitutionnelles, beaucoup plus solides, dont tous – et avec nous, au premier chef, François Mitterrand – nous profitons aujourd'hui. Et enfin, il a libéré la République du problème colonial et il a assis sa sécurité sur l'arme nucléaire. Et j'ajoute qu'il est parti très démocratiquement quand le peuple l'a récusé. Quel bilan! Des tyrans comme celui-là, on en redemanderait. Qu'il y ait, en sens inverse, des scories, c'est indéniable. Il faut dire à sa décharge que certaines ont été justifiées par le caractère exceptionnel des circonstances. Il faut remettre tout cela en perspective. Dans mon gaullisme, comme vous dites, il y a aussi quelque chose de plus personnel, de plus enfantin, et qui se rapporte plus à 1958 qu'à la guerre. Je pense que nous y reviendrons. C'est le plaisir que j'ai ressenti quand, à nouveau, à partir de 1958, nous nous sommes remis à empêcher l'univers de danser en rond. Comme c'était bien! Avant, nous allions prendre nos ordres à Washington, et, après, la France a recommencé à parler, je me suis senti revivre et j'imagine que je n'ai pas été le seul.

A quoi juge-t-on un homme d'État? On ne peut refuser à de Gaulle ni la moralité, ni la grandeur, ni l'esprit démocratique, ni le sens de l'État, ni la réussite politique. Ni, bien sûr, l'intuition de l'avenir. Alors? La vérité, c'est que les autres paraissent bien petits à côté. Vous êtes-vous jamais demandé si un seul de nos hommes politiques d'aujourd'hui aurait eu, dans des circonstances analogues, la simple audace de *sauver la France*? Si la question n'est pas posée, c'est que la réponse est connue.

F. S. – Ce qui peut paraître étonnant chez vous, ce n'est pas ce jugement-là, c'est qu'héritier d'une tradition libérale vous n'ayez jamais pris vos distances avec tel ou tel aspect, disons un peu hétérodoxe, du gaullisme.

J. O. – C'est vrai. Aron, auquel je dois tant, était beaucoup plus sévère que moi sur ces aspects-là. Mais que voulez-vous, le sentiment de ce que nous devions à de Gaulle m'a toujours un peu inhibé. Je ne parviens pas, malgré vos arguments, à me persuader que j'ai eu tort.

F. S. – Que restera-t-il du gaullisme?

J. O. – Une légende. Dans quelques milliers d'années, peut-être même avant, on confondra les deux guerres, on verra de loin quelques rochers émergés, Clemenceau, Churchill, de Gaulle, on ne les distinguera plus guère, mais que la France ait ou non disparu, il restera le souvenir d'un refus, et de toute cette grandeur, peut-être dépensée en vain.

F. S. – Vichy, vous y êtes allé?

J. O. – Jamais. Maintenant tout cela se confond dans mon esprit, les lieux et les personnes, le Majestic, Ménétrel, du Moulin de la Barthète, l'hôtel du Parc et La Porte du Theil, et quelques ratons laveurs. J'ai seulement connu Royat et Clermont-Ferrand. J'y traçais, la nuit, avec Jean-Paul Aron, des croix de Lorraine sur les murs. Sans grands risques.

F. S. – Vous êtes resté lié avec Jean-Paul Aron, par la suite?

J. O. – Jean-Paul Aron était le fils d'un professeur de médecine de l'université de Strasbourg, repliée à Clermont-Ferrand. Nous étions dans la même classe, avec un professeur de lettres nommé Nivat que nous aimions beaucoup. Jean-Paul était le neveu ou le cousin de Raymond Aron. Nous sommes devenus très amis et cette amitié a duré. Je l'ai revu ensuite, un peu moins malheureusement dans les dernières années. Il était très laid – aujourd'hui tout le monde connaît son visage –, très drôle, un peu snob, infiniment subtil. Un mélange de préciosité et de subversion. Il était élégant, paradoxal. Très éloigné des idées simples manœuvrant comme à la parade qu'on m'avait enseignées, il m'amusait et il me plaisait. Nous étions très liés. Je dois avouer que j'ai été, non pas surpris – on ne sait jamais de quoi les gens sont vraiment capables –, mais frappé par son courage tranquille devant la maladie et la mort, le simple stoïcisme dont il a fait preuve, et cette pédagogie sans affectation, ce témoignage dénué d'artifice.

F. S. – J'imagine que Jean-Paul Aron et vous, vous rivalisiez de prouesses scolaires?

J. O. – Eh bien, mon Dieu... La veuve de M. Nivat a eu la bonté de m'envoyer un devoir qui date de cette époque, que mon professeur avait conservé et qui s'appelait « Lettre à un riche oisif sur le bon usage de l'argent ». Il ruisselait de bons sentiments, dans un style qui était un mélange de mauvais Rousseau et de Pétain ordinaire, de Pétain sans Berl. Il y était question des vertus du travail, et tout spécialement du travail manuel, de la générosité d'âme, que sais-je encore. Dans cette période de confusion mentale, ça passait très bien, et cette guimauve m'a valu d'être présenté au concours général. C'est très français, le concours général. Le mot a comme un parfum d'encre et de mérite. Il évoque le dressage culturel des jeunes années, qui d'ailleurs ne donne pas de si mauvais résultats, encore que ce primat absolu des exercices de l'esprit puisse déranger quelques cervelles. J'y pense à propos de la guerre : prenez, dans des genres différents, Bichelonne ou Benoist-Méchin. Le premier est mort à temps et le second a pu tenter de se justifier. Ce sont deux exemples des fautes – c'est peu dire – auxquelles l'abus d'intellectualité, si caractéristique de notre enseignement, peut conduire. L'un technocrate, l'autre littéraire, ils ont vécu dans leurs rêves rationnels à une époque où un peu de bon sens – je n'ai pas le culte du bon sens, mais tout de même... – n'aurait pas été mal venu.

F. S. – La déraison des raisonneurs?

J. O. – Tout à fait. On réduit le monde à deux équations, à trois formules, à un beau raisonnement. Puis on conforme sa conduite à ce raisonnement. Sans approximation et même, peut-être, sans lâcheté. Et on s'étonne quand tout finit en catastrophe.

F. S. – Et les femmes? Vous aviez quinze ou seize ans, quand même...

J. O. – A Paris, j'étais trop jeune, et puis, coincé entre le Luxembourg, les bons pères et Georges Bidault, c'était impossible. En Auvergne aussi, j'étais bien jeune. Je me souviens pourtant d'une jeune femme, qui était mon professeur de mathématiques. Nous prenions ensemble le tramway Royat-Clermont-Ferrand. Un soir, prétextant une fièvre, elle s'est appuyée à mon bras. C'est tout. Je n'étais pas le héros du *Diable au corps*. J'étais en réalité complètement innocent.

On imagine en général que chez un homme le goût des femmes existe de toute éternité. C'est du moins l'impression que donnent souvent ces hommes dont on dit qu'ils aiment les femmes. Pour moi, ce fut très différent. J'étais un garçon vif, travailleur et absolument inconscient des choses de l'amour et de la chair. Cela ne m'intéressait pas du tout. Ce n'est que bien plus tard que j'ai découvert ce dont il retournait. Ce qui m'étonne un peu, c'est que mes lectures ne déteignaient pas sur ma vie, ne me donnaient pas ne fût-ce qu'un peu de curiosité. Car enfin, à l'époque, je commençais à lire Balzac, Proust... En fait, c'était l'univers des livres et il ne débordait pas sur l'autre. J'étais gai, insouciant, ignorant. Il m'a fallu attendre encore dix ans au moins pour savourer l'érotisme violent de la comtesse de Ségur.

F. S. – Vous êtes resté à Royat?

J. O. – Non, il faisait trop froid. Nous sommes allés à Nice, en 1941. Dans un grand hôtel divisé en appartements à l'année, à Cimiez. Il s'appelait, je crois, le Majestic. J'ai su plus tard que Berl était à côté, au Riviera Palace. Il faisait très beau et j'avais faim. Je me suis mis à voler des confitures. Avec nous, il y avait un préfet délicieux, ami de la famille, qui s'appelait Marcel Ribière et dont le fils a eu un duel avec Gaston Defferre. Defferre et moi, nous nous sommes fâchés à l'occasion d'un livre d'Edmonde Charles-Roux : il n'avait pas supporté, autant que je me souvienne, un article du *Figaro* dont j'étais le directeur et il avait été franchement odieux. On m'assure qu'il faut penser à lui avec une certaine nostalgie : ce Cévenol égaré dans Marseille, les chapeaux, les duels, l'amour des bateaux, une main de fer sur *Le Provençal* et un certain cynisme, je veux bien croire qu'il avait du charme pour ceux qui ne le gênaient pas. Paix à ses cendres. A Nice, un autre vieil ami de la famille a voulu nous entraîner dans les activités de plein air, les chantiers, *Maréchal nous voilà*. Je préférais travailler. Toutes ces histoires m'ennuyaient à périr.

Quand même, quand on y pense maintenant, on est un peu éberlué. La France était défaite, occupée. On déportait les juifs. Les Anglais se battaient tout seuls. Et notre belle jeunesse, objet de tous les cultes, était vouée à aller chanter dans les bois la nuit, avec la bénédiction du clergé, sous la houlette d'instructeurs équivoques. L'Église n'a pas été brillante. Le cardinal Saliège, archevêque de Toulouse, a dénoncé les persécutions raciales dans une très belle homélie, mais combien d'autres prêtres ont simplement saisi l'occasion de jouer à nouveau un rôle social, et parfois avec les meilleures intentions du monde? C'est cela, d'ailleurs, le côté paradoxal de Vichy : une doctrine d'effort, d'austérité, d'héroïsme, et qui préfère pour finir le scoutisme à l'Évangile, le scoutisme à la guerre, le scoutisme à la Résistance. De vieux scouts égarés dans la jungle. Je ne me suis jamais senti très scout et je me suis abstenu de participer à tous ces jeux maréchalistes.

Nous avions parfois des distractions plus frivoles. Mes parents se payaient comme ça, de temps en temps, des personnages improbables, et au nombre de ces personnages figurait à ce moment-là le baron de Korff. C'était probablement un baron balte, probablement un peu louche, tout à fait sympathique et qui, sans doute parce qu'il voulait plaire à ma mère, m'emmenait au théâtre. Il nous a emmenés voir *Comme la plume au vent*, avec l'actrice Gisèle Pascal. C'était comme s'il nous avait conduits au bordel. Un univers inconnu, flamboyant et trouble. Tout à fait fabuleux. Naturellement, c'était une épouvantable connerie. L'actrice était à l'époque la maîtresse du prince Rainier à qui son chapelain n'avait pas encore fait connaître Grace Kelly, et j'ai découvert là le péché social dans toute son horreur : l'actrice, le prince, les casinos, Nice, le baron balte et *la plume au vent*... De quoi frémir. D'un côté les études, la philosophie, de l'autre *la plume au vent*, ma vie s'annonçait sous de fâcheux auspices.

F. S. – Vous hésitiez ?

J. O. – Oui, j'hésitais. Ce n'était pas encore le moment des conversations avec mon père, autour de la pièce d'eau de Saint-Fargeau, conversations qui reviennent chez moi comme un thème récurrent. Sous l'Occupation nous ne sommes pas revenus à Saint-Fargeau envahi par les chars allemands. Mais déjà mon père s'inquiétait pour moi. Il me demandait ce que j'allais faire de ma vie. Je n'en savais rien. Je voyais bien qu'il en avait de la peine, mais je n'en savais rien. Je savais pourtant ce que je ne voulais pas être : un dilettante officiel. C'était ma hantise.

F. S. – N'y a-t-il pas quand même, chez vous avec *Le Figaro* et l'Académie, un côté écrivain officiel?

J. O. – C'est une part de moi, ma part maudite, si vous voulez. Elle existe, mais je me soigne. Aldous Huxley raconte que quand il entendait de la musique militaire, il lui fallait défendre ses Thermopyles. Il faut toujours se défendre contre quelque chose. Morand disait qu'il lui avait fallu cinquante ans pour apprendre à se mettre en col roulé. Je n'ai pas eu la chance de devenir moi-même d'un seul coup. Enfin, moi-même... les institutions, c'est moi aussi. Mais à présent, pour la première fois peut-être, je souhaite qu'elles tiennent un peu moins de place dans ma vie. J'ai peu de mérite puisque j'ai obtenu en ce domaine ce qu'on peut en attendre. Le drame avec les honneurs et les institutions, c'est qu'il faut être passé par là pour pouvoir les négliger.

A vingt ans, je ne voulais pas d'une vie toute faite. Et après tout ce que nous avions vu, j'étais sensible à l'absurdité des uniformes, des fonctions officielles, des grands emplois. Alors que restait-il? Pas question tout de même de partir à l'aventure ou de ne rien faire du tout. J'avais lu *Notre avant-guerre, Augustin ou le maître est là*, les *Thibault* et *Les Copains*. Sartre aussi, et *Le Mur*. Je devais avoir une vague notion de ce qu'était l'École normale : une sorte d'aimable phalanstère où je pourrais attendre, attendre encore. Je me suis donc engagé dans cette voie. Il s'agissait surtout de retarder les choix. Mon père, qui avait compris, me proposait, mi-figue, mi-raisin, de faire, après l'agrégation, sept années de médecine, et puis encore sept années de théologie pour finir par devenir jésuite. Je n'avais aucune vocation et ne désirais pas en avoir. Ne rien faire du tout, tel était mon but. Il m'a demandé beaucoup de mal. Il y avait de la légèreté, de la paresse dans cette attitude, mais au fond pas seulement. Il y avait aussi une conscience aiguë de l'absurdité de beaucoup d'occupations jugées sérieuses; et une conscience aussi de ma propre incapacité, mais une conscience assez orgueilleuse, presque puritaine : puisque je n'étais pas destiné à devenir un homme éminent, autant valait ne rien devenir du tout. Pas de milieu.

F. S. – Vous n'aviez pas d'ambition?

J. O. – Aucune. Absolument aucune. Je me savais trop faible pour prétendre aux grandes ambitions. Je ne voulais pas d'une ambition moyenne. Et peut-être aussi, plus simplement, n'étais-je pas ambitieux du tout. J'ai toujours manqué de cette âpreté qui fait les ambitieux.

F. S. – Pourtant vous n'avez pas accepté d'être seulement ce que vous étiez né pour être. Vous avez aussi voulu échapper, au moins en partie, à votre milieu. N'est-ce pas de l'ambition?

J. O. – Je prends le mot ambition dans son acceptation sociale. C'est de celle-là que je voulais parler, et de celle-là que je suis à peu près dépourvu. Bien sûr, je ne suis pas exempt de vanité, et j'ai obtenu quelques distinctions qui ne m'ont pas vraiment consterné. Mais je n'ai jamais voulu vraiment jouer un rôle, occuper une place, être responsable, diriger, appartenir à une hiérarchie. En fait, je me suis toujours efforcé de faire ce que je voulais, de refuser de faire ce qui ne me disait rien, de ne pas me *forcer*, comme on dit. Ce n'est pas spécialement l'attitude d'un ambitieux.

Plus généralement, les marques de la supériorité sociale m'atterrent, surtout lorsqu'on les revendique. C'est Mme Soif d'Égards, celle que décrit Montherlant. C'est la dame qui dit à son mari, dans une queue de cinéma, dans un cocktail, dans n'importe quelle occasion où il faut se pousser : « Dis qui tu es. » Dis qui tu es! Plutôt crever. Heureusement, avec la télévision, il est moins nécessaire de le dire. Je n'aime pas me présenter, mais je ne déteste pas être reconnu, je peux bien l'avouer. Quelle honte!

F. S. – Donc, vous vous dirigez vers Normale.

J. O. – Voilà. Normale, ce n'est pas une école d'ambition, ou du moins ça ne l'était pas. Il y avait un côté gratuit, un côté jeux de l'esprit, académie antique. On pouvait n'y rien faire, ne se préparer à rien. Brasillach disait que c'était un concours très difficile pour entrer dans une école qui n'existait pas. Tout cela me convenait parfaitement. Je ne savais pas quoi faire, mais je savais ce dont je ne voulais pas, et d'abord l'administration.

Il était temps de s'affranchir un peu des traditions. Par un effet de l'esprit d'équité qui préside aux destinées du monde, mon frère est devenu fonctionnaire pour deux, puisqu'il est inspecteur des finances. A la rigueur, le Conseil d'État m'aurait plu, parce que je m'en fais l'idée d'une sorte d'École normale à perpétuité. Ou la Cour des comptes, moins chic, mais encore plus calme. Je m'en suis très bien passé.

Nous sommes en 1945. Nous avons connu des secousses effroyables. La France a sombré et un général inconnu l'a remise en selle. Je viens de voir Paris libéré par Leclerc et les Américains. Des gens se sont couverts de gloire et d'autres de honte. Les prisonniers commencent à rentrer, on va bientôt juger Pétain, fusiller Brasillach. On lit Malraux, Sartre et Mauriac. Tout est possible, mais la vie me déborde de toutes parts. Je l'aime et je ne sais pas quoi en faire. Et ça ne va pas cesser de sitôt.

VII

Portrait de l'artiste en amateur

FRANÇOIS SUREAU – Donc vous rejetez la fonction publique. Un certain goût de l'imprévu vous pousse vers Normale. Vous n'avez jamais été tenté par des aventures un peu plus envoûtantes?

JEAN D'ORMESSON – Rien ne me paraissait plus envoûtant, rien ne me paraissait plus grisant que l'aventure de Normale. Je n'ai jamais été assez fort ou assez tourmenté pour rompre les amarres d'un seul coup et partir au hasard. Pas nécessairement pour devenir chercheur d'or ou pionnier, mais même pour faire le métier de Kessel ou d'Albert Londres. Quand plus tard j'ai fait du journalisme, c'était du journalisme d'idées, et pas *Si je t'oublie Constantinople*. Vous vous souvenez du roman d'apprentissage de Jünger, *Jeux africains*? Il raconte l'engagement de Jünger dans la Légion étrangère française au début du siècle. Il y a de belles pages sur le départ d'une petite ville d'Allemagne, en pleine nuit. Je n'aurai jamais connu cela. Je n'ai jamais joué ma vie à pile ou face, je ne l'ai jamais jetée aux orties.

Et puis, dans ces années-là, l'aventure était impossible. Je veux dire l'aventure gratuite. Car il y avait une autre aventure, qu'il suffisait de traverser la rue pour rencontrer. Cela changeait beaucoup de choses.

F. S. – Et cette aventure-là ne vous a pas tenté?

J. O. – Jeunesse, manque d'élan, ou peut-être d'imagination, que sais-je, on ne donne que de pauvres raisons à l'abstention. J'avais quinze ou seize ans, je ne savais rien des femmes et rien des grandes choses. Je me croyais encore un enfant et peut-être l'étais-je en effet. Il y a eu de très jeunes gens dans la Résistance. Ce qui m'étonne le plus à présent, c'est de me souvenir que l'idée d'y aller ne m'a pas traversé l'esprit. Alors qu'intellectuellement j'étais avec ardeur du côté des gaullistes. C'était hors de ma portée, dans un monde inconnu. Mon frère et mon cousin, eux, ont rejoint les combattants.

Pendant ce temps, nous revenions à Paris et j'entrais en hypokhâgne à Henri-IV. Mon aventure, c'était les livres. C'était un univers fascinant et qui m'était totalement étranger. Tous les matins, j'allais au lycée en knickerbockers et en chaussures de ski, pour ne pas user l'unique paire de mes beaux souliers, à énormes semelles de crêpe, que m'avait fait acheter mon frère, à la désapprobation de ma mère qui les trouvait bien chers. Lichtenberg, dans ses *Aphorismes*, parle d'un homme qui avait donné un nom à ses deux pantoufles. Mes souliers à semelle de crêpe avaient un nom de fabrique dont je me souviens encore : *Rijotex*. Le mot *Rijotex* est devenu le symbole de mon affection et de mon admiration pour mon frère.

J'aurais voulu suivre le cours de Ferdinand Alquié : il était l'auteur d'un livre sur le désir d'éternité, avait été surréaliste et parlait du bordel et de l'alcool, ce qui me grisait par avance. Pas de chance, on m'a dirigé vers une autre classe, celle de Bénézé. Bénézé était plutôt kantien, vaguement collaborateur et assez emmerdant. Heureusement, je me rattrapais avec le professeur de français, Boudout, et avec Alba, le professeur d'histoire, qui avait refait le célèbre Malet-Isaac, qui comme vous savez doit plus à Isaac qu'à Malet. Bénis soient leurs saints noms.

Ce fut, tout de suite, l'éblouissement. Évidemment, j'ai cessé d'être le premier, mais cela n'avait plus d'importance. D'abord, j'étais délivré de disciplines qui m'ennuyaient à périr, moins d'ailleurs les mathématiques que les sciences naturelles, avec en prime cette matière absurde qui avait été remise au goût du jour par Pétain et qui était la cosmographie. Toujours ces histoires de paysans gionesques, les pieds sur la terre qui ne ment pas et le regard vers le ciel étoilé : une sorte de kantisme agricole. Tout ça avait disparu. J'étais au royaume de l'intelligence, je découvrais l'émotion littéraire, et puis on me montrait l'envers des choses. C'était grisant de découvrir tout à coup qu'on pouvait voir le monde de différentes manières, le considérer comme un objet, se libérer de lui peut-être, et certainement de soi-même.

Henri-IV et Louis-le-Grand, ce n'était pas Oxford et Cambridge, mais presque. C'était autre chose. Et peut-être mieux. Henri-IV vivait encore dans le souvenir d'Alain, ce qui est difficile à comprendre aujourd'hui, à cause de ce côté un peu étriqué, radical-socialiste de la pensée d'Alain. Son meilleur disciple en littérature a été Maurois. Maurois, qui était un homme exquis, était assez loin à cette époque-là, de représenter mon idéal littéraire. Et à lire Alain aujourd'hui, on saisit mal comment l'auteur des *Propos* a pu exercer une telle influence. Il paraît que c'était une personnalité très forte et un enseignant remarquable. Il entrait en classe. Il y avait un peintre qui repeignait un volet. Alain partait, comme Socrate, sur la main de l'artisan et sur le pouvoir de l'esprit. On en parlait encore, vingt ou trente ans après.

En Khâgne, j'ai eu un professeur exceptionnel, auquel je dois beaucoup. C'était Jean Hyppolite, auquel Michel Foucault a succédé au Collège de France. Hyppolite était un hégélien d'inspiration catholique, pas très éloigné, si vous voulez, d'un Gaston Fessard, cet ami d'Aron, qui a écrit un essai sur la dialectique des exercices spirituels de

230

Saint Ignace de Loyola. Au Collège, Hyppolite a beaucoup enseigné, si je me souviens bien, la philosophie allemande et l'épistémologie. J'étais passionné pour la philosophie, mais je n'étais pas très bon. Il m'a beaucoup soutenu. Avec moi, il y avait des garçons remarquables, Claude Lefort par exemple. Laplanche n'était pas dans cette khâgne : je l'ai retrouvé plus tard rue d'Ulm. Pierre Moussa était déjà à l'École. Hyppolite m'a poussé vers Normale et vers l'agrégation de philosophie. En vérité, je ne pensais plus qu'à la philosophie qui ne pensait guère à moi.

La libération de Paris m'a un peu ramené sur terre. On m'a mis une mitraillette Stern entre les mains, on me l'a retirée assez vite quand on a vu ce que j'en faisais, on m'a fait distribuer des tracts et j'ai retrouvé Georges Bidault, comme je vous l'ai déjà raconté. C'était mon frère qui m'avait introduit dans ce milieu. C'est avec lui que j'étais sur la place de la Concorde quand les résistants de la police ont attaqué les Allemands installés du côté de l'hôtel Crillon, de l'Automobile-Club et du ministère de la Marine. Nous nous sommes jetés dans les Tuilleries. Ils ont été encerclés par les Allemands qui nous ont demandé nos papiers. Ma carte d'identité avait été faite à Nice. Elle a paru louche à un Allemand qui a voulu me garder. Grâce à Dieu, je parlais allemand et mon frère m'a littéralement arraché des mains du soldat trop zélé. Nous nous sommes précipités sur le pont de Solferino. Les balles sifflaient autour de nous et un homme a été tué à quelques pas de nous. Nous sommes entrés dans un café et, en enfants soumis, nous avons téléphoné à nos parents pour les rassurer. Ils n'étaient pas inquiets du tout. Ils ne savaient pas, rue du Bac, ce qui se passait à la Concorde.

Ce qui me frappe aujourd'hui, c'est que nous étions, nos professeurs et nous, très étrangers à tout ce qui se passait dans cette période, à la Résistance comme à la collaboration. J'ai très bien compris, après coup, comment un Georges Pompidou avait vécu sous la Résistance. Nous étions en khâgne comme nous y aurions été en 1920 ou en 1930. Nos professeurs ne parlaient pas de ce qui se passait en France et dans le monde. Il faut dire que pour ceux des enseignants français qui avaient des activités de résistance, n'en pas parler était évidemment obligatoire pour des raisons de prudence. On n'imagine pas Cavaillès criant sur les toits ce qu'il faisait. Après la Libération, en revanche, beaucoup se sont découvert des vocations rétroactives. J'avoue avoir toujours été choqué par l'attitude d'une extrême violence épuratrice et résistantialiste de Jean-Paul Sartre après la guerre. Car la guerre, Sartre l'avait passée très tranquillement, lui aussi, entre le poêle du Flore et son cours à Condorcet, sans le moindre signe de révolte, et faisant même représenter *Les Mouches* en pleine Occupation. Il y a un monde entre cette attitude humaine et l'héroïsme discret de Cavaillès, qui l'a conduit à la mort.

F. S. – Certains de vos camarades portaient l'étoile jaune?

J. O. – L'étoile jaune, je l'ai vue dans la rue, bien sûr, et beaucoup moins au lycée. Les juifs de ma classe craignaient évidemment l'arrestation, la déportation. Il y avait comme un réseau d'alerte, entre les professeurs et les élèves, pour prévenir les descentes de police. Il n'y en a pas eu chez nous, heureusement. La solidarité était réelle. Je ne me souviens pas d'avoir entendu de propos antisémites. Vous savez, il me semble qu'à la fin de la guerre la plupart devinaient, s'ils ne le connaissaient pas exactement, le sort qui était réservé aux juifs. On était là très loin de l'antisémitisme français traditionnel – non que je le comprenne, car je crois que l'antisémitisme modéré fait le lit de l'antisémitisme extrême – et il apparaissait que le nazisme avait franchi, dans une sorte de saut ontologique, un degré de plus dans l'horreur. Je n'aime pas ces jérémiades : « Nous ne savions rien. » Il est vrai qu'à l'époque l'immensité de l'abomination était encore à découvrir, mais nous nous doutions obscurément de ce qui arrivait aux juifs quand ils étaient arrêtés. Nous ne savions rien et nous savions quand même.

J'étais très loin de tout cela, pour des raisons que j'ai déjà expliquées. Au fond, il y a deux manières de ne pas être antisémite. Soit on se refuse a priori à distinguer les juifs, soit on les distingue et on les aime pour ce qu'ils ont apporté et apportent à notre civilisation ou, plus simplement et plus radicalement, pour ce qu'ils sont. Il y a en moi un peu de ces deux attitudes. De la première, parce que l'idée d'une mission spécifique d'Israël m'est toujours apparue dangereuse, reposant sur un fantasme qui n'est pas très différent, dans son essence, du fantasme des antisémites. De la seconde, à cause de la Bible et de Spinoza, d'Einstein et de Proust et de notre univers familier. Un jour, plus tard, à l'Unesco, j'ai reçu un chercheur qui voulait écrire un livre sur ce qu'il appelait les quatre grands juifs. Je n'ai pas eu beaucoup de peine à trouver les trois premiers : Marx, Freud, Einstein. J'ai un peu hésité sur le quatrième. Spinoza? C'était Jésus. L'apport des juifs à la culture n'est tout de même pas celui de tout le monde.

Aron aussi était un peu entre les deux. S'il n'y avait pas eu la guerre, je crois que la première attitude l'aurait emporté chez lui. N'étant pas croyant, il avait certainement du mal à se réclamer d'une culture indissociable d'une foi. Pourtant, il était très sensible à l'idée de solidarité, il tenait à ne pas donner l'impression de refuser ses origines. N'était-ce pas aussi l'attitude d'un Bergson, tout prêt à se convertir au christianisme, et s'y refusant pourtant à cause du sort fait aux juifs? La guerre des Six Jours et les déclarations du général de Gaulle ont inspiré à Aron un véritable cri de colère et de sentiment – *De Gaulle, Israël et les juifs* –, ce qui n'était pas fréquent chez lui. Jean Wahl, en revanche, en tenait très rigoureusement pour la première attitude. Il se sentait juif et d'abord français. Il n'avait pas de mots assez durs pour le sionisme.

Je garde le souvenir d'une scène assez pénible qui s'est déroulée, un peu plus tard, en Israël à l'occasion d'un congrès de l'Institut international de philosophie. Wahl ne voulait pas aller au mausolée de la déportation. Pressé par nos collègues, je parviens à le décider. Arrivé là-bas, première difficulté, Wahl refuse de mettre la *kippa*. Je parlemente, et il finit par la poser de mauvaise grâce sur sa tête. Nous entrons, et on nous expose le génocide, les six millions de morts. A la fin de l'exposé, explosion de Wahl, contestant absolument le droit de l'État d'Israël à revendiquer ces morts : « C'étaient des Polonais, des Français, des Allemands, des Autrichiens. » Interloqué, le gardien proteste : « C'étaient des juifs. » « Ils étaient de religion juive, et encore, pas tous. Votre conception de l'identité juive est une imposture. » De fil en aiguille le ton a monté, très, très haut. Il a fallu pousser Wahl vers la sortie. Mais au moment de sortir, il m'a littéralement échappé, il s'est retourné, et a jeté, hors de lui : « Je vois maintenant ce que c'est, vous êtes comme Hitler. » Il voulait dire, il me l'a expliqué ensuite, que pour lui les nazis et les sionistes avaient des conceptions analogues de l'identité juive. Le gardien écumait et nous avons cru qu'il allait massacrer Wahl. Comme je lui disais qu'il ne pouvait pas dire ce

qu'il avait dit, il a retrouvé un réflexe de philosophe et a corrigé son propos : « Vous êtes comme
Hitler... en moins méchants. »

F. S. – Quelles réflexions vous inspire la question du Proche-Orient?

J. O. – Des réflexions dubitatives, et assez pessimistes. Je crois qu'il s'agit là d'un problème sans
solution immédiate, et peut-être sans solution possible. Il y a un pays de trop au Proche-Orient.
Pour les uns, Israël; pour les autres, la Palestine.
Kissinger et quelques autres – les Syriens, les
Israéliens... – ont même suggéré récemment que le
pays en trop était le Liban. Quelles qu'en aient été
les origines, il existe désormais une conscience
nationale palestinienne. Et, d'un autre côté, je
comprends la méfiance absolue des Israéliens
devant les garanties internationales. Faut-il rendre
ou non les territoires occupés, faut-il négocier avec
l'OLP? Quelles seront les conséquences des évolutions démographiques en Israël? Peut-on espérer
trouver un interlocuteur palestinien qui à la fois
soit représentatif et ne remette pas en cause l'existence même de l'État juif? Je n'en sais rien. Je n'ai
pas de réponse. Je ne voudrais pas être à la place
de ceux qui ont la responsabilité politique du
peuple juif.
Je suis frappé de la tournure extrêmement pas-
sionnelle de ces questions, et surtout des procès
d'intention qu'elles suscitent. A chaque fois qu'un

événement surgit, on somme les juifs français de déclarer s'ils parlent comme juifs ou comme Français. Et lorsque Israël intervient au Liban, c'est une indignation générale, alors que la Syrie peut écraser Beyrouth sous les bombes, sinon dans l'indifférence générale, du moins dans une totale impunité. On nous dira que c'est parce qu'on attend beaucoup du peuple juif et d'Israël, à raison de ce qu'ils représentent. Je me méfie de ces raisonnements commodes. D'abord, ils ne sont pas exempts de racisme à l'égard des Arabes, desquels on n'attend rien, ce qui évidemment leur facilite la tâche. Et puis, comme je l'ai dit, à trop insister sur le statut spécifique d'Israël, on s'engage sur un chemin glissant.

On dit parfois : s'il n'y a pas de solution, était-ce très sage d'avoir créé l'État d'Israël? Je sais que certains des amis que j'ai en Israël commencent à se le demander. La question n'est plus là. Chacune des parties en présence porte une responsabilité : l'Europe, parce que sans le génocide il n'y aurait peut-être pas eu cette nécessité de créer Israël. Les Arabes, parce qu'ils ont entretenu et utilisé la détresse palestinienne comme un instrument pour rejeter les juifs à la mer. Israël, qui n'a pas voulu, ou pas su satisfaire les revendications nationales qui à ce jeu ont fini par apparaître. Les Américains et les Russes engagés dans un affrontement planétaire. Tout le monde est responsable. C'est peut-être la raison pour laquelle chacun accuse l'autre avec tant de violence. Marx écrit quelque part que l'histoire ne pose jamais que les questions dont elle détient déjà les réponses. Israël – je veux dire l'État d'Israël – est le type de questions pour lesquelles l'histoire n'a pas vraiment de réponse.

F. S. – Dans les conflits du Proche-Orient, guerre des Six Jours, guerre du Kippour, où sont allées vos sympathies instinctives?

J. O. – Vers Israël. En dernière analyse, comme on dit, mes sympathies vont toujours, *malgré tout*, vers Israël.

Cette question que vous me posez, je l'ai posée un jour à un homme délicieux, astronome de grande réputation, secrétaire perpétuel de l'Académie royale de Belgique, qui était nettement réactionnaire. Je me demandais si un homme très à droite allait être pro-israélien par mépris des Arabes ou pro-arabe par antisémitisme. Il a haussé les épaules et m'a répondu d'un air désabusé : « Bah! querelle de Sémites... » Il est intéressant de noter qu'en général, les intellectuels d'extrême droite, à la différence des gens ordinaires du même bord, sont plutôt devenus pro-arabes après la guerre. Il y a toute une filiation fascisante et arabophile, qu'illustre bien Benoist-Méchin. Elle a des ancêtres prestigieux : il paraît que Lawrence, quand il s'est tué en moto en 1935, allait au bureau de poste le plus proche envoyer à Hitler un télégramme de félicitations.

F. S. – Donc vous voilà plongé, vers la fin de la guerre, dans un milieu intellectuel que vous ne connaissiez pas. Votre entourage, c'était d'un côté un milieu de fonctionnaires, et de l'autre un milieu proustien...

J. O. – Enfin, proustien rural. Proustien en leggins. Proustien de chasses à courre. Un peu le style de M. du Lau dans Proust, celui qui reçoit le prince de Galles en pantoufles. Et du côté de mon père, un milieu de fonctionnaires, vous avez tout à fait raison.

F. S. – Quels que soient leurs charmes, ces milieux-là ne réservent pas une grande place à l'esprit. Comment avez-vous vécu la transplantation?

J. O. – Les choses sont toujours un peu plus compliquées qu'on ne le dit. Il serait difficile de prétendre que chez moi, on ne faisait pas une grande place aux choses de l'esprit. Franchement, ma famille n'était pas composée d'imbéciles. Mais enfin, tout de même, pour répondre à votre question : un choc terrible. Je ne sais pas comment je m'en suis tiré, si je m'en suis tiré. N'ai-je pas été un peu détruit par le choc? Vous savez, les idées tournaient littéralement en moi. Je comprends vite, mais je n'ai pas une structure mentale très forte, rien qui permette d'ordonner ce que je comprends. Je peux aller comme ça assez loin, mais alors le vertige me prend devant tant de possibilités offertes, de richesses insoupçonnées, d'interprétations contradictoires, et je reste étourdi. Il y a une formule d'Aragon qui m'a toujours ébloui : « J'avais le vertige du monde. »

La limitation donne beaucoup de force à une intelligence. Je n'ai jamais été l'homme de trois ou quatre livres. Pourquoi choisir plutôt celui-là que celui-ci, comment choisir entre plusieurs métaphysiques, et d'ailleurs comment se fait-il même que plusieurs métaphysiques soient possibles?

F. S. – Quelles étaient vos lectures à l'époque?

J. O. – De deux sortes. Philosophiques, avec un goût très prononcé pour Spinoza sur qui j'ai fait mon diplôme d'études supérieures. Littéraires, et là j'allais au hasard, de Jules Romains aux surréalistes, de la *La Princesse de Clèves* et de Benjamin Constant à Aragon. Je précise tout de suite, avant même que vous me posiez la question, que je n'envisageais pas une seconde de devenir moi-même un écrivain. Il y a des adolescents qui rêvent sur les biographies et dont l'imagination est enflammée par les épisodes de la vie des auteurs. Je n'étais pas un de ceux-là. J'étais un benêt émerveillé. J'étais le ravi de la crèche.

F. S. – Vous avez parlé d'éblouissement. Vous n'avez pas ressenti une certaine inquiétude à vivre désormais, à cause de la philosophie, dans un monde différent de celui de vos parents, de vos amis?

J. O. – C'est un sentiment assez courant, je crois. Lorsqu'on apprend à ne rien tenir pour acquis, à s'interroger sur tout, le langage, les représentations, les concepts, à distinguer des choses qu'auparavant on ne distinguait pas, on change de monde. Ce n'est pas seulement que le monde vous inspire des questions qui ne sont pas les questions de tout le monde, c'est surtout que rien ne sera plus comme avant. Inconscience ou fraîcheur ou niaiserie, une certaine spontanéité a été perdue. Lorsqu'on a un caractère un peu triste ou un peu paranoïaque, cette sensation d'isolement peut être pénible. Heureusement, comme je l'ai dit, j'étais gai et plutôt schizoïde, avec une tendance à la cyclothymie.

C'est aussi cette éducation-là qui m'a paralysé comme écrivain. A cause de l'esprit critique. A cause de cette perte de la spontanéité, de l'immédiateté. Et surtout parce qu'on m'avait appris à discerner les immenses richesses des grands auteurs, et à trouver tout à fait vain d'ajouter ma petite brique au splendide mur de marbre de la pensée.

Oui, ces maîtres délicieux m'ont paralysé longtemps. Ce professeur d'histoire qui avait l'air d'un vieux demeuré et qui était si savant; ce professeur de français qui nous expliquait longuement, non pas même un sonnet, pas même un quatrain, mais un vers, un simple vers, sans recourir à aucune information extérieure, uniquement en pénétrant au cœur du texte. Les sensations, les émotions, les inquiétudes, les idées dans huit mots. C'était merveilleux. C'était aussi très inquiétant. Hyppolite, lui, n'avait pas d'éloquence. Plus que cela : sa parole, c'était le contraire de l'éloquence. Il avait des difficultés respiratoires, il sifflait, bredouillait. Et ce bredouillement à travers les sifflements d'asthmatique formait pour finir un discours formidable, plein d'idées, de logique, d'une rigueur qui nous conduisait au-delà des apparences. Son terrain de choix, c'était l'idéalisme allemand. Nous nous sommes attardés sur Kant, mais aussi sur Fichte, Schelling, et surtout sur Hegel. Il nous montrait l'odyssée de l'esprit dans l'histoire. Je dois avouer qu'au début, naturellement, je ne comprenais rien, mais alors rien, de ce dont il parlait. J'avais tout à fait l'impression d'entendre une langue étrangère. J'imagine que c'est l'expérience commune de tous ceux qui découvrent la philosophie. Éberlué, hagard, envoûté quand même, j'attendais le moment où le déclic mystérieux m'ouvrirait les portes de ce royaume. En fait, j'ai dû plutôt peser sur elles, les entrebâiller, et passer par là, vaille que vaille. J'ai fini par comprendre à peu près, et même par me passionner, mais je n'ai jamais pu, disons, philosopher vraiment par moi-même. Sans doute craignais-je, en m'écartant des auteurs, de tomber dans l'erreur, par manque de maturité ou de puissance intellectuelle. Peut-être aussi n'en ai-je jamais ressenti l'urgence. Toujours est-il que, si je crois que j'aurais pu faire un professeur de philosophie convenable, je n'ai jamais envisagé une seconde de me mettre à mon compte, de tenir boutique de philosophie. Beaucoup m'ont aidé, et je leur en garde de la gratitude : Laplanche, Pontalis, Deleuze. Mais il n'y avait pas grand-chose à faire. J'étais léger. Et un peu bouché.

D'ailleurs, mon scepticisme m'aurait gêné. Pourquoi diable penser ceci plutôt que cela ? J'avoue que les idées me plaisaient, me plaisent moins pour leur justesse intrinsèque – qu'est-ce que la vérité ? – que pour la griserie qu'elles procurent, et aussi pour l'harmonie esthétique des constructions intellectuelles. Jules de Gaultier, cet auteur oublié, parlait de « sensibilité métaphysique ». Toute ma sensibilité n'est pas métaphysique, mais j'ai une certaine dose de sensibilité métaphysique. Les mots, les idées, cette façon de les agencer ensemble... Cette impression que nous communiquait Hyppolite que tout cela avait un sens. J'ai fini par voir l'esprit agissant dans l'histoire sous l'aspect d'une splendide déesse, un peu salope peut-être, suscitant batailles et révolutions, voyant naître et s'éteindre les civilisations. Quand j'étais d'humeur moins profane, je la voyais plutôt comme la *chekhina*, qui est dans la théologie juive la présence spirituelle de Dieu, une sorte de Saint-Esprit, mais en forme féminine. D'ailleurs, le seul homme qui m'ait jamais rappelé Hyppolite, curieusement, fut Gershom Scholem, l'historien de la pensée juive, le spécialiste de la Kabbale. La « sensibilité métaphysique » les rapprochait pour moi, et je m'enquérais avec passion de la hiérarchie des Sephiroth et d'autres questions enchanteresses et encore plus obscures.

F. S. – Comment avez-vous connu Scholem?

J. O. – Par *Diogène*, la revue fondée par Caillois et dont je m'occupais avec lui. Je voulais lui demander des articles pour *Diogène* et je suis allé le voir à Jérusalem. Il avait ce côté que j'admire tellement chez les philosophes, l'importance donnée à chaque mot, la conscience aiguë de la vie des idées, les idées ayant une présence, une influence aussi évidentes, souvent plus fortes que celles des personnes; le mélange de la poésie et de la rigueur; et aussi une grande attention aux événements quotidiens, parce que rien n'est indifférent. Jeanne Hersch, que j'aime et admire beaucoup, me donne aussi ce sentiment-là, d'être à la fois plus près et plus loin de toutes les choses qui comptent pour nous. Elle est d'origine polonaise, socialiste, élève de Jaspers, philosophe de profession et était très liée avec Aron. Lorsqu'elle a pris ses fonctions à l'Unesco, on nous a prévenus réciproquement l'un contre l'autre. Elle devait s'occuper de la section de philosophie et moi j'assurais le secrétariat du Conseil international de la philosophie et des sciences humaines. On lui avait décrit ma légèreté et on m'avait parlé de son dogmatisme. Nous sommes devenus amis. J'ai toujours, je dois le dire, gardé la nostalgie de l'attitude philosophique, une attitude que j'aurais été bien incapable d'assumer complètement.

A l'époque où je m'y intéressais beaucoup, une sorte de trilogie dominait les études philosophiques : Koyré, Kojève et Éric Weil. Kojève et Weil, c'était la grande école hégélienne, perçant vers le droit, l'économie, les sciences politiques. Éric Weil était un personnage considérable, qui m'impressionnait beaucoup. Son livre sur *Hegel et l'État*, avec ses commentaires sur la philosophie du droit de Hegel, est un ouvrage superbe, d'une rare profondeur. Koyré savait tout, sur les étoiles et sur l'histoire.

Autre chose sur Hyppolite : parfois, après nous avoir expliqué la révolution copernicienne, le monde tournant désormais autour de l'esprit et non plus l'inverse, ou le kantisme comme empirisme pratique et comme idéalisme transcendantal, il lâchait tout et nous lisait Valéry ou Claudel. C'était en général en fin d'année, ou à la veille des vacances de Noël. L'*Ode aux colonnes* ou la *Cantate à trois voix*, et la magie tout à coup malgré cette diction hésitante. Il nous a fait, de cette manière, découvrir *La Jeune Parque* : j'étais aussi fasciné par les alentours du texte que par le texte lui-même.

Un poème écrit par Valéry en 1917, en pleine guerre, dédié à Gide, avec une épigraphe de Corneille : ces convergences m'enchantaient. Et j'entends encore sa voix :

Tout-puissants étrangers, inévitables astres...

Son enterrement, dans les années soixante, m'a rendu un peu mélancolique : il y avait peu de monde, et pourtant il avait eu des centaines et des centaines d'élèves... La destinée des enseignants est assez cruelle.

Il est venu quelquefois déjeuner ici. Nous parlions de choses et d'autres. C'est difficile à recevoir, un philosophe. Je revois son air un peu surpris devant une question naïve que je lui posais sur Marx : si la révolution est historiquement inévitable, pourquoi la faire ? Et qu'advient-il si on ne la fait pas ? La combinaison du volontarisme et du déterminisme me gênait. Il a réfléchi un instant et m'a dit : « Eh bien vous serez écrasés. » Car, à cette époque-là – comme les choses changent !... – le triomphe du communisme était inéluctable. Un autre jour où nous évoquions Aron, qui était déjà très connu, il m'a dit : « Aron croit qu'il est le premier, mais il n'est que le troisième : d'abord Sartre, puis Merleau-Ponty, puis Aron. » Il mettait une certaine malice à glisser Merleau-Ponty entre Sartre et Aron. Il avait beaucoup d'humour.

F. S. – L'apprenti philosophe peut se trouver assez dérouté par la multiplicité des approches qui lui sont proposées. Avez-vous jamais été tenté de choisir, au hasard ou par affinité, une doctrine et de vous y tenir?

J. O. – Non, jamais. A la fois par méfiance et par indécision, je suppose. Je me souviens de la description du système de Spinoza par Delbos. Vous savez, celui qui décrivait l'hégélianisme comme un spinozisme mis en mouvement. Delbos trouvait au système de Spinoza une certaine origine psychologique qui vaut ce qu'elle vaut mais qui me plaisait beaucoup. Il expliquait que Spinoza, souffrant d'une *fluctuation animi*, avait beaucoup hésité, sans savoir à quoi s'arrêter, et notamment dans son attitude religieuse, et que c'était peut-être la raison pour laquelle il avait créé cet univers si rigoureux où la liberté de l'homme se trouve pratiquement réduite à la conscience de la nécessité. Non seulement il n'avait pas choisi une doctrine, mais il avait créé la sienne, qu'il avait faite aussi contraignante que possible. Je suis, hélas, un spinoziste d'avant Spinoza.

F. S. – Vous parliez de Marx à l'instant. Que vous est-il resté du marxisme?

J. O. – Le marxisme... Vous me faites penser à cet universitaire américain qui préside un congrès de philosophie et qui regarde sa montre : « Il nous reste encore cinq minutes, nous pourrions aborder le problème de Dieu... » A la question que vous me posez, Caillois répondait – et je crois bien qu'il est l'inventeur de la formule qui a été souvent répétée : « Je suis marxiste, tendance Groucho. » En réalité, mon objection principale vient de ce que le marxisme, pour peu qu'on en accepte les présupposés, est à même de fournir une explication du monde et de l'histoire, et même une téléologie. Si l'on accepte les prémisses, on peut tout accepter, mais pourquoi accepter les prémisses? C'est la théorie des énoncés infalsifiables dont parle Popper : on reconnaît le caractère scientifique d'une théorie à ce qu'elle peut être remise en cause par des preuves et des faits. Or le marxisme par nature est à même de s'incorporer les objections qu'on lui fait, et c'est la raison pour laquelle il n'est pas possible de prendre au sérieux ses prétentions scientifiques. Vous savez, l'Église a réponse à tout et c'est aussi ce qui peut éloigner d'elle. Il en est de même de ces Églises-là. Les explications totalitaires du monde, Bossuet, Marx ou Freud, me sont étrangères. Cela dit, il y a bien autre chose chez ces auteurs que ce que je viens d'en dire. On peut les aimer, bien plus que leurs épigones. Il est clair par exemple que Lénine a enfermé le marxisme dans cette contradiction insurmontable dont nous parlions, celle du déterminisme et du volontarisme. Les lois implacables de l'histoire d'un côté, le revolver et les soviets de l'autre. Si on oublie

Lénine – et en exagérant à peine –, on peut aussi bien lire Marx comme un théoricien fataliste, conservateur et abstentionniste. C'est le côté Léon Bloy de Marx : « J'attends les cosaques et l'Esprit-Saint. » Aron disait : le marxisme-léninisme, c'est le mélange de Hegel et de la série noire. Notez bien que cette carence essentielle ne suffit pas à priver les philosophies du soupçon, comme on les appelle, de toute validité concrète. La lutte des classes et le refoulement, comme d'ailleurs la providence, je ne sais quoi me dit que ça existe. Mais qu'on ne prétende pas y réduire le monde, ni en inférer son destin. C'est très utile, de rechercher ce qu'on cache derrière les beaux discours. L'angélisme moral est tout à fait insupportable. Mais on peut s'arrêter avant d'adhérer à ces systèmes fermés qui s'incorporent par avance toutes les objections et que leur irréfutabilité même rend suspects.

F. S. – Vous avez visiblement gardé de vos études de philosophie un sens, une idée de l'histoire. D'un autre côté, vous êtes un libéral plutôt sceptique, qui aime le libre arbitre et ne croit pas au déterminisme. Comment conciliez-vous ces points de vue?

J. O. – Je vous ai déjà parlé de l'idée que je me fais d'une sorte de providence inconnue. L'histoire, je la vois se dérouler – *history as usual* – mais je n'en connais pas le sens et je crois que ses ressorts demeurent cachés. Prenez votre vie : après un certain temps, vous vous apercevez que ce que vous croyiez important ne l'était pas. Multipliez par la vie des hommes et des nations au cours des siècles, et vous aurez une idée du mystère. Pourtant l'histoire existe. Elle est plus qu'une succession de combinaisons nées du hasard. Vous me direz que sans historiens pour la composer après coup en fonction de choix arbitraires elle n'existerait pas, et c'est bien possible. On peut imaginer un historien pour lequel seul les modes culinaires importeraient. Il y a les historiens de la grâce divine, les historiens des batailles et les historiens du prix du blé. L'histoire selon Mauriac, l'histoire selon Malraux, l'histoire selon Aron ne sont pas les mêmes. Pour certains, c'est *La Tempête* de Giorgione qui compte et pour d'autres, c'est la découverte de l'Amérique – et d'ailleurs, s'il y a une âme du monde, rien de tout cela n'est isolé, rien n'est sans lien avec le reste. On peut aussi imaginer un monde sans historiens. Cela veut dire peut-être que l'histoire se déroule à l'intérieur de la conscience occidentale, est inséparable de cette conscience, en est un élément constitutif. Et donc que dans tous les cas, sauf à se renier soi-même, on peut en faire abstraction. Je n'en fais pas abstraction, et même je m'interroge souvent à son propos, mais mes interrogations restent naturellement sans réponse. Je pourrais dire que j'ai une « sensibilité historique » comme j'ai une « sensibilité métaphysique », mais qu'au-delà je ne suis sûr de rien.

Et puis il y a l'individu. L'individu doit agir comme si rien n'était écrit d'avance – le côté boule de cristal des déterminismes de tous ordres relève de la pure superstition – et pourtant il ne peut entièrement s'abstraire des forces historiques qu'il croit voir à l'œuvre. Et souvent, ces croyances-là suscitent, presque seules, les forces historiques.

Dans la société politique, il y a un lieu où ces contraires se rejoignent : c'est l'État. Lié au temps historique, formé par l'histoire, il garantit les droits des individus, et jusqu'à leur droit à faire l'histoire. Lui seule le peut. C'est la raison pour laquelle le libéralisme utopique, dans son aspect brouillon et anarchisant, m'est toujours apparu d'une insondable niaiserie. La fable de Mandeville sur les abeilles – vous savez, l'égoïsme inné qui finit par servir la collectivité –, c'est bien, mais nous ne sommes pas des abeilles. Je parle naturellement ici de l'État en soi, et pas de tel ou tel État particulier, plus ou moins étendu, plus ou moins démocratique.

L'État n'est pas totalitaire par nature : c'est plutôt l'esprit totalitaire qui suscite la forme d'État qui lui convient. A l'inverse, l'État, appuyé sur une conscience démocratique, est le véritable protecteur des individus. Ne serait-ce que pour la simple raison que personne d'autre que lui n'est à même de concilier la liberté et l'égalité. On a souvent répété que la liberté et l'égalité étaient contradictoires, et que le goût de l'égalité aboutissait à limiter les libertés. C'est parfois vrai, mais le danger inverse me paraît tout aussi sérieux :

lorsque la liberté est totale, les personnes étant naturellement inégales en force, en malice ou en talent, seul le petit nombre des plus forts vit réellement libre. Autant dire que la liberté disparaît – c'est ce que Karl Popper appelle le paradoxe de la liberté illimitée. Lamennais ne disait rien de très différent. Au contraire, quand l'égalité est assurée de l'extérieur, la liberté de tous est davantage préservée. Or qu'est-ce qui peut assurer l'égalité, sinon l'État?

F. S. – Que représente pour vous l'égalité?

J. O. – D'abord ceci, qu'elle est une condition de la liberté. Et puis, plus profondément, je crois à l'entière égalité des hommes. Pas seulement à leur égalité devant Dieu, c'est-à-dire à l'égale dignité de leurs âmes, aux vertus cachées, à la réversibilité des mérites. A leur égalité réelle : ils se valent tous. Les uns courent plus vite, les autres savent piloter un avion. Mais aucun n'appartient à une espèce supérieure. Les distinctions sociales me laissent froid, et même hostile : elles sont le fruit du talent, certes, mais aussi du hasard, de l'héritage et de bien d'autres choses. J'ai du mal à les prendre au sérieux. N'importe qui vaut n'importe qui, et seule la mise en situation sociale fait la différence. Un académicien dans une catastrophe redescendra très vite au bas de l'échelle, quand un manœuvre se propulsera au sommet. On se laisse trop impressionner par les sommets. Goebbels, au sommet, n'était qu'une crapule. Pareil pour la bande des quatre en Chine. Ailleurs, ce n'est pas différent, au mode de sélection démocratique près.

F. S. – Le concept de « société civile » vous paraît absurde?

J. O. – Je ne crois pas que, si nous détruisions l'État, l'individu surgirait radieux et triomphant. Les plus malins s'en arrangeraient, bien sûr. Ce n'est pas précisément ce qu'on appelle la démocratie. Tout ce robinsonnisme politique me fait penser à la colombe de Kant, qui s'imagine qu'elle volerait tellement mieux si l'air ne la gênait pas. Bref, la « société civile » opposée à l'État, c'est de la pure couillonnade. Ce qui me gêne d'ailleurs dans le discours actuel sur les droits de l'homme, c'est qu'il semble relever parfois d'un idéalisme antiétatique : l'État, libéral ou non, c'est seulement affaire de degré, serait par nature l'adversaire des droits de l'homme. Il me semble que c'est exactement le contraire, et qu'au-delà des pétitions, des protestations, on ferait bien de comprendre comment tel État fonctionne, et l'aider ou le conduire à se réformer. Les droits de l'homme, détachés de toute politique, c'est une exigence trop vague, probablement inefficace.

F. S. – Vous n'êtes pas, j'espère, en train d'opposer les droits formels aux droits réels?

J. O. – Non, je n'oppose pas les droits réels aux droits formels : aucun droit, dès qu'il existe, n'est formel. Les droits sont indivisibles. Les hommes ont le droit de manger à leur faim. Ils ont aussi le droit d'être libres.

J'ai toujours été frappé de voir combien les libéraux extrêmes pensent l'État non pas en termes d'essence ou de nature mais en terme d'étendue, en quoi ils sont singulièrement proches des socialistes nationalisateurs. De la même manière, ces libéraux-là sont d'un économisme déroutant qui les apparente curieusement aux marxistes. Pour eux, l'État est toujours déterminé par les structures économiques : l'État influent dans l'économie deviendra, tôt ou tard, despotique. C'est ce que Hayek appelait la « route de la servitude ». Aron a très bien critiqué ce déterminisme-là. D'ailleurs l'histoire récente est pleine de sociétés économiquement libérales et à gouvernement despotique – Taiwan, le Chili – et de sociétés largement étatisées à gouvernement libéral – la Suède, l'Angleterre travailliste, la France socialiste. Au fond, je souhaite un État limité mais fort. C'est ce qui peut arriver de mieux à l'individu. Entre l'individu et l'histoire, il y a l'État.

F. S. – C'est difficile de vous imaginer en khâgne, sérieux, peinant sur la philosophie...

J. O. – Détrompez-vous. J'étais encore timide, gai mais timide, travailleur, dépassé mais travailleur. J'étais idiot et consciencieux. Bien sûr, de temps en temps je m'amusais de la philosophie...

F. S. – Monade et limonade?

J. O. – Très beau sujet, monade et limonade. Le cocktail Leibniz, la soupe primitive, la boisson magique, la limonade des chamans...

F. S. – Et malgré tout vous entrez à l'École normale.

J. O. – Voilà. Malgré tout, comme vous dites. Je passe le concours de Normale en 1945. J'ai dix-neuf ans. Dans sa famille, on disait à ma mère : « Mais Mimi, c'est terrible, ton fils veut devenir instituteur? » Ou bien on ne me laissait aucune chance, l'École étant paraît-il quasiment réservée aux communistes. Je suis reçu. A l'intérieur, il y avait moins de communistes que prévu. En revanche, même en 1945, il y avait quelques fascistes. L'immense majorité était entre les catholiques et les socialistes, avec une certaine indifférence. Les clivages politiques n'étaient pas absolument prépondérants.

Cela dit, la force intellectuelle du PCF était évidente. Les communistes étaient la seule force intellectuelle organisée. Ils avaient des écrivains, des philosophes, des propagandistes, un tiers du corps électoral et une légende. Ils avaient surtout la foi. L'avenir leur appartenait. On a peine aujourd'hui à se souvenir de ce que c'était. J'étais fasciné par ces intelligences rassemblées là. J'ai même eu, pendant quelques mois, une carte de la CGT. Emporté par une sorte de mouvement collectif, j'aurais volontiers parié sur la victoire des communistes. En fait, je n'en doutais pas.

F. S. – Est-ce que cela suffisait pour les rejoindre?

J. O. – Mais non, bien sûr. J'étais impressionné, certes. Mais j'ai été très anticommuniste très vite. Je leur reprochais leur totalitarisme. C'est un mot qu'on n'employait pas à l'époque aussi facilement que maintenant, s'agissant des communistes. Ils étaient totalitaires dans leur fonctionnement interne et totalitaires dans leurs jugements politiques. Il n'était pas besoin pour le voir de les avoir rejoints. Je m'amuse toujours d'entendre d'anciens communistes se prévaloir de leur passé pour s'arroger une sorte d'exclusivité dans l'anticommunisme, ce qui est d'ailleurs la seule manière possible de racheter ce passé-là. Ce n'est pas très sérieux, un peu comme si vous disiez que pour pouvoir condamner valablement les assassinats il faut en avoir pratiqué soi-même. Les intellectuels en politique, il faut s'en méfier. Ils n'ont guère le sens de la vie des gens. Ils aiment trop l'illusion lyrique. Au fond, la réalité des choses, ils s'en foutent. Voyez Malraux, qui est resté, un bout de temps, compagnon de route malgré Souvarine, malgré le *Retour d'URSS* de Gide. Gide était moins intelligent que Malraux et c'est ce qui l'a sauvé.

Envoûtement, lâcheté, fascination, que sais-je encore, tout se conjuguait pour hisser les communistes sur un piédestal. Hors de l'Église, point de salut. Tout le monde n'assistait pas aux offices, mais tous se retrouvaient à la sortie. Le pacte germano-soviétique, avec partage de la Pologne, était justifié par des considérations tactiques. La Kolyma, le KGB, Katyn, connais pas. Les horreurs staliniennes étaient passées sous silence. On ignorait superbement Souvarine. Et quand on relit aujourd'hui les déclarations de certaines consciences non communistes au procès Kravchenko, on est saisi, on hésite entre le rire libérateur et le dégoût.

F. S. – Quelles étaient les figures marquantes de la gauche ou de l'extrême gauche normaliennes?

J. O. – Il y avait des figures inattendues, je veux dire inattendues aujourd'hui. Ce socialiste, déjà brillant, assez engagé à gauche, qui était Jean-François Revel. Il y avait Lefèvre-Pontalis. Et mes amis Laplanche et Lefort, qui étaient trotskistes. Laplanche, vous savez, est ce personnage considérable de la psychanalyse française, qui a le mérite d'être propriétaire d'un très beau vignoble à Pommard. Alors, comme aujourd'hui, je l'aimais et je l'admirais.

Au-dehors et au-dessus de l'École – à côté d'un Pierre Hervé, aujourd'hui oublié, qui polémiquait avec Mauriac –, planait évidemment Aragon. Il avait été mêlé à tout : la première guerre, le mouvement Dada – « compagnons infernaux nous savons à la fois souffrir et rire » –, le surréalisme, l'aventure soviétique, la Résistance. Je l'ai rencontré assez vite, un peu après cette période, par Nourissier qui était intime avec lui. D'ailleurs Aragon a démissionné du jury du Goncourt parce qu'un livre de Nourissier, *Le Maître de maison* peut-être, n'a pas eu le Goncourt, battu je crois par Clavel. Je le voyais très beau et on me disait que j'avais tort et qu'il était laid. Par indifférence sans doute, j'ai plus d'indulgence esthétique pour les hommes que pour les femmes. Peu importe, c'était pour moi, et c'est resté, un très grand écrivain. Un excellent romancier et l'un des plus grands poètes malgré les facilités de l'elsalâtrie. Il veillait beaucoup au culte d'Elsa Triolet, au point que l'ayant prévenu un jour que j'allais lui consacrer une étude, je me suis entendu répondre que je n'ajouterais rien à sa gloire, mais qu'en revanche celle d'Elsa, cet immense auteur, mériterait bien un coup d'encensoir. Je me suis esquivé prudemment. Sur le plan humain, il était semble-t-il tout à fait infect dès que la politique était en cause, mais c'était une partie de lui à laquelle heureusement je n'ai jamais eu accès.

F. S. – Vous étiez sensible à l'atmosphère de l'École?

J. O. – Au folklore de l'École, pas du tout. Les rites, le vocabulaire, le côté confrérie, ça me passait par-dessus la tête. Avec la collaboration de beaucoup de mes camarades, Alain Peyrefitte a écrit un livre très amusant sur l'École. Je n'y ai pas participé. L'atmosphère de liberté, oui, j'y étais infiniment sensible. Lire devant le bassin aux ernests – c'étaient les poissons du bassin –, monter sur les toits, ne rien faire, cela s'accordait merveilleusement avec mon état d'esprit. L'air du temps ne me portait pas à grand-chose, et j'exaspérais le caïman de philosophie, Louis Althusser, en changeant tous les trois jours de préparation à l'agrégation : un jour c'était l'histoire, un autre l'allemand, un troisième les lettres. Althusser approuvait benoîtement. Puis, poussé par la passion et un sombre esprit de compétition, je me suis dirigé vers l'agrégation de philosophie et, là, il m'a déconseillé avec commisération de persévérer dans cette voie. J'ai passé outre et j'ai été reçu. Il y avait, comme aujourd'hui j'imagine, une grande leçon à préparer en six heures et à faire devant le jury. J'ai tiré « la promesse » et je me souviens d'avoir beaucoup parlé du temps, le temps qui passe et le temps qui dure, et de la fidélité : peut-on être infidèle à soi-même au point de préférer ce qu'on était hier à ce qu'on est aujourd'hui? Je tirais déjà la couverture à moi. Le président était Davy, un spécialiste de la sociologie, qui avait écrit sur *La Foi jurée*. Il m'a dit après : « C'était bien. Sauf cette tasse de thé qui avait l'air d'être posée devant vous. »

F. S. – Vous vouliez enseigner?

J. O. – Je ne l'excluais pas du tout. Il se trouve que la première expérience d'enseignement qu'on m'ait proposée, plus tard, a consisté à m'expédier à Bryn Mawr au milieu de six mille jeunes filles américaines. C'était trop. Je suis tombé gravement malade, hépatite, spirochétose, et j'ai dû passer six mois à Saint-Fargeau.

Vers cette époque, j'avais fait connaissance avec l'armée pour des raisons quasi familiales. A un dîner de famille, je m'étais vanté devant Chevigné d'échapper au service militaire. Chevigné rentre à son bureau et signe immédiatement un décret rappelant les élèves des grandes écoles : je peux vraiment me flatter d'avoir empoisonné la vie de ma génération. C'était du Chevigné tout pur, menton levé, énergie, rapidité. Il était alors ministre de la Guerre, MRP, très antigaulliste, grand résistant, compagnon de la Libération. On lui prêtait un rôle discutable dans la répression des émeutes de Madagascar. Vous savez que, par la suite, il a essayé d'empêcher de Gaulle de revenir au pouvoir en 58 et voulait même l'arrêter. Ça m'a valu de voir une scène superbe, à l'Élysée où de Gaulle, devenu président, remettait je ne sais plus quels insignes de la Légion d'honneur à mon oncle Wladimir. Il y avait là Chevigné, un peu à l'écart. De Gaulle s'approche, lui serre la main et jette : « Alors, Chevigné, toujours serein? » De cette cérémonie *Le Canard enchaîné* avait rendu compte en ces termes : « Il y avait là le général de Gaulle, M. Burin des Roziers, M. de Chevigné, tous les messieurs d'Ormesson, M. de Brémond d'Ars, M. Tricot – tiens! qu'est-ce qu'il faisait là, celui-là?... »

Donc, Chevigné aidant, me voilà sous les drapeaux. Au Mans, dans le train des équipages. Et là, je me dis que c'est trop ridicule, et que mieux vaut à tout prendre aller un peu plus loin dans le militarisme. Il y a toujours avantage à pousser à bout ses expériences. Au prix de beaucoup d'efforts, je parviens à me faire affecter à Vannes dans un régiment de parachutistes coloniaux commandé par le colonel Langlais, qui s'est battu plus tard à Diên Biên Phu. Vous savez, les parachutistes sont comme les normaliens, ils ont de l'esprit de corps et une vision plutôt métaphysique du monde. Je m'y suis trouvé bien. Aucun goût pour la poésie des armes, grandeur et servitude, orages d'acier, camaraderie, aventure. Mais c'était loin d'être désagréable, les vacances, l'émotion des sauts, et ils fichaient à l'intellectuel une paix royale. Quand le moment est venu de sauter de l'avion la première fois, au lieu de me pousser par le cul comme les autres, qui chantaient des chants de guerre, ils m'ont laissé me débrouiller tout seul. Alors, j'ai eu peur du ridicule, je me suis mis à chanter la première chanson qui m'est venue à l'esprit. C'était « Il était un petit navire... ». Et j'ai sauté dans le vide.

L'armée et nous, ce n'était pas vraiment le même univers. Et même dans l'armée, il y avait différents cercles, des troupes d'élites aux bureaucrates lointains. Ces cercles étaient séparés par des couches successives d'indifférence ou de mépris. Tout cela a jailli avec force au moment des événements d'Algérie, de manière parfois surprenante : après tout, Salan était un général politique, républicain, plutôt de gauche, franc-maçon, opiomane, ce qui était excellent, et pas un condottiere... Quoi qu'il en soit, vers 1950, c'était plus tranquille. Il y avait au loin une guerre de professionnels, une guerre que Leclerc avait déconseillée et que les politiciens modérés avaient voulue – signe supplémentaire de l'ironie de l'histoire. Les régiments comme le mien, les officiers de carrière y allaient par roulement. C'était la routine de l'héroïsme.

En revenant, je ne savais toujours pas quoi faire. Mon père s'en inquiétait. Alain Peyrefitte passait à l'ENA, Pierre Moussa se préparait à devenir un grand banquier, la renommée d'Althusser grandissait, Foucault faisait ses dents. Moi je dormais beaucoup. Vous savez, j'ai connu là quelques années noires, ou plutôt grises. Quand je les regarde, je me dis que ni les femmes, ni le journalisme, ni les voyages en Inde, en Italie, au Mexique, ni les petites occupations auxquelles je me suis livré ne suffisent à les sauver.

VIII

Les années grises

FRANÇOIS SUREAU – Des années grises?

JEAN D'ORMESSON – Je ne voudrais pas donner non plus l'impression d'années tristes. Elles n'étaient pas tristes, elles étaient pleines de gaieté, de soleil, de voyages. Pour un oui ou pour un non, c'était Portofino, Capri, les îles grecques, Udaipur ou Oaxaca... Et aussi, bien sûr, le sommeil et le chagrin. Beaucoup de choses me font dormir : l'ennui, la tristesse, les amours malheureuses, les conversations absurdes, les responsabilités, la politique souvent. Je n'avançais pas. L'idée d'avancer me semblait haïssable. Je n'ai pas vraiment choisi ce qui m'est arrivé ces années-là, ni l'Unesco, ni le journalisme, ni ma courte expérience administrative. Cela ne signifie pas que je n'y aie pas pris plaisir ni que je ne me sois pas efforcé de faire convenablement ce que j'avais à faire. Seulement, ces occupations étaient autant d'entraves. Mais qu'entravaient-elles? Elles m'empêchaient de faire autre chose et je ne savais pas quoi. Je n'ai compris que plus tard. Au fond, écrire, voilà bien la seule chose que j'aurai choisie. C'est au moment de commencer à me disperser que j'ai senti l'envie d'écrire, et puis, après, le cheminement a été très lent. A mon père qui me demandait ce qu'à la fin je voulais faire, je répondais d'une voix étranglée : « Écrire », et il disait simplement : « Alors, écris. » Et je n'écrivais pas.

F. S. – Vous échappez aux six mille jeunes filles américaines de Bryn Mawr. Et qu'arrive-t-il ensuite ?

J. O. – Ensuite mon sort se fixe à peu près définitivement, par l'effet du hasard. Je donne à *Match* un article absurde, genre *People*, sur Noirmoutier, et je deviens journaliste. Mon père et moi nous rencontrons Jacques Rueff dans la rue, il cherche quelqu'un pour l'aider à mettre sur pied le Conseil international de la philosophie et des sciences humaines à l'Unesco, je prévois d'y rester trois mois, j'y suis resté trente ans. Le hasard.

F. S. – Un hasard élitiste : vous vous ennuyez, vous dînez avec Chevigné, il vous balance dans la coloniale. Vous cherchez du travail, vous rencontrez Rueff, il vous engage.

J. O. – Je ne peux pas prétendre que mon existence n'ait pas été facile, elle l'a été. Cette facilité comportait des risques assez grands. Je les ai courus. Mon seul mérite a peut-être été de ne pas me laisser complètement submerger par les privilèges et par les facilités. Et il est exact que j'ai assez peu conduit ma vie. Il y a des gens qui veulent passionnément quelque chose. Moi, je ne voulais rien. Rueff a choisi n'importe qui, moi, c'est-à-dire le premier venu. Et je suis resté où j'étais, dans ce fromage sur un nuage qu'est, ou était, l'Unesco.

Vous avez connu Rueff? C'était une personnalité très intéressante. Ses qualités d'économiste, le rôle qu'il a joué dans les réformes financières, tout le monde les connaît. On sait moins que ses préoccupations étaient beaucoup plus variées, qu'elles s'étendaient à la littérature, à l'art dramatique, au ballet. Je l'ai longtemps soupçonné de rêver d'un art total. Bien sûr, c'est un rêve de polytechnicien. Élu à l'Académie, il a dû, ironie suprême, prononcer l'éloge de son contraire, Jean Cocteau. Cela dit, il était surprenant, moins sûr de tout que ce qu'on pouvait croire. Le recevant, Maurois lui a dit drôlement : vous nous ferez part de vos certitudes et nous vous ferons part de nos interrogations. C'était injuste, car Rueff cherchait beaucoup. Il était hanté non seulement par l'épistémologie relative à sa discipline, mais aussi par la métaphysique. Ce n'était pas un fantaisiste : il cherchait avec une concentration totale. Il poussait très loin l'esprit de sérieux, mais au point où cet esprit cesse d'être sinistre pour devenir admirable. Indubitablement marqué par les académies auxquelles il avait appartenu successivement, la « morale », la « française ». Ces épées-là comptaient dans sa vie. Il était plus pourtant qu'un Siegfried de la finance. Et puis il était très bon. Comme à Julliard, comme à Caillois, comme à Lazareff, comme à Berl, je lui dois beaucoup.

Rueff venait donc de créer ce Conseil de la philosophie et des sciences humaines, sous la forme d'une organisation non gouvernementale. Il était flanqué d'un historien de Philippe le Bel qui s'appelait Fawtier. Fawtier a été remplacé ensuite par sir Ronald Syme, l'historien de Rome. Un personnage d'une intelligence et d'un humour exceptionnels, amateur de vins blancs, brillantissime, très beau. L'un des hommes qui m'ont le plus séduit. Imaginez un héros de Maugham qui aurait oublié d'être bête, et même serait un grand savant. Naturellement, il a dû être agent secret dans une vie antérieure, quelque part en Yougoslavie pendant la guerre. Il parle toutes les langues, du français au turc en passant par le russe, l'allemand le serbo-croate, et c'est un spécialiste de la prosopographie romaine et des routes dans l'Empire romain. Il m'a laissé trois préceptes qui facilitent la vie : « *Never take long views; never look beneath the surface; never answer letters : people might die.* » Je me souviens de l'ébahissement des normaliens – pourtant il leur en faut – venus entendre une conférence de Syme, en français, bien entendu, dans un français éblouissant, sur Proust et Tacite. Les capacités de Syme allaient très au-delà de ces exercices déjà impressionnants.

L'art du discours, ou l'art du toast, sont des arts mineurs, mais j'ai remarqué que les Anglais y brillent de tous leurs feux, alors que, contrairement à ce qu'on pourrait croire, les Français sont souvent ternes, formels, plutôt empruntés. Par crainte peut-être de leur réputation, ils ne brillent même plus dans la légèreté. Ils ont bien tort. Dieu sait si j'ai subi des discours à l'Unesco, eh bien, à ma grande surprise, les Français, même intellectuels, apparaissaient presque toujours comme des techniciens honnêtes, souvent rigoureux et plutôt provinciaux. Le lyrisme, l'ironie, le panache semblent avoir été jetés par-dessus bord. Curieux, non? Il faut dire que la concurrence était rude, non seulement Syme, mais Huxley, Isaïah Berlin, tant de Sud-Américains, de Turcs, d'Israéliens...

Il y a eu une époque extrêmement brillante à l'Unesco, quand tous ces gens y étaient, et aussi Webster, Trevor Roper, Kazantzakis, Cortazar et le Chinois Lin Yu-tang, auteur d'un proverbe qui me ravit : « À côté du noble art de faire faire les choses par les autres, il y a celui non moins noble de les laisser se faire toutes seules. » Et Bamatte, et Alfred Métraux et Caillois... On avait un peu l'impression, certes naïve, que ce rassemblement d'intelligences allait changer le monde. Je n'ai pas été ébloui par l'Unesco comme par la khâgne ou le comité de lecture de Gallimard – ou plutôt par mon entrée au comité de lecture de Gallimard, avec les ombres de Malraux, de Gide, de Paulhan –, mais j'avais tout de même le sentiment que quelque chose s'y passait. Et puis, au fil des ans, la phraséologie est devenue de plus en plus lourde, une véritable langue de bois de l'Unesco est apparue, ou plutôt une langue de guimauve : tout est bien, on s'intéresse aux droits de l'homme, on se complimente, nous sommes tous des grandes consciences... J'ai vu, à l'Unesco, une commission des droits de l'homme où le Chilien, le Polonais jouaient de grands rôles à la satisfaction générale. C'était burlesque. Courteline chez Kafka. Malgré tout, l'Unesco a été honorable assez longtemps, au milieu de tant de choses qui ne l'étaient pas.

Tout le monde ne partageait pas cette opinion. Aron, ou même Lévi-Strauss, qui a occupé le même poste que moi auprès du Conseil international des sciences sociales, critiquaient sévèrement la dérive gauchiste, tiers-mondiste, en tout cas politisée, de l'Unesco. Moi, je ne voulais pas jeter, comme disent les Anglais, le bébé avec l'eau du bain.

F. S. – Comment avez-vous réagi au retrait des États-Unis?

J. O. – À ce moment-là, il y a eu, pour reprendre à peu près une formule de Chateaubriand, comme une conspiration de mes amis de tous bords pour me priver de mes moyens d'existence, ou d'une partie d'entre eux. Mes amis de gauche me sommaient de quitter *Le Figaro-Magazine*, et mes amis de droite – dont Aron – de quitter l'Unesco. J'avais un pied dans la réaction et un autre dans le progressisme et je risquais de m'en trouver mal. Comme le grand écart ne me faisait pas peur, je suis resté et à l'Unesco et au *Figaro-Magazine*.

Je me souviens qu'au moment du retrait américain, *Le Figaro-Magazine*, où j'écrivais, a publié une interview de l'ambassadeur d'Amérique qui donnait notamment comme argument un colloque sur Marx qui s'était tenu à l'Unesco. Il y avait un seul ennui : c'était moi qui l'avais organisé, et je peux vous assurer qu'il s'agissait d'un débat strictement scientifique. À l'Unesco, ce n'est pas le retrait américain qui m'a posé le plus de problèmes. Le retrait était l'aboutissement d'une évolution déjà ancienne. En fait, deux choses m'ont mis mal à l'aise à l'Unesco. D'une part, la mise en accusation systématique de l'Occident, mais elle n'était pas très dangereuse, cela ne tirait pas à conséquence, parce que le poids de l'Occident, on ne peut pas le remettre en question avec des mots, surtout quand on demande de l'argent et des prêts par ailleurs. De fait, dix ou vingt ans plus tard, il ne reste plus grand-chose de ce tiers-mondisme, y compris dans l'intelligentsia occidentale, et je suis assez frappé de voir, plus généralement, que le modèle de la démocratie libérale n'est plus sérieusement contesté, sur le plan théorique, par personne – et ce qui se passe à l'Est amplifie encore ce mouvement. Je crois que les pays développés ont le devoir

271

d'aider les pays en voie de développement, mais une telle aide ne peut pas se dérouler sous la menace. Mon second point de discorde était plus sérieux. Il avait trait à l'antisionisme militant, voire à l'antisémitisme latent – de gauche, bien entendu – de l'Unesco. Cela me paraissait plus grave, parce que dans l'état d'isolement et d'incertitude où était Israël ce n'était pas négligeable. Néanmoins, pour un individu comme pour un État, le retrait ne me paraissait pas approprié. Les Israéliens ne se sont pas retirés. J'aurais préféré que les Américains restent, parlent avec liberté, défendent leurs valeurs. Il est vrai que lorsque leur vision du monde était aussi stéréotypée que celle de leurs adversaires, allant jusqu'à leur interdire de voir en Marx un des esprits les plus puissants du XIXᵉ siècle, tout cela ne pouvait pas aller bien loin.

Dès l'origine, il faut le dire, l'Unesco était plutôt à gauche. Une gauche anglaise, rêveuse, cosmopolite, un peu Bloomsbury. Julian Huxley le biologiste, le frère d'Aldous, pour la fraction modérée, et Bertrand Russell ou McBride, le prix Nobel irlandais, pour les extrêmes. Burgess et MacLean moins la trahison. Tous ces gens étaient très bien élevés, très convenables, certainement un peu subversifs, avec une bonne conscience à toute épreuve et un sens aigu de l'abstraction. Isaïah Berlin était différent, plus libéral, plus sceptique, avec un sentiment plus profond du tragique. Le livre où il compare Marx et Benjamin Disraeli est une merveille. Évidemment, ne serait-ce qu'en tant que juif lituanien, il avait du mal à faire preuve à l'égard de l'Union soviétique de la même compréhension, voire de la même complaisance, que Huxley ou Russell.

Côté français, il y avait Laugier, qui s'était beaucoup occupé de questions internationales et possédait une admirable collection de tableaux modernes, et René Cassin, qui est à présent au Panthéon. Cassin m'avait pris sous sa protection. Il voulait me faire faire des conférences dans les alliances israélites à travers le monde. Je n'étais pas le plus qualifié pour ça, mais je l'ai accompagné et j'ai même prononcé, en effet, quelques conférences. J'aimais beaucoup Cassin. Son univers était très proche de celui que j'avais connu par mon père, le sens de l'État, le droit, la justice, la raison. Cassin, c'était un peu la version juive et gauchisante de mon père. Avec en plus ce sens de l'aventure qui l'avait conduit à Londres. Vous connaissez le dialogue de Cassin et du Général quand Cassin, la plume à la main, entreprend de rédiger je ne sais quel texte sur la France libre : « Que dois-je mettre, mon général? Que sommes-nous? Une légion française au service de l'Angleterre, un gouvernement provisoire, que sais-je? » et le Général de répondre : « Nous sommes la France, Cassin. » C'est fabuleux, non, ces deux hommes tout seuls loin de leur pays vaincu, un général de brigade à titre temporaire, un professeur juif : « Nous sommes la France. »

Vous savez, je me dis maintenant que je devais

amuser ces gens illustres. Ils devaient croire que je
pouvais faire quelque chose pendant que, moi, je
gaspillais tout. Je m'abritais derrière un mélange
de cynisme et d'enthousiasme à vide et pourtant
Cassin, Laugier, Rivet – le célèbre anthropologue
du musée de l'Homme – me témoignaient de
l'amitié. Ce furent des années terriblement inutiles.
Quand je vois le temps qui me reste, j'en ai, non
pas du regret, je regrette difficilement, mais du
remords – un peu de remords. Il y a eu des gens
qui ont eu confiance en moi et que j'ai longtemps
déçus. Du moins n'étais-je pas malheureux, ce qui
n'est pas négligeable.

F. S. – Vous vous souvenez du jugement de
Syme sur les *Mémoires d'Hadrien*?

J. O. – Il trouvait ça détestable. Farfelu et
inexact. Pourtant, il a des goûts éclectiques, non
seulement Proust et Tacite, mais Max et Alex
Fisher, auteurs comiques du début du siècle, et
même Toulet, que je lui ai fait découvrir. Bon
connaisseur de littérature française, avec de temps
à autre des échappées très originales. Réservé sur
la littérature contemporaine, y compris sur la
mienne, à l'exception peut-être du *Chateaubriand* et
de *La Gloire de l'Empire*. Le reste, l'a-t-il même lu, je
n'en suis pas très sûr.

F. S. – Donnez-vous vos manuscrits à lire
avant qu'ils soient publiés?

J. O. – D'abord, je n'en parle jamais pendant que je les écris. Un livre qu'on écrit, c'est comme une bulle pleine d'énergie concentrée. En parler, c'est donner un coup d'épingle dans la bulle : à chaque fois un peu d'énergie s'en échappe et le livre sera moins bon. Une fois le livre terminé, je ne le fais lire à personne, à une exception près. Et je tiens compte des remarques que me fait cette exception-là. Souvent aussi, je montre mon manuscrit à Michel Mohrt. Mais cela fait très peu de monde en tout.

J'ai eu une expérience douloureuse et enrichissante, comme on dit, avec Marcel Thiébaut, qui dirigeait *La Revue de Paris* et a publié mon deuxième livre, *Un amour pour rien*. Il m'a fait venir, m'a expliqué que c'était trop long, qu'il fallait le publier en quatre livraisons mais pas plus, et, crayon à la main, il m'a montré tout ce qui était inutile dans le livre. Cela faisait beaucoup de pages. Il avait raison, cet homme. Et moi, je commençais à me demander s'il n'était pas possible de couper davantage, et si finalement un synopsis de deux pages ne serait pas suffisant. Je plaisante, mais c'était une bonne leçon. Thiébaut n'était pas une étoile de la littérature, mais c'était un excellent critique, et, avec de la patience et un grand naturel, il commentait les incidentes, l'abus des adjectifs et les digressions. C'était évidemment très loin de la fabrication de produits commerciaux à partir de recettes toutes faites. Il paraît que les maisons d'édition demandent – et se voient souvent obligées de demander – à leurs poulains – ce mot fait assez *littérature à l'estomac* – de rajouter un début plus vif, une fin plus étoffée, un développement, un approfondissement, que sais-je. Cela me semble affreusement difficile. On peut supprimer ce qui a été écrit, on doit même le faire, faire tomber la graisse de la phrase ou du récit, mais écrire ce qui ne l'a pas été, je trouve ça très étrange... Je me trompe peut-être. Flaubert soumettait ses manuscrits à Louis Bouilhet et à Maxime Du Camp. Et Montherlant et Valéry étaient moins indifférents qu'on ne pouvait le croire aux conseils des uns et des autres.

F. S. – C'est à ce moment-là que vous débutez dans le journalisme?

J. O. – Oui. Mes années noires ou grises furent des années dispersées. Unesco, journalisme, un peu de littérature, et une certaine dispersion sentimentale pour corser le tout. Mais ce n'était pas une dispersion utile, comme celle de Jankélévitch. Je lisais récemment un article de Clément Rosset sur Jankélévitch, dans *Critique*, qui m'a beaucoup intéressé parce qu'il décrivait les raisons et les mécanismes de ce phénomène qui m'avait frappé en voyant Jankélévitch et qui était, précisément, la dispersion. L'article s'appelle « Dispersion et inattention chez Jankélévitch ». C'est vrai que lorsque vous parlez avec des philosophes vous avez le plus souvent l'impression d'une grande concentration. Hyppolite était concentré au point d'être fermé sur sa pensée, une pensée qui traversait les choses plus qu'elle ne se les appropriait. Jeanne Hersch est une concentration qui serait éclairée du dedans par une lumière intérieure. Jankélévitch, c'était exactement l'inverse : départ dans tous les sens, je ne sais quoi, presque rien, rhapsodies successives sur différents sujets, avec l'impression d'aller s'embourber dans des chemins de traverse. Et, en fait, de ce foisonnement naissait une attention suprême, mais masquée, et qui prenait des allures de ruse. En ce qui me concerne, on n'en était pas là. C'était la dispersion toute nue et sans arrière-pensées. Toute attention m'aurait paru vaine, puisque je n'avais aucun point à quoi l'appliquer. Ce n'était pas que je ne voulais rien, comme certains jeunes gens d'aujourd'hui, qui finiront bureaucrates, affairistes, petits-bourgeois laissés pour compte. Je voulais quelque chose, et même assez fortement, mais je ne savais pas quoi. Je n'avais aucun sentiment de nécessité ni d'urgence. Ce n'est qu'il y a cinq ou six ans que j'ai senti le temps passer. La mort de mes parents auxquels j'étais plus qu'attaché, qui m'ont toujours entouré de tendresse même quand ma conduite les navrait, m'a donné le sentiment de monter en première ligne, non celui d'être poussé vers la sortie. Même ces deuils ne m'ont pas fait me hâter. J'ai vécu très longtemps dans cette idée propre aux enfants que le temps n'est pas compté, ne s'écoule pas. L'avenir restait ouvert. La vie me fournissait seulement des occasions de me divertir, et c'était bien.

Les propositions qui m'étaient faites, je me gardais bien de les accepter avec enthousiasme, comme si ma vie en eût dépendu, puisqu'il était clair qu'elle n'en dépendait pas. À la vérité, elle ne dépendait de rien. Le hasard, les circonstances me poussaient dans telle ou telle voie. J'y allais. Je ne m'y trouvais pas mal. Et une fois dans cette voie, je n'avais aucune raison d'aller ailleurs. Cette vie au jour le jour n'était pas très différente, au fond, de la vie d'un désespéré qui ne jugerait même pas le suicide comme un acte digne d'intérêt. Je n'avais même pas l'excuse du désespoir. Il m'arrivait d'avoir des chagrins et pour le reste, j'étais plutôt content. C'était une vie tout à fait curieuse.

F. S. – Et maintenant?

J. O. – Je dois dire que depuis que le désir de rattraper un peu ce temps perdu m'est venu, je suis sans doute moins gai. On me dit souvent que je suis devenu désagréable. Il est vrai que je me refuse désormais absolument aux inconvénients mineurs de la vie, aux ineffables colloques, aux dîners-débats, à perdre une minute, à subir des importuns. Grâce à une climatisation inversée avec soin, mon bureau à l'Unesco est glacial en hiver et brûlant en été, pour éviter aux gens d'y venir ou d'y rester. Avant, j'étais bien plus prodigue de moi-même et de mon temps. Je ne demandais qu'à donner mon temps. J'en avais à revendre. Deniau me disait : « Veux-tu naviguer? » Je naviguais. Rueff me disait : « Voulez-vous faire ce rapport? » Je l'écrivais. L'Unesco m'indiquait Rome, l'Inde ou l'Égypte et je partais pour Rome, l'Inde et l'Égypte. Et quand je me demandais à moi-même : « Veux-tu t'amuser? » la réponse était toujours positive. Aujourd'hui le téléphone me fait frémir, je ne réponds plus aux lettres, je ne dîne pas en ville et il est peu d'occasions où je ne sois pas saisi du syndrome de Morand, celui du départ précipité.

F. S. – Vous souffriez de cette dispersion?

J. O. – Bien sûr, j'en souffrais. Cela ne m'empêchait pas d'être charmant, je crois, mais j'en souffrais. Ma désinvolture n'était pas totale. Je voyais bien que j'écrivais de petits livres plaisants, aimables, sans beaucoup de souffle. J'aurais aimé m'attaquer à une grande œuvre et m'y perdre, comme Jules Romains dans *Les Hommes de bonne volonté*, deux volumes par an pendant plus de quinze ans, la plupart écrits d'ailleurs en trois mois.

F. S. – C'est une grande œuvre, mais peut-être pas *la* grande œuvre...

J. O. – Je m'en contenterais. Et si je ne passais pas à l'acte d'écrire ces immenses choses, c'était non seulement parce que je m'en sentais incapable, mais aussi parce que je me berçais de l'illusion rassurante du chef-d'œuvre à *La Chartreuse de Parme*, qu'on peut écrire à l'âge mûr, en quelques semaines, qui rachète les vagabondages de la vie et dont on peut même penser que ces vagabondages l'ont aidé à naître. D'ailleurs, il me semble qu'on apprivoise plus facilement l'angoisse qui est la mienne, celle de n'avoir pas encore écrit *le* livre de sa vie, que l'angoisse inverse, celle de se demander si on ne l'a pas *déjà* écrit. Et après l'avoir écrit, se perdre en des travaux accessoires, Mauriac et le *Bloc-Notes*... Sait-on jamais, pourtant, ce qui sauve un écrivain? Mauriac, c'est un poète, un dramaturge, un romancier... Il était peut-être surtout un mémorialiste, voire un journaliste de génie. Voltaire s'imaginait qu'il survivrait par *La Henriade* et il dédaignait plutôt *Micromégas* et *Candide*. J'ai parlé du vagabondage. Je ne méprisais pas, et je ne méprise toujours pas le vagabondage. Il me semblait alors qu'une amourette, un voyage à Rome étaient plus importants que ce que je faisais à l'Unesco, et peut-être, au fond, n'avais-je pas tout à fait tort. Ne pas savoir nettement comment hiérarchiser les choses, avoir une échelle de valeurs qui ressemble moins à une échelle qu'à des montagnes russes, ce peut être un inconvénient et aussi un avantage. Ça peut faire de vous un parasite, un inadapté, et aussi vous conserver en vie pour les choses importantes.

F. S. – Ce vagabondage, c'était quoi? Vous musardiez, ou vous étiez soumis à des pulsions incontrôlées?

J. O. – J'avais des foucades. Je n'étais pas dépourvu de force vitale, loin de là, mais je ne me suis jamais senti dépassé par moi-même. Le stéréotype de la mesure française, dont Nourissier a fait justice dans un bel article reproduit dans *Au marbre*, s'appliquait assez bien à moi. Je me suis toujours arrêté au bord des grands emportements et des grands drames – effet de l'instinct de conservation, je suppose. Il me manque un peu de sang russe. Le tableau aurait été complet, peut-être un peu effrayant, ce qui m'aurait ravi. Parfois, je regrette cette carence. Orages désirés... Ils ne se sont pas levés.

F. S. – Ne pas occuper de poste important, c'était un choix?

J. O. – Oui, c'était un choix. Je suis resté parallèle assez tard. Je trouvais les ambitions ridicules, des passions bourgeoises, comme dit Montherlant : soit rechercher des fonctions importantes, soit travestir des fonctions objectivement ridicules – la plupart le sont – en fonctions importantes, prétendre, faire semblant. J'avais du dédain pour tout cela, et je comprenais mal comment tant de gens pouvaient se plaire à ces jeux. Et puis, j'ai occupé au moins un poste important, et je ne le regrette pas : j'ai craqué devant *Le Figaro*, pour une foule de raisons et d'abord parce qu'il n'y a rien de plus excitant que de diriger un des plus grands quotidiens français. Je vais vous dire : j'étais grisé.

F. S. – Et aujourd'hui?

J. O. – Aujourd'hui, je suis revenu, après la courte expérience de la direction du *Figaro*, à mon attitude de départ. Je m'étonne toujours de voir les carrières se faire, les réussites se préciser. Qu'on puisse vouloir arriver m'ébahit. Je l'ai pourtant voulu, moi aussi. Et quand je vois quelqu'un entrer à l'Académie, je trouve cela stupéfiant, puis je me rappelle que j'y suis, je me raisonne, je me dis qu'il faut bien que le nouveau venu fasse la même expérience que moi, qu'elle lui est probablement nécessaire.

L'ambition m'était indifférente, mais l'argent ne m'était pas indifférent. L'argent, c'était du solide, on pouvait faire des choses avec l'argent, se dispenser d'avoir un de ces métiers dévorants qui vous ligotent pour la vie, voyager, être libre, et même écrire, si on voulait. Vous vous rappelez Chateaubriand : « Oh! argent, source de liberté, tu arranges mille choses dans notre existence où tout est difficile sans toi. Excepté la gloire, que ne peux-tu pas donner? Quand on n'a point d'argent, on est dans la dépendance de toutes choses et de tout le monde. Deux créatures qui ne se conviennent pas pouvaient aller chacune de son côté : eh bien! faute de quelques pistoles, il faut qu'elles restent là l'une en face de l'autre à se maugréer, à s'aigrir l'humeur, à s'avaler la langue d'ennui, à se manger l'âme et le blanc des yeux. » L'argent, différent du talent et de l'intelligence, assez proche de la beauté, avait à mes yeux le grand mérite d'être incontestable. Ce n'était pas idiot, mais ce n'était certainement pas très brillant de ma part.

F. S. – Vous arrivez toujours à vous soustraire à la plupart des obligations qui vous incombent?

J. O. – J'y arrive le plus souvent. Le grand châtiment de celui qui a beaucoup cherché la publicité, ce sont les obligations de l'« écrivain officiel ». Elles sont innombrables. Un jour, c'est une épée à remettre, le lendemain un discours à prononcer, un autre jour c'est un jury de prix littéraire, et le volumineux courrier du *Figaro* auquel je ne parviens plus à répondre, et les invitations de toutes sortes, et les questions absurdes que vous adressent les journalistes en mal d'enquête : que pensez-vous des chats, des rhododendrons, de la pyramide du Louvre, de Malraux, de la Révolution française, des préservatifs, des dessous masculins – si, si, c'est authentique –, du fil à couper le beurre. Il y a aussi les dix manuscrits que je reçois par semaine. Hier, par exemple, une dame sonne à ma porte et me dit : je vous ai reconnu dans la rue, je vous ai suivi, voici le manuscrit de mon mari. Il y a les débats, les colloques, les préfaces, et je refuse tout. Il y a aussi les jeunes gens qui vous demandent des conseils littéraires, les vieux copains qui ont écrit un roman détestable, les éditeurs qui vous assomment de contrats, les visites académiques, exigées par la tradition, interdites grâce à Dieu par un règlement que je m'empresse d'appliquer. J'aimerais avoir un sosie ou un interprète, vous savez, comme Berthelot qui envoyait un de ses collaborateurs recevoir les ambassadeurs étrangers en lui soufflant : « Dites que vous êtes moi. »

Je ne participe pas non plus beaucoup au milieu littéraire. Dans les jurys, je manœuvre peu et mal. J'en sors souvent mécontent. Et surtout de moi. Autrefois, on me sonnait pour les cocktails littéraires, quand un type avait un prix, et j'accourais. Plus maintenant. Ce milieu, j'ai l'impression que c'est une tradition française, Gautier, les dîners Magny, les cénacles, les réunions à Venise, à Pontigny, à Cerisy. Les écrivains étrangers, les Américains, par exemple, m'ont l'air plus solitaires. C'est notre côté république des lettres. Avec en plus, aujourd'hui, le côté nettement commercial que dénonçait Gracq et aussi un côté prosaïque, puisque le milieu professionnel des écrivains tend à ressembler au milieu professionnel des sidérurgistes ou des informaticiens. Je n'y participe plus guère.

A l'Unesco, je fais l'inverse. On a tant attaqué cette bonne vieille chose, elle est au bord de la faillite, alors j'y vais ponctuellement. Ça ne sert à rien, mais je suis content d'y aller et de garder des liens avec des universitaires qui s'occupent de vases grecs, souvent en miettes, et de traductions d'Aristote.

F. S. – Vous recevez des visites de jeunes écrivains? Vous vous souvenez de la visite, probablement imaginaire, de Cravan à Gide : « Monsieur Gide, je suis venu vous voir, mais je préfère vous avouer que je préfère de beaucoup la boxe à la littérature... »

J. O. – J'en reçois. Pas comme celle de Cravan, ce qui me divertirait. Je comprends mal ces démarches. J'ai l'impression qu'ils sont très respectueux, non?

F. S. – Ça dépend. C'est peut-être parce que vous n'avez pas encore reçu Lambron costumé en Léautaud.

J. O. – Envoyez-le-moi... Ou plutôt, envoyez-le donc à... Je vous dirai les noms en privé. Quand même, j'ai parfois l'impression de visites convenues, avec cette sorte de respect protocolaire qu'ont les gens de métier, vous savez, un jeune inspecteur des finances qui va voir le président de la BNP...

F. S. – Être Jean d'Ormesson, à l'ancienneté...

J. O. – Grands dieux! Où en étions-nous?

F. S. – A vos débuts dans le journalisme.

J. O. – Ah! Le journalisme a commencé à m'intéresser très tôt, dès l'École normale. Je me disais que j'avais les défauts nécessaires. J'ai écrit de petites choses inutiles dans *Match*, dans *Arts*, plus tard dans *Les Nouvelles littéraires*. Dans *Arts*, je faisais des articles un peu polémiques, un peu publicitaires dont cet article sur Pierre Brisson qui m'a interdit de *Figaro* pendant de nombreuses années. Pierre Brisson était un merveilleux critique dramatique – il a écrit de bonnes choses sur Molière – et un médiocre romancier, et je terminais le compte rendu d'un roman qu'il venait de publier par une phrase que je n'en finis plus de répéter jusqu'à la transformer, je crois, un peu : « Il y a tout de même une justice : on ne peut pas, à la fois, être directeur du *Figaro* et avoir du talent. » J'ai cru que le monde me tombait sur la tête. J'ai eu l'impression que j'avais attaqué une puissance, un peu par mégarde, d'ailleurs. Et que j'étais entré avec un certain fracas dans le journalisme parisien. J'ai reçu une foule de lettres, de télégrammes, d'appels, de félicitations. Et un coup de téléphone de Pierre Lazareff, que je ne connaissais pas et auquel j'ai failli répondre en entendant son nom : « Et moi je suis la reine d'Angleterre », selon la formule consacrée. Il m'a dit : « Vous avez du culot. » « Quel culot? » J'étais tout à fait inconscient.

Un peu plus tard, grâce à Lazareff, j'ai travaillé à *Paris-Presse*, avec Jean-Jacques Servan-Schreiber. Kléber Haedens y tenait la rubrique des livres. Et voilà qu'un jour Servan-Schreiber me propose d'aller interviewer le pape Paul VI. Ce n'était pas mal trouvé, Paul VI était lié avec Wladimir, salons et Saint-Siège. J'ai refusé tout net, épouvanté : que diable aurais-je pu dire au pape? J'étais trop facilement pétrifié pour faire un bon reporter. Peut-être aussi vaguement flemmard.

F. S. – Quel genre d'homme était Brisson?

J. O. – C'était un des hommes qui régnaient sur Paris. *Le Figaro* était très peu de chose quand il l'a pris et il en a fait l'un des plus grands titres de la presse française. Brisson était donc au départ le critique dramatique du journal, et il a réussi à le prendre entièrement en main à la Libération. Aussitôt, une règle de séparation absolue entre les propriétaires et la rédaction a été instaurée. Les propriétaires n'avaient aucun pouvoir au sein du journal. Et, en outre, il leur était pratiquement interdit de s'y rendre. C'est ce système tout à fait excessif et injuste, à l'égard de Prouvost en particulier, qui a paradoxalement précipité, plus tard, l'arrivée de celui qui l'a fait voler en éclats et qui est Robert Hersant.

Mes relations avec Brisson ont tourné court très vite. D'abord, il était très lié avec Wladimir et j'ai un peu désorganisé cette partie de la famille par une conduite sentimentale sans gloire. D'où une mise à l'index, le réflexe moralisateur de Brisson se trouvant singulièrement accru par l'article que je venais de faire paraître dans *Arts* à propos de son roman. La conjugaison de ces événements m'a tenu éloigné du *Figaro* pendant plus de dix ans. L'ostracisme était total : au moment de mes premiers livres, non seulement *Le Figaro* n'en rendait pas compte, mais encore refusait à Julliard la publicité payante. C'était chic, mais un peu ennuyeux tout de même, parce que avec mon nom et ce qu'on supposait de moi, ce n'étaient pas les journaux de gauche qui allaient s'intéresser à mon sort. D'ailleurs, le puritanisme sévissait aussi à gauche, puisque Pierre-Henri Simon, le critique du *Monde*, avait qualifié *Du côté de chez Jean* de livre dégoûtant, ce qui était me faire bien de l'honneur.

J'ai donc persévéré dans *Arts*. C'était un journal très vif, quelquefois au bord du scandale, traitant de ces affaires qui défraient la chronique. Ça m'était tout à fait indiqué, comme on vient de le voir. Peut-être pour me racheter, je donnais dans l'austère. J'y ai écrit un long article sur Mauriac. Nourissier, de son côté, m'avait fait entrer à *La Parisienne*, cette revue fondée par Jacques Laurent qui voulait élever une digue littéraire contre la marée existentialiste. Je venais en deuxième ou en troisième ou en énième rang. Déon écrivait là aussi, mais je le connaissais à peine.

A mon troisième ou quatrième livre, c'est-à-dire au troisième ou quatrième échec, le malheureux René Julliard m'a conseillé de me faire connaître et m'a dirigé vers les hebdomadaires féminins, *Elle*, *Marie-Claire*... Toujours soumis, j'y suis allé. De la même manière, j'ai donné ensuite des interviews, à *Lui*, à *Playboy*. Il y a encore des gens pour me reprocher de m'être ainsi galvaudé. Il est vrai que quand je suis devenu un peu moins inconnu, je me suis vautré avec délices dans ces turpitudes grand public. J'avais beaucoup d'obscurité, d'incognito à rattraper. Je suis sûr que Chamson avait en tête cette idée que j'adorais la publicité lorsqu'il m'a traité à l'Académie de galopin avide de télévision à propos de la candidature de Marguerite Yourcenar.

Donc Lazareff, surpris de mon audace, m'invite chez lui à Louveciennes : encore un de ces personnages fantastiques et qui se sont pris pour moi d'une affection imméritée. Aron, Bidault, Berl, Rueff, Julliard, Caillois, Lazareff... C'est vraiment là, à Louveciennes, que j'ai commencé à connaître des gens. Il y en avait de toutes espèces. Pierre et Hélène Lazareff m'ont pris sous leur aile et m'ont promené de droite et de gauche. Ils m'ont fait rencontrer, au Liban, Kemal Joumblatt, le chef druze. Personnage étonnant, issu du croisement du féodalisme et du socialisme. Il nous a reçus dans un de ses repaires fastueux, entouré des gardes armés de sa milice personnelle. Il avait vraiment l'allure du roi des montagnes. C'était tout à fait nouveau pour moi, l'entrée dans un univers un peu légendaire. Kemal, c'était le père de Walid, qui s'est approprié, en l'espace d'une heure, dans le hall de je ne sais plus quel grand hôtel, une très belle jeune femme qui vivait avec Moravia. Étonnante famille. Je me laissais distraire par ces rencontres : j'avais de la curiosité, mais pas de véritable passion. Le journalisme était pour moi, comme tant d'autres choses, une occasion de fuite.

F. S. – Vous n'avez jamais cessé d'avoir une vision aussi pessimiste du journalisme? A cause de votre nostalgie permanente de la grande œuvre, de l'œuvre durable, par opposition aux articles éphémères?

J. O. – D'abord, c'est moins une vision pessimiste du journalisme en soi qu'une vision pessimiste de mes propres capacités de journaliste. Vous savez qu'Aron mettait le journalisme très haut et revendiquait sa qualité de journaliste. Il avait raison. Il travaillait et réfléchissait beaucoup et écrivait des articles très documentés, très rigoureux, et qui avaient de l'influence. Au moins autant que les discours des principaux hommes politiques. Je l'admirais beaucoup pour cette espèce d'obstination kantienne à éduquer le public à la raison. Il se refusait à l'approximation, aux sentiments, aux emportements. C'était un vrai professeur de démocratie. A l'opposé, nous avons eu aussi d'excellents reporters, Kessel, Albert Londres, tant d'autres...

F. S. – ... Ceux que Mac Orlan appelait, à propos de Henri Béraud, les grands professionnels de l'aventure sociale...

J. O. – C'est tout à fait ça. Des hommes animés, dans leur travail de journaliste, par un véritable sens romanesque des situations et des êtres. Je me demande si la télévision, les images de l'instant ne les ont pas, sinon fait disparaître, du moins relégués au second plan.

F. S. – Il en reste quand même quelques-uns, Olivier Roy sur l'Afghanistan, Rolin sur l'Afrique, la « ligne de front », et même Deniau, ambassadeur, ministre et aventurier...

J. O. – C'est un art très particulier, avec des règles. Il y faut, en tout cas, un tempérament que je n'ai pas. Moi, je me suis rangé plutôt du côté de l'humeur, aussi éloigné de la vraie réflexion que de l'enquête. J'exagère un peu, naturellement, mais ce n'est pas si faux. C'est ce que je vous disais quand je parlais de faire du Mauriac en tout petit. Et c'est là précisément que le problème se pose : son humeur, l'écrivain ne ferait-il pas mieux de la

réserver pour ses livres? Ne perd-il pas beaucoup
de son énergie créatrice dans des combats éphémères? Le Mauriac du *Bloc-Notes* est un Mauriac qui
n'écrit plus de romans. Peut-être savait-il qu'il
n'en écrirait plus. Mais dans le cas contraire, si
c'est le journalisme qui l'a stérilisé, c'est tout de
même ennuyeux. Morand ne cessait de me répéter : « Surtout pas de pornographie! Surtout pas
de journalisme! » Et c'était très révélateur, parce
que Morand aurait pu être un extraordinaire
journaliste d'humeur, tout comme Malraux aurait
pu être – et d'ailleurs il l'a un peu été – un
extraordinaire journaliste d'enquête, de reportage.
Sans doute Morand sentait-il que céder au journalisme aurait abouti à priver son œuvre d'un de ses
ressorts, de la part de « journalisme » qu'il y a
dans son œuvre et qui avait tout intérêt à y rester,
à ne pas être portée au-dehors, faute de quoi
l'œuvre aurait pu s'affaiblir ou disparaître. C'est
une question que je me pose souvent.

F. S. – Comment avez-vous renoué avec *Le
Figaro*?

J. O. – A cause de Jean-Jacques Servan-
Schreiber. C'était en 1969, au moment du départ
de De Gaulle. Servan-Schreiber avait écrit un
article dont le thème était : « Pour la première fois,
je suis fier d'être français. » J'ai éprouvé une
grande indignation. Je comprenais bien ce qu'il
voulait dire, et d'ailleurs il me l'a expliqué par la

suite : par le *non* au référendum, la France avait accédé à la maturité, elle prenait enfin son destin en main. Il n'en reste pas moins que j'étais outré. J'ai écrit très vite, dans la nuit, un article virulent et je l'ai envoyé au *Figaro*. Brisson était mort et le nouveau directeur était Gabriel-Robinet. Le lendemain, à l'aube, je partais pour Palerme où l'Unesco organisait un colloque sur les carrefours de civilisations. Et deux ou trois jours plus tard, à six heures du matin, à la gare de Palerme, j'ai trouvé *Le Figaro* avec mon article en première page. Après, j'en ai envoyé d'autres, de façon irrégulière. Et de fil en aiguille, j'ai fini par tenir une place au *Figaro*, jusqu'à en devenir le directeur.

Ce colloque de Palerme était d'un bon niveau. Nous avions rassemblé quelques-uns des grands noms des sciences humaines et de l'histoire maritime et byzantine. Je crois que l'idée de *La Gloire de l'Empire* est née là, à entendre parler des Normands, des Arabes, des Grecs, des Latins, de Frédéric II, devant les paysages de Sicile.

Enfin voilà : le journal, dit Hegel, c'est la prière du matin de l'homme moderne. Je crains de n'avoir pas été, je crains de n'être pas un assez bon curé...

F. S. – Il nous reste un autre élément de dispersion à évoquer...

J. O. – Je vous vois venir. Ce sera bref. De l'amour, on peut tout dire et son contraire. Des femmes en général, il n'y a rien à dire : elles ne m'intéressent qu'une à une. De mes amours passagères, je ne veux rien dire. De mes vraies amours, quelquefois malheureuses, je ne veux rien dire non plus. Cela fait beaucoup de silence.

Contradictions : j'aime le bonheur et je crois que la littérature doit beaucoup au malheur. Je crains que l'amour ne meure de durer mais je n'en suis pas tout à fait sûr et j'espère me tromper. La rivalité m'attire mais Berl a tort de se battre pour conserver Sylvia. Je dois beaucoup à ma femme mais le mariage est invivable, une institution inhumaine. Je n'ai pas beaucoup changé mais j'ai acquis une sorte de stratégie de la moindre souffrance. Je suis aussi impatient qu'avant mais je sais ce qui va arriver.

Contradictions : je trouve que notre époque parle un peu trop de l'amour, au moins dans nos sociétés tranquilles, parce que c'est peut-être la dernière aventure qui nous reste et qu'on espère toujours qu'elle pourra être dangereuse. Mais aussi rien ne bouleverse comme l'amour : sur quoi écrire sinon sur lui ?

F. S. – C'était d'ailleurs le sujet de vos premiers livres.

J. O. – Oui, au moins des deux premiers romans. Et surtout du deuxième, *Un amour pour rien*, assez largement inspiré d'une expérience vécue. L'héroïne n'en a apparemment rien su, ce qui ajoute du piquant à l'affaire. C'était un roman de la fatalité. En amour comme ailleurs, il faut laisser les choses se faire.

F. S. – Tirerai-je davantage de vous dans le domaine de vos expériences administratives?

J. O. – Je préfère ce terrain-là – mais à peine – , ce qui est tout de même attristant après tout le pathos que je vous ai servi sur le sens et la grandeur de l'État. Je n'ai, là encore, jamais voulu faire carrière, et ce sont seulement les hasards de la vie qui m'ont conduit, non pas dans la fonction publique à proprement parler, mais dans les cabinets ministériels où je n'ai fait que passer : le cabinet de Bidault où je tamponnais des passeports, le cabinet de Maurice Herzog où je faisais ses discours, ce qui a donné à un de mes amis, toujours le même, l'infâme Philippe Baer, l'occasion d'un nouveau mot : alors qu'on sommait Herzog de prononcer un discours à l'occasion de mon mariage, on a entendu Philippe Baer murmurer que c'était impossible parce que je n'avais certainement pas eu le temps de l'écrire.

F. S. – Vous n'aimez pas l'administration?

J. O. – Je déteste les papiers, les archives, la mémoire administrative, les précédents. Je déteste le courrier et le téléphone. Je déteste les réunions. Et aussi, mais surtout chez les autres, le conformisme. C'est une sorte de névrose. Quand j'étais jeune, je voulais qu'on fusille les notaires. Avec le temps, j'ai dirigé mes regards vers des sphères plus élevées, avec des intentions qui n'étaient pas moins belliqueuses : je suis pour l'élimination physique de la haute hiérarchie administrative. A l'Unesco, où confluent et se superposent la bureaucratie française, le *red tape* anglo-saxon, la *nomenklatura* soviétique et le mandarinat chinois, je me suis toujours refusé à jouer le jeu de l'administration, et je me plais à penser qu'une fois ou l'autre, du temps où cette institution fonctionnait, j'ai pu être, pour cette raison, à peu près efficace.

F. S. – Pourtant, vous n'avez pas connu l'administration française à un moment inintéressant de son histoire : la charnière entre la IVe et la Ve République, les réformes à partir de 1958...

J. O. – Mais vous avez raison. C'était aussi l'époque où l'administration s'est ouverte davantage, abandonnant la cooptation, avec la création de l'ENA, avec la titularisation d'éléments venus de la Résistance, et, plus tard, de la France d'outre-mer... Je devais être incurable : même ces événements n'ont pas suffi à me convertir. Je dirais même que plus l'administration se perfectionne, plus je lui suis hostile. Au fond, je n'aime l'État qu'abstrait, dans la théorie et dans l'histoire. Je l'aime quand il est juste et quand il protège l'individu au lieu de l'écraser. Je crains ses excès et ses empiétements, dont notre siècle donne tant d'exemples. Et je déteste ses formulaires.

F. S. – Comment avez-vous vécu le retour du général de Gaulle au pouvoir en 1958?

J. O. – J'ai déjà parlé du bilan du Général et de mon admiration pour lui. Je voudrais ajouter quelques mots – et un peu plus légers. Quand le Général est revenu, j'ai beaucoup ri. Des moments exceptionnels. Je vous ai dit déjà que j'étais heureux de savoir que nous allions recommencer à emmerder le monde. D'ailleurs, il y a dans le gaullisme un côté qui me frappe et sur lequel on n'insiste pas assez : c'est son côté comique. Regardez les conférences de presse du Général : les bons mots, les descriptions humoristiques, le problème de sa succession, le voyage à Québec... C'était fabuleux. Il me semble qu'après lui, on a beaucoup moins ri. Je ne me souviens pas que Pompidou, Giscard ou Mitterrand aient autant fait se gondoler les journalistes et les foules.

Après, parfois, il m'est arrivé d'être troublé. N'était-ce pas le petit-bourgeois en moi qui était choqué par le « Vive le Québec libre », par les positions sur le Proche-Orient, par le discours de Phnom Penh? Et, en fait, le Général avait raison. Le conflit du Proche-Orient a dégénéré et est devenu presque insoluble. Quant au Vietnam, il annonçait simplement ce qui s'est produit, et dans quel désastre... Kissinger, qui a dû gérer ce retrait, admirait beaucoup de Gaulle et ce n'était sans doute pas par hasard.

Voilà pour mes impressions. Le reste appartient maintenant à l'histoire du pays, et il faut attendre un peu pour qu'on remette les choses en perspective. Moi, j'ai la conviction que c'était bien.

F. S. – Fallait-il poursuivre, après de Gaulle, la politique gaulliste?

J. O. – En vérité, elle a été poursuivie. Parce qu'il ne pouvait pas en être autrement. De Gaulle avait rendu une place à la France avec des moyens qui étaient les siens. Personne après lui ne disposait des mêmes atouts. Parce que personne n'était de Gaulle. Personne ne pouvait plus assumer avec autant d'efficacité ses ambiguïtés profondes, qui étaient autant d'équilibres : la France et l'Europe, le nucléaire et l'Alliance atlantique, l'antitotalitarisme et la politique à l'Est, le capitalisme et la participation. Cela ne signifie pas qu'il fallait dissiper son héritage – et d'ailleurs il a été, vaille que vaille, préservé. L'histoire, bien sûr, continue.

Ce serait se montrer bien infidèle à l'esprit du général de Gaulle que de considérer que l'histoire de France s'arrête avec lui. Mais elle a été marquée par le souvenir, la gloire, la légende de De Gaulle. Et par sa vision de l'avenir.

IX

Le monde et la littérature

FRANÇOIS SUREAU – Quel est le point de départ de votre vocation littéraire?

JEAN D'ORMESSON – Il y a d'abord, j'imagine, ce désir d'écrire qui ne demandait qu'à s'exprimer et dont je n'avais pas conscience. Et le fait, aussi, de n'avoir jamais rien mis plus haut, dans l'échelle des activités humaines, que la création. La création littéraire. Instinctivement, j'ai moins de considération pour un entrepreneur, un politique, un journaliste que pour un artiste, et je ne suis pas éloigné de penser qu'une société se trouve ou non justifiée par les œuvres auxquelles elle a donné le jour. Tout cela pourtant ne suffisait pas à me pousser à écrire. Pour que j'y parvienne, il a fallu un choc, et je crois bien maintenant que ce choc fut un choc sentimental.

F. S. – De quelle nature?

J.O. – La plus banale. Le premier livre, *L'amour est un plaisir*, est la transposition d'une aventure où je me sentais coupable. Pour le deuxième, c'est à peu près l'histoire qui se trouve racontée dans *Un amour pour rien*. Lorsqu'elle s'est achevée – mais ces choses-là le sont-elles? – je me suis trouvé désemparé. J'ai écrit ce petit livre pour conserver une trace, pour transformer un chagrin, et aussi, plus bassement, pour montrer ce que j'étais à celle qui m'avait refusé. La trace est conservée, j'ai oublié le chagrin mais elle, comme je vous l'ai dit, elle n'a jamais rien su ou rien voulu savoir. Il m'arrive encore de la rencontrer. Elle ne m'en a jamais dit un mot.

Je viens d'employer une formule banale sur la transformation des chagrins. Comme je la crois vraie pourtant! Les écrivains ont bien de la chance. En écrivant, ils peuvent s'arranger avec ce sentiment d'être comme abandonnés des dieux et avec le sentiment de l'échec. Je ne crois pas du tout à cette idée reçue que les écrivains sont plus sensibles que les autres hommes. Effectivement, s'ils l'étaient, il n'y aurait pas lieu de les envier spécialement, ni non plus de les plaindre : leur sensibilité anormale les faisant à la fois souffrir et écrire, ils vivraient simplement d'une vie particulière, différente dans son essence. La réalité est tout autre : les écrivains jouissent du privilège mystérieux de faire de la vie avec de la mort; ils en font, le plus souvent, avec tout ce qui tourne autour de la mort des sentiments. C'est bien un privilège. Il n'est pour s'en convaincre que d'imaginer un homme qui aurait porté sur la vie le même regard que Proust mais n'aurait pas écrit : quel tourment! Et cet homme a existé, existe, existera. Proust n'est peut-être que le porte-parole, rédimé par la *Recherche*, d'une immense cohorte de malheureux.

Je ne suis pas naturellement descendu, en ce qui me concerne, à ces profondeurs. J'ai torché mes cent cinquante pages à la vitesse de l'éclair, je ne me souviens plus où ni comment. L'essentiel était, je l'ai su après, de rompre avec la crainte, avec mes maîtres et ma famille, avec l'esprit critique, et de prendre le large. C'était un frêle esquif, mais j'ai pris le large à ce moment-là.

F.S. – Vous avez publié votre premier livre chez Julliard?

J. O. – Oui. Pour des raisons amusantes. J'ignorais à peu près tout du monde de l'édition, mais, comme beaucoup de jeunes gens, j'avais grandi au milieu des couvertures blanches à filet noir et rouge de la NRF. Tous ceux que j'aimais, Proust, Hemingway, Aragon, et tant d'autres, étaient chez Gallimard.

Pour moi, la NRF, c'était la terre promise. Chardonne prétendait même que le paradis n'était qu'une vague annexe des jardins de la maison

Gallimard. Donc, j'ai déposé mon manuscrit rue Sébastien-Bottin. Je l'ai remis à la standardiste. J'aurais pu dénicher quelqu'un pour le donner à l'une des grandes figures de la maison, mais l'idée ne m'a pas traversé l'esprit. J'aurais trouvé inconcevable de me signaler à ces étoiles de la littérature.

Naturellement, j'ignorais que, la maison Gallimard travaillant pour l'éternité, son temps n'était pas le temps des autres, et que ses délais de réaction et donc de réponse étaient assez longs. D'ailleurs, j'ignorais tout des délais habituels. J'ai attendu trois semaines. Puis, lassé d'attendre, un samedi soir, j'ai pris un double du manuscrit et je l'ai déposé, en face de Gallimard, rue de l'Université, chez Julliard. Le dimanche matin à sept heures, le téléphone sonnait. J'habitais encore rue du Bac, chez mes parents. C'était René Julliard qui avait lu le livre dans la nuit et me proposait de signer un contrat. Bien sûr, cette hâte ne signifiait pas que j'avais écrit un chef-d'œuvre, mais plus probablement que *L'amour est un plaisir* s'inscrivait un peu, en moins bien, dans la ligne de Sagan, qui avait beaucoup de succès à l'époque. Et sans doute est-ce la même raison qui a poussé peu après Gaston Gallimard à me dire qu'il aurait été heureux de publier ce livre, si seulement j'avais daigné attendre.

En tout cas, le calcul qu'il devait y avoir dans la réaction de Julliard, comme chez tout bon éditeur, s'est révélé faux, et les espérances, sinon commerciales du moins de rentabilité, déçues. Mes cinq premiers livres furent des échecs complets. C'est long, cinq livres sans lecteurs. C'est le prix que j'ai payé pour une réputation de facilité, de succès ininterrompu que j'ai fini par accepter, puisqu'on y tient.

F. S. – Revenons un peu sur ce choix a priori de Gallimard. Dans les années cinquante, lorsque vous publiez vos premiers livres, Gallimard est une maison « de gauche », un peu sartrienne, un peu existentialiste – à part Nimier bien sûr. Les « hussards » publient chez Plon, comme Déon, ou à la Table Ronde comme Laurent. C'est un choix qui ne vous a jamais tenté?

J. O. – L'idée même de ce choix ne m'a pas effleuré. Je n'étais pas suffisamment sûr de moi, je ne m'accordais pas suffisamment d'importance pour prendre part, ne serait-ce que par le choix d'un éditeur, à une querelle de cette nature. C'était déjà bien beau d'être édité. Davantage : pour moi qui doutais, que Gallimard pût m'accepter était un encouragement formidable, et cela comptait par-dessus tout. Qu'il publiât Sartre par-dessus le marché, c'était tant mieux. J'ajoute qu'à la différence des « hussards », Sartre ne m'est jamais apparu comme un écrivain ni haïssable ni négligeable. Les adeptes de la légèreté en tout diront que cela tient à mes origines universitaires, ce qui est possible. Mais il est incontestable que si cet homme a tenu la place qu'il a tenue, c'était d'abord parce qu'il faisait usage d'une puissance intellectuelle et littéraire sans commune mesure avec celle de ses adversaires – et aussi parce que son intelligence se trouvait accordée à celle de son temps, disons, pour simplifier, l'intelligence du refus par rapport à l'intelligence de l'acceptation. Je n'ai jamais cru à la thèse du complot totalitaire dans le domaine des idées. Il régnait, c'est tout. La cause est entendue : il y a du Paul Bourget chez Sartre, la moitié de ses livres sont ratés, la plupart de ses idées politiques sont délirantes – relisez le livre d'Aron sur Sartre et Althusser, *Histoire et dialectique de la violence* – et, malgré tout, il a dominé cette période parce qu'il était le plus fort. A l'inverse, il y a, chez mes amis de droite, beaucoup de choses qui comptent, le sens vrai de la littérature, le culte de l'amitié, le goût des plaisirs, une inquiétude maîtrisée, et, comme dit Déon, une certaine décence devant l'œuvre de la mort; mais il n'y a pas la capacité sartrienne à mettre en forme, j'allais dire en musique, en même temps l'angoisse et l'espoir du temps.

Un autre élément a compté dans cette décision de m'adresser d'abord à Gallimard : c'est que, dans cette période, je vivais en symbiose avec Roger Caillois. Nous étions ensemble à l'Unesco, et je le voyais deux fois par jour au moins. Un peu plus tard, je rencontrerai Berl, qui était lié aussi à Gallimard. Gallimard faisait ainsi indirectement partie de mon univers.

F. S. – Qu'est-ce qu'était une maison d'édition à cette époque-là?

J. O. – J'ai le sentiment d'une époque plus artisanale que maintenant, une époque où, du point de vue économique, la domination des grands monopoles n'était pas évidente comme aujourd'hui, où il y a d'un côté Hachette, de l'autre le groupe de la Cité, Gallimard n'étant en quelque sorte que le premier des éditeurs indépendants. Il y a trente ou quarante ans, la supériorité de Gallimard n'était pas contestée, sauf par Grasset dans le domaine romanesque et par Le Seuil dans le domaine intellectuel. Aujourd'hui, dans un milieu très différent, où un éditeur comme POL, par exemple, joue un rôle de pionnier, il me semble que Gallimard a conservé une véritable position dans ces deux domaines, en littérature bien sûr, grâce surtout à son fonds, mais aussi, et notamment grâce à Pierre Nora, sur le terrain des grands problèmes, qu'on les aborde par l'histoire, par les sciences humaines ou même par la psychanalyse.

En ce sens, le paysage s'est transformé. Quand j'ai commencé à écrire, plusieurs maisons indépendantes, de petite dimension et de grande réputation intellectuelle, se disputaient le marché. Aujourd'hui, du point de vue économique, de grands groupes intégrés se taillent la part du lion. Et Gallimard, Le Seuil ou Flammarion font ce qu'ils peuvent.

Dans les années cinquante, les traumatismes de la guerre et de l'Occupation étaient encore visibles. Je me demande même si cette réputation de gauche de Gallimard dont vous avez parlé n'était pas complaisamment entretenue pour racheter un certain nombre de comportements fluctuants sous l'Occupation. On racontait qu'en arrivant à Paris l'un des buts principaux des stratèges allemands était de contrôler, avec la radio et la Banque de France, la NRF. C'était un peu trop flatteur, mais ils n'y ont pas mal réussi, et le suicide de Drieu est venu à point nommé pour permettre de le charger de tous les péchés de la terre : « l'homme trompé » a fait un merveilleux fusible. Dans l'autre sens, c'est vrai, Jean Paulhan avait eu une conduite exemplaire. Mais la maison en elle-même, plus généralement, n'a pas eu une attitude très déterminée.

F. S. – Comment était Julliard ?

J. O. – C'était un vrai découvreur, curieux de tout, simple, très chaleureux. Il venait de connaître un triomphe avec Sagan. Et le triomphe de Sagan hantait l'imagination des jeunes écrivains. Nous étions plusieurs, en ce temps-là, à évoluer entre Hegel et Sagan. D'ailleurs Julliard m'agitait un peu Sagan devant les yeux, comme un sucre, comme une carotte, comme s'il me disait : « Patience et courage, nous allons refaire la même chose. » Et ce n'est pas du tout ce qui s'est passé.

F. S. – Tant mieux.

J. O. – Je ne sais pas. Julliard était le mari de Gisèle Dasailly, une dame très élégante, qui possédait un petit chien. Comme tous les hommes placés dans ce genre de situation, Julliard promenait le chien. La promenade avait lieu le plus souvent dans la rue de l'Université. C'est de cette manière que par un matin de printemps, il a annoncé à Mistler, son voisin, qui, très confiant dans la puissance allemande, n'en croyait pas ses oreilles, que les Américains avaient débarqué en Normandie.

Il y avait très peu de monde chez Julliard. Julliard lui-même lisait les manuscrits et trouvait les auteurs, comme il avait fait pour Sagan. Il avait un factotum, un petit homme aux oreilles décollées et au pas mécanique, qui avait une grande influence et dont j'ai oublié le nom. Et puis deux ou trois autres personnes et c'était tout.

Gallimard était bien plus impressionnant. L'entrée n'était pas encore celle que vous connaissez aujourd'hui, cette entrée qui peut passer pour un couloir obscur auprès des habitués des banques et des palais nationaux, mais qui, comparée à l'autre, à l'entrée primitive, est proprement somptueuse. L'ancienne, située au même endroit, était une sorte de boyau de tranchée, et quand on l'a changée, je sais que plusieurs écrivains ont déploré que la solennité gagnât du terrain. Il y avait déjà cette tendance de Gallimard, qui n'était pas une très vieille maison mais possédait une légende, à persévérer dans l'être, comme une institution. De même qu'à la Cour des comptes les tapis sont mités pour laisser voir le souci d'économie, de même qu'au Conseil d'État il n'y a pas de bureaux pour favoriser l'esprit de corps, de même qu'à l'Académie on ne laissait pas entrer les femmes, de même chez Gallimard la vétusté et la médiocrité des locaux n'étaient pas le signe de la pingrerie de la famille, ce que prétendaient les mauvaises langues, mais d'un attachement exclusif aux œuvres de l'esprit. D'où le boyau. Dès l'entrée, c'était un lacis de couloirs et demi-étages où vivaient comme des troglodytes des personnages illustres et mystérieux. C'est ainsi que Vialatte décrivait l'installation de Paulhan au premier étage et demi du 5, rue Sébastien-Bottin : « C'est là que vous avez le plus de chance de le trouver absent. »

Inutile de préciser que lorsqu'on poussait la porte du 5, ce que je n'ai fait que bien plus tard, on était envahi par un sentiment d'exaltation et de respect. Autant vous dire aussi que Gallimard échappait, et continue d'échapper, au discrédit dans lequel les institutions de tous ordres se trouvent plongées à mes yeux. Mon anarchisme me quittait devant la porte fatidique. C'est probablement qu'il s'agissait là-dedans d'autre chose que des nouvelles du matin, de la fabrication du dictionnaire, du budget de l'État ou du contentieux administratif. De quelque chose d'impalpable et de décisif.

Et puis, j'étais resté très jeune. Après la khâgne et l'École normale, Gallimard était le premier endroit sacré où je fusse admis. Je vous plains un peu d'être entré si vite au Conseil d'État : votre palais s'est blasé, vous avez sans doute perdu un peu du goût de ces reconnaissances-là, et je parierais que Gallimard vous a moins fait plaisir qu'à moi. Vous étiez dépucelé, en somme.

Lorsque j'ai mieux connu Gallimard, plus tard, au moment de *La Gloire de l'Empire*, ce n'était déjà plus la maison de Gide, de Malraux, de Martin du Gard et de Paulhan. Je me souviens de Hirsch, qui était un des personnages clés. Il habitait le premier boyau à droite dans le boyau principal, et son antre avait pour moi des allures de septième ciel. Vous m'avez beaucoup interrogé sur les demi-dieux de la littérature. Sauf pour Berl et Caillois, pour Morand aussi, et pour Aragon, je n'en ai guère de souvenirs. Le seul lutin de la littérature qui m'ait accueilli avec bonté et avec amitié, c'est Hirsch. Je bénis sa mémoire. Je n'en demandais pas plus et je n'aurais jamais osé aller voir Arland ou Michel Mohrt ou Dominique Aury. Beaucoup de gens croient d'ailleurs que dans l'édition le piston est nécessaire, ce qui est faux. La poste suffit bien. Et ce sont les interventions des parents, des amis, des ministres, des grands couturiers et des conseillers municipaux qui sont superflues. Écrivez, on vous lira... Ce que j'aime dans les maisons d'édition, c'est que – pour le meilleur –, elles échappent à tout cet entrelacs de services rendus dont notre vie sociale est faite, et que le jugement littéraire y reste souverain, malgré la mode, l'argent, la politique, les amitiés. Une lettre de Caillois, de Yourcenar, et même une lettre de Gide ou de Malraux – pour ne rien dire d'une lettre du ministre de la Culture ou du président de la République –, même dithyrambiques, n'auraient pas suffi, à elles seules, à faire publier qui que ce soit. Comme c'est bien! Cela n'empêche pas le catalogue de Gallimard de comporter, comme tous les catalogues et moins toutefois que les autres, des titres contestables. Mais au moins ces erreurs ne sont-elles pas imputables à la manœuvre, aux influences.

Il y avait une politique de Gallimard, qui n'a pas dû beaucoup changer, et qui consistait à tout centrer sur la constitution d'un fonds de premier ordre plutôt que sur des coups éditoriaux isolés, plus ou moins répétitifs. D'une manière générale, je souscris assez à l'opinion de Sartre, selon laquelle le maillage des maisons d'édition, des lecteurs, des journaux ne permet plus guère de laisser échapper un talent. Sauf pour ceux qui feraient le choix de l'œuvre posthume, il me semble que le génie ne court plus désormais le risque d'être méconnu. A l'inverse, c'est la rançon de l'efficacité, le filet draine un nombre qui n'est pas tout à fait négligeable de nullités.

F. S. – Parmi les livres que vous avez lus récemment, à qui décerneriez-vous la palme de la nullité?

J. O. – Je me garderais bien de juger. Les livres ratés, j'en ai fait aussi, ce ne sont pas ceux qui m'exaspèrent le plus. Ce que je trouve plutôt nul, ce sont ces livres à peine écrits, ou réécrits, qui portent un nom *important* sur la couverture et qu'on devine imposés à coup d'autorité; qui puent la réussite sociale. Des livres qui ne se refusent pas et ne s'imposent pas par eux-mêmes. Juste bons à faire vivre les malheureux anonymes qui peinent sur la copie, et, bien sûr, les éditeurs.

L'imposture, le plagiat, le vol direct sont heureusement moins fréquents que ces pratiques de négrification. Peut-être y avez-vous sacrifié vous-même?

F. S. – J'ai oublié.

J. O. – Bref, la sincérité littéraire est heureusement la règle. On cite quand même quelques cas amusants. L'une de ces aventures est arrivée à Félicien Marceau. Un jour, il ouvre *Les Nouvelles littéraires* et y lit une longue nouvelle de Montherlant. Surprise : le texte était de lui, Marceau. Il téléphone au rédacteur en chef – c'était André Bourin, je crois –, qui prévient Montherlant, lequel déclare, incrédule, que c'est tout à fait impossible, et qu'il a tiré ce vieux texte de lui d'un tiroir pour l'envoyer aux *Nouvelles*. Peu à peu, la vérité est apparue : cinq ou dix ans avant, Marceau avait envoyé le texte à Montherlant, qui l'avait oublié dans un tiroir, pour le redécouvrir ensuite, le trouver tout à fait bon et se l'approprier involontairement. Je garde malgré tout un soupçon d'incrédulité. Il me semble que je reconnaîtrais immédiatement un texte de moi, même écrit il y a dix ans. Un écrivain n'écrit pas *n'importe quoi*. Il n'écrit que les textes qu'il doit écrire, et il serait bien étonnant qu'il oublie, même longtemps après, ce devoir, cette nécessité-là. Ce qui n'empêche pas, bien sûr, de changer de style. Le Giono de *Que ma joie demeure* est très différent du Giono du *Hussard sur le toit* : Stendhal est passé par là. Mais il m'étonnerait que le second Giono ait oublié le premier.

F. S. – Vous n'avez jamais été tenté de varier votre style ?

J. O. – J'aurais peut-être aimé pouvoir le faire, pour la beauté du geste, mais je n'en ai jamais ressenti l'urgence. Je ne l'ai donc jamais vraiment souhaité. Au contraire, j'ai été heureux de pouvoir rester, au fil du temps, identique à moi-même. C'est pour cela que vous retrouverez, par clin d'œil et comme une marque de fabrique, dans chacun de mes livres un passage d'un livre précédent.

F. S. – Avez-vous l'impression que les mœurs littéraires étaient différentes à vos débuts?

J. O. – On a toujours tendance à penser qu'elles l'étaient, mais un second examen nous fait un peu douter. On se dit qu'elles étaient moins spectaculaires, moins publicitaires; mais il suffit de se souvenir du bruit fait autour du Goncourt de Gracq ou du Nobel de Sartre pour en rabattre. Ou bien on incrimine le mélange des genres, les écrivains qui sont aussi éditeurs ou critiques; mais Arland ou Nimier ou Laurent étaient le tout ensemble, Paulhan était éditeur et écrivain, Mauriac écrivain et critique. Gracq, Montherlant, Green, Yourcenar ont refusé ces cumuls, mais sont-ils la règle ou l'exception?

De même, de nombreux auteurs donnent aujourd'hui l'impression de fabriquer des produits pour les besoins du commerce des livres, selon des techniques éprouvées. Je crois qu'il en a toujours été ainsi. Seulement, les prototypes de la génération précédente sont tombés dans l'oubli. Le milieu littéraire est tout petit. Les passions et les intérêts qui s'y opposent ne sont pas négligeables. Rien d'étonnant à ce qu'il paraisse aussi comme le royaume du faux, de l'apparence, de l'hyperbole. En général, quelques années suffisent à remettre les choses en place.

F. S. – Comment prenez-vous la critique littéraire? Je veux dire quand elle s'applique à vos
livres.

J. O. – Très bien. Comme je me mets facilement à la place de ceux qui ont un point de vue
opposé au mien, il est rare que je ne trouve pas
quelques fondements aux critiques sévères qui me
sont parfois adressées. Ensuite, je dois faire un
certain effort pour n'en tenir aucun compte. Et
puis il y a les rosseries amusantes, Rinaldi me
dépeignant en « homme du monde aux dimensions
nationales », ou ce timbré dont j'ai oublié le nom
qui comparait ma littérature et ma personne à
celles d'Abel Bonnard, le collaborateur qu'on sur-
nommait « Gestapette ». C'était au minimum une
double injustice. Plus sérieusement, j'attache une
grande importance à celles des critiques qu'on sait
animées par un amour sincère, exigeant, de la
littérature – et qu'il s'y mêle alors, le cas échéant,
des questions de personnes est regrettable mais de
peu d'importance. Ces critiques-là ne sont pas si
nombreuses.
Les critiques méritent souvent d'être considérées
à distance de temps, ce qui permet de les critiquer
à leur tour – dans certaines limites, puisque la
fonction du critique n'est pas d'anticiper sur une
postérité d'ailleurs douteuse, et que même, au
contraire, il peut prétendre la former, au point que
les critiques qui nous paraissent justifiées au-

jourd'hui sont peut-être simplement celles qui ont atteint leur but – c'est-à-dire la fabrication du jugement public – alors que les autres, qui nous paraissent absurdes, l'ont manqué.

J'aime bien relire les critiques des œuvres célèbres. Paul Souday sur *Si le grain ne meurt*, dans *Le Temps*, ou la note de lecture de Le Grix sur Proust que m'a montrée Jean-Claude Fasquelle. En même temps qu'il l'envoyait chez Gallimard, Proust avait en effet envoyé *Un amour de Swann* chez Fasquelle. La note de Le Grix est stupéfiante d'intelligence et d'incompréhension. Incompréhension, parce qu'il ne voit pas bien où tout cela va conduire, ce dont on ne peut pas vraiment lui faire grief, puisque nous lisons ce premier livre avec l'éclairage des autres, ce qui n'était évidemment pas son cas. Intelligence, parce qu'il pénètre au cœur du livre, analyse la scène du baiser maternel, parle de l'angoisse et de la mémoire. Puis, d'un ton juste et mesquin, il prévoit en deux lignes que, si l'auteur poursuit son œuvre, l'homosexualité y tiendra une grande place. Enfin, il conclut que le livre, quoique pourvu d'immenses qualités littéraires, n'aura aucun succès, et recommande de le refuser mais de ne pas perdre l'auteur de vue. A lire cette note, on a envie de crier comme les enfants : « C'est chaud, plus chaud, tu brûles... » Et pour finir Le Grix s'éloigne, étant resté au-dehors.

F. S. – Quel jugement portez-vous sur les relations des auteurs et des éditeurs?

J. O. – Comme pour les femmes : aucun jugement général. Pour plus de détails, voir la correspondance entre Marcel Proust et Gaston Gallimard. Elle vient de paraître à la NRF. C'est un peu technique. Et c'est passionnant. Quittons ces hauteurs : en ce qui me concerne, mes derniers livres ont été publiés chez Jean-Claude et Nicole Lattès, qui sont devenus des amis. Dans cette maison récente et de taille moyenne, j'ai trouvé une attention aux écrivains, une efficacité, un enthousiasme exceptionnels.

Revenons en arrière. Quand Julliard est mort, je me suis naturellement tourné vers Privat, avec lequel j'entretenais depuis longtemps déjà des relations confiantes. Il avait bien aimé les petits livres de la première partie de ma vie. Je lui ai apporté le fruit monstrueux de mes rêves de toujours et de mes travaux de l'Unesco, qui était *La Gloire de l'Empire*. Et là j'ai vu Privat, cet homme si ouvert et si aimable, s'affaisser sur son fauteuil, l'air horriblement gêné. C'était comme si j'étais venu lui proposer un traité de métaphysique ou un ouvrage pornographique. Lui avait toujours voulu du d'Ormesson, mais ça, vraiment, ça ne ressemblait à rien. Après un court moment d'hésitation, il m'a annoncé sans enthousiasme qu'il publierait ce livre, bien sûr, mais qu'il n'y croyait pas beaucoup. Je l'ai immédiatement repris, pour le donner à Caillois. Il m'avait fallu cette rebuffade pour me décider à le faire, alors que pourtant je voyais

Caillois tous les jours. En le lui remettant, j'avais de la sueur sur les tempes et pendant qu'il le lisait je ne tenais pas en place. Et puis, je l'ai vu émerger plutôt radieux, content de me voir sortir de l'ornière de la facilité, et il a porté *La Gloire de l'Empire* chez Gallimard.

C'est *La Gloire de l'Empire* qui m'a valu, sans doute, l'Académie française. Et aussi l'entrée au comité de lecture de Gallimard, en 1971 ou 1972. J'ai vécu là un grand moment. Je le dis avec une certaine émotion, parce que ce cénacle représentait beaucoup pour moi. A la vérité, il représentait, tout simplement, l'univers de l'essentiel, l'univers de ce qui vaut d'être fait, des livres, alors que tant d'activités humaines ne méritent pas d'être poursuivies. Et moi, je me sentais terriblement indigne, mais j'étais heureux et fier de pouvoir contribuer à cette œuvre collective. Je voyais la maison Gallimard comme une forteresse de la littérature française et le comité de lecture comme la plus haute de ses tours de guet. Et puis je suis sensible aux légendes, et il me semblait voir autour de la table les ombres de Gide, de Rivière, de Schlumberger, de Malraux, de Drieu, de Martin du Gard, de Paulhan, Gaston Gallimard imposant Simenon sur les conseils de Gide, Malraux défendant Dashiell Hammett, Nimier partant pour Meudon retrouver Céline. Et autour de la table il y avait Arland, Dominique Aury, Caillois, Raymond Queneau que j'admirais beaucoup et que je ramenais souvent à Neuilly où il habitait, Michel Mohrt, pour qui j'ai une grande affection. Je me rappelle un numéro époustouflant de Mohrt parlant d'un roman anglais sur un transsexuel tourmenté par deux problèmes : peut-il encore retourner à son club voir ses vieux camarades et peut-il encore porter la cravate de son ancien régiment? Bien sûr, étant d'un naturel changeant, je me suis lassé assez vite. De plus, je n'étais pas un excellent lecteur, à la fois trop indulgent et trop vite ennuyé. Je me suis dépris du comité. Je n'irais pas jusqu'à dire, comme je l'ai dit pour Abou Simbel ou pour d'autres monuments, « vu, je coche », mais enfin... En 1974 je l'ai quitté lorsque j'ai pris la direction du *Figaro*.

F. S. – Vous avez donc connu Gaston Galli-mard?

J. O. – Oui, mais mal. Je n'ai jamais eu de véritable relation d'intimité, même littéraire, avec lui. Rien en tout cas de comparable avec les rapports que j'entretenais avec Julliard ou Privat, plus tard avec Lattès. A l'époque, il était devenu un monument des lettres, un monument avec un nœud papillon. Sa réputation considérable atteignait son zénith. On murmurait autour de lui des noms de femmes et des noms d'écrivains. Tout cela m'en imposait un peu.

F. S. – Comment viviez-vous à l'époque, en dehors du monde littéraire?

J. O. – Depuis mon mariage, j'avais une vie de famille et une vie mondaine. Avant aussi, d'ailleurs. Sur le mariage, vous connaissez mes sentiments, dont je n'ai jamais fait mystère. Des sentiments tendres pour la personne qui a accepté de vivre avec moi, et des sentiments réservés à l'égard de l'institution. Peu après le mariage, ma vie s'est renversée. Alors que mes années d'échec littéraire avaient été aussi des années de liberté totale, ce qui certainement m'aidait à supporter l'échec, mes années de succès ont été des années de contraintes. Les contraintes étaient là, elles existaient, je ne pouvais pas les ignorer et cela a changé ma vie. J'en souffrais. Je me suis mis à développer de petites névroses, comme celle du désordre. Je ne pouvais supporter que mes papiers soient rangés, et si on n'y avait pas pris garde, j'aurais pu disparaître sous la marée des papiers. C'était un signe.

J'ai eu une fille que j'aime. De même qu'il doit être triste d'avoir des obsèques civiles, il doit être triste de ne pas avoir d'enfants. J'ai été un père médiocre, un peu indifférent, au moins au début. Et puis des liens très forts, trop forts peut-être, se sont tissés. « Il n'y a pas de bon père, c'est la règle. » En fait il n'y a pas de règle. Il faut aimer les enfants et leur donner un exemple. J'aime ma fille, mais je ne suis pas sûr de lui avoir donné l'exemple que j'aurais dû.

J'ai eu aussi, à cette époque, une vie mondaine. Je voyais, comme on dit, des gens élégants. J'allais dîner, j'allais au théâtre et sur des yachts et à Saint-Moritz. J'ai frôlé le *jet set* et le mauvais genre. Je connaissais le côté des familles *bien*, des châteaux de la Loire, des généalogies, des cousins et des neveux, mais pas le côté de la fortune cosmopolite et de la facilité. Quelques années avant, dans un style assez proche, la fille de Mervyn LeRoy m'avait fait découvrir Hollywood, Beverly Hill, les soirées chez Sinatra. Là, c'était plus chic et tout aussi exotique. Je ne boudais pas mon plaisir.

F. S. – Et qu'est-ce qui vous plaisait là-dedans?

J. O. – L'éparpillement. Je continuais à fuir. J'ai fui jusqu'à *La Gloire de l'Empire*. Je fuyais mon insuccès, bien sûr, mais aussi le mariage. Et puis c'était comme au théâtre, des femmes très belles et des attitudes convenues. J'aimais ces phrases toutes faites, ces bijoux scintillants et ces histoires de pacotille. Après le genre *People*, le genre *Destins*. Et surtout, je voulais avoir connu tout cela, comme tant d'autres choses. Il ne s'agissait pas d'y rester.

Je n'avais pas d'unité. Comme je l'ai dit, ma volonté ne s'appliquait à rien. J'avais le désir éperdu d'aller vers un but, mais aucun but ne s'offrait. Alors, comme pour me rattraper, je n'ai rien voulu laisser échapper de ce qui se présentait, ni le luxe, ni les voyages, ni les voitures, ni les aventures, ni les divertissements de tous ordres. Je m'ouvrais sur tout. Aujourd'hui j'ai l'impression de me refermer. De me refermer sur quoi? Sur la fin, naturellement. Mais aussi sur une sorte de liberté vraie, sur cette nécessité que j'ai fini par découvrir.

F. S. – Trente ans d'éducation sentimentale?

J. O. – Oui, en donnant au mot sentimental son sens le plus large. Trente ans d'apprentissage. Avec au bout une sorte d'apaisement qui n'est pas exempt de remords.

F. S. – Et de nostalgie?

J. O. – Non. Je ne sais pas ce que c'est. Je n'aurais pas supporté de m'arrêter à ces vies que j'ai vécues, alors pourquoi les regretter? Curieusement d'ailleurs, je n'en ai jamais éprouvé la tentation. Ces vies n'étaient pas désagréables, l'une après l'autre, mais il me fallait m'en aller ailleurs. Passer outre.

J'imagine aisément les conseils que Giono, ou surtout Chardonne – pas Mauriac, qui a ramé autant que moi sur la galère mondaine – auraient pu me donner : rester dans mon coin, éprouver les subtils mouvements du cœur, m'approfondir, tracer mon sillon. Ç'aurait été en pure perte. Il me fallait traverser le « rideau des illusions », la *maya* des bouddhistes. D'instinct, je savais que je ne courais pas grand risque à le faire, et surtout pas le risque de m'arrêter en route. J'aurai perdu du temps, c'est vrai. Mais pourquoi le regretter? Je n'aurais pas aimé non plus me dépenser à l'économie, prévoir, calculer, mesurer mon temps et mes forces.

F. S. – Jean d'Ormesson en pied, par Philippe de Champaigne?

J. O. – Mais alors dans un cloître, avec vue sur la mer. Selon la formule de Chateaubriand : « une cellule sur un théâtre ». Un janséniste tiède qui se serait à moitié retiré du monde après avoir connu des débauches modérées. Et qu'un rien suffirait, peut-être, à emporter à nouveau.

Aujourd'hui j'ai l'air tranquille, mais le hasard peut réapparaître. Et les jeux du hasard. Et les chemins de traverse et les désordres. Je ne m'y refuserai pas. J'ai horreur des vies programmées. Que la mienne ne l'ait pas été, c'est peu dire.

Certains de mes amis s'étaient fait, très jeunes, des programmes de vie, comme celui du jeune Ampère – « Quel bon hiver nous allons passer ensemble, écrivait-il à son père. Que de philosophie, de physique, de lectures et d'études!... » C'était très en vogue à l'époque romantique. Aujourd'hui encore, j'en sais un qui s'était préparé à être diplomate, puis ministre, puis écrivain et qui a tenu parole. Moi, si j'ai parfois espéré quelque chose, je n'ai jamais, Dieu soit loué, travaillé à rien.

F. S. – Vous vous mêliez beaucoup au milieu des écrivains?

J. O. – Très peu, jusqu'à mes premiers succès. Je ne me sentais pas à l'aise parmi eux. J'étais terriblement intimidé. Je dois dire en outre que l'idée de devenir un homme de lettres m'était extrêmement pénible. J'étais certainement prêt à suspecter la société des lettres d'être un peu provinciale, de sentir le renfermé, les vieux chats, les haines recuites. Bien sûr, certains de ceux qui sont devenus mes amis échappaient à cela, comme Déon, qui vivait moitié en Grèce et moitié en Irlande. Et puis de toute façon, on se fout de savoir comment vivent ou parlent les écrivains, ce sont les livres qui comptent. Mais quand même, j'avais plus de goût instinctif pour ceux qui vivaient, et donc échappaient par quelque côté au milieu littéraire, Malraux, Mauriac ou Aragon par la politique ou Morand par les voyages. C'était un goût personnel et non pas littéraire : encore une fois, ce n'est pas parce qu'un écrivain aurait passé sa vie dans les arrière-cuisines littéraires, ou à courir de jury de prix en jury de prix, ou se serait épuisé en d'obscures manœuvres professionnelles, qu'il serait incapable de produire un chef-d'œuvre. De là à le fréquenter...

F. S. – Vous avez dit tout à l'heure que vous mettiez l'écrivain plus haut que tout. Pourtant j'ai l'impression que vous mettez Agnelli plus haut que Maurice Genevoix...

J. O. – J'aimais beaucoup Genevoix. Je mets Agnelli très haut parce que c'est un héros romanesque, donnant l'impression d'être au-dessus des conventions, des préjugés, des scrupules, des embarras ordinaires, un personnage de la Renaissance, dangereux, insaisissable. Il en a les moyens, certes, mais tous les héritiers ne sont pas comme lui. Il a, en plus, cette amoralité naturelle qui le rend très particulier. Il paraît être né affranchi de tout. Quand je suis arrivé pour la première fois à Villar Perosa, près de Turin, j'ai découvert un monde étonnant, plein d'acteurs américains, de femmes superbes, de personnages improbables, de boscards...

F. S. – De quoi?

J. O. – De boscards... ce sont des aventuriers familiers, des vétérans de l'amitié et de la complaisance. Ai-je inventé le mot? Je ne sais pas. Il ne figure dans aucun dictionnaire. Il me semble que je l'ai toujours connu. Il y a comme cela une citation de Hegel que j'ai beaucoup répétée et que les hégéliens m'accusent d'avoir inventée : « La première catégorie de la conscience historique, ce n'est pas le souvenir, c'est l'annonce, l'attente, la promesse. » L'ai-je vraiment inventée ? Ce serait trop beau... Gianni Agnelli et sa femme, Marella, dominaient cette cour comme des héros de Fitzgerald. Il avait une conversation éblouissante de drôlerie et de pertinence, ne parlant pourtant jamais pour ne rien dire, infiniment détaché de la mesure, des conventions : ni révolté ni dédaigneux, mais séparé par un abîme de l'univers bourgeois que j'avais tant connu. Séparé aussi de l'univers national, vivant sur une culture tout à fait cosmopolite, mi-italienne mi-britannique. Et séparé également de l'univers de l'argent – ce qui est plus étonnant encore – par une habitude, une pratique de la fortune qui aboutissait à dissimuler, jusque dans le faste, l'existence même de l'argent. Une charge romanesque prodigieuse.

A le voir sur place, je me suis souvent demandé si les Italiens n'étaient pas restés monarchistes, s'il ne comblait pas un vide de nature politique : le roi sans couronne d'Italie. C'est tout spécialement sensible à Turin. Quand il se déplace, les institutions paraissent à ses ordres, tout le monde le reconnaît et s'incline.

F. S. – Revenons en France. C'est l'époque, vers la fin des années soixante, où vous vous liez avec Georges Pompidou ?

J. O. – J'y pensais à propos d'Agnelli, précisément. On s'interroge parfois pour savoir quels sont les hommes qui peuvent « tenir » à côté de pareils spécimens, ne pas être effacés par eux. Pompidou, dans un registre entièrement différent, « tenait ». On l'a tant représenté sous l'aspect d'une sorte de Louis-Philippe qu'on a fini par oublier qu'il était, d'abord, d'une intelligence fulgurante. Il était comme son nom et tout autre que ce que son nom laissait supposer, avec un mélange assez français de cynisme et de droiture. Et puis j'ai vu cet épicurien envahi, sous l'effet de la maladie, par le stoïcisme, ce jouisseur se tuer à la tâche, cet ambitieux traversé par quelque chose d'autre que l'ambition, quelque chose de plus profond et à quoi il ne s'est pas refusé. Sa destinée n'a pas manqué de grandeur.

Je suis allé souvent à l'Élysée; je n'y suis d'ailleurs jamais autant allé que sous Pompidou. Il transformait les lieux, remplaçant le second Empire par du moderne. Parfois, il venait à la maison. Plusieurs fois, vers la fin, ma femme et moi nous nous sommes inquiétés de savoir si nous n'avions pas dit quelque chose qu'il ne fallait pas : il écourtait les dîners, se retirant assez brusquement. Nous ne savions rien de sa maladie.

J'ai toujours trouvé intéressante sa rencontre avec de Gaulle. Comment cet amoureux de la vie, si doué pour le bonheur, qui avait dirigé une banque et qui n'avait pas été résistant, a-t-il pu servir de Gaulle et lui succéder? En fait, le gaullisme a sorti d'eux-mêmes toute une génération d'hommes politiques français. Chaban, Guichard,

Pompidou, si doués d'autre part, qu'étaient-ils d'autre, au fond, que des radicaux? Et Chirac? Le gaullisme a été son corset de fer.

F. S. – Ce qui est curieux, c'est que plongé dans ces univers-là vous ayez pu trouver le temps d'écrire.

J. O. – Vous avez tout à fait raison. C'est à cette époque que j'ai écrit *La Gloire de l'Empire*, et c'était l'essentiel.

F. S. – Mai 68 vous a distrait?

J. O. – Pas du tout.

F. S. – Agnelli était plus amusant?

J. O. – Plus amusant? Moi, j'ai surtout été frappé par la médiocrité de tout cela : la pensée politique était pauvre et para-totalitaire, d'un totalitarisme d'adolescents. La formulation littéraire, qu'on a tant vantée, n'était qu'une pâle copie de Dada et des surréalistes. Il y avait beaucoup de narcissisme dans cette « révolution introuvable ». Le reste, les causes, les effets, tout ça a été très bien analysé, mais je m'en fous un peu.

Au moment où les troubles ont commencé, j'organisais à l'Unesco une grande manifestation, pour le centenaire du *Capital*, 1867, le cent vingtième anniversaire du *Manifeste du parti communiste*,

1848, le cent cinquantième anniversaire de la naissance de Marx, 1818. Bref, je célébrais Marx. J'avais invité Aron, Lévi-Strauss, Marcuse. C'était très bien. C'est grâce à moi, en partie, que Marcuse était à Paris en mai 68.

Je me rappelle un déjeuner avec Mauriac à cette époque-là. Peyrefitte, ministre de l'Éducation nationale, est arrivé en retard : il avait des ennuis avec un rouquin du nom de Cohn-Bendit, que personne ne connaissait et qui voulait que les filles puissent aller dormir chez les garçons. « Ah! dit Mauriac de sa voix brisée, en mettant sa main devant sa bouche, ce qu'il faut, c'est être vertueux! » Je n'ai jamais su si la formule était ironique ou sérieuse.

Je souris parfois en voyant ce que sont devenus les héros des journées de Mai. Ils tirent sur leurs cigares et font plus pour la société de consommation que leurs adversaires des trente années précédentes. Il me semble que j'entends la voix d'Eugène Ionesco, qu'un parti d'étudiants était allé acclamer et qui les a renvoyés en leur disant : « Allez-vous-en! Dans vingt ans vous serez tous notaires! »

J'ajoute, puisque le problème est à la mode, que le conflit des générations me laisse froid. Il me laissait aussi froid lorsque j'étais plus jeune. Et l'intérêt systématique porté à la jeunesse, lorsqu'on la considère comme une catégorie à part, me paraît toujours un peu suspect. C'est de l'angélisme ou du scoutisme. Les catégories morales et les catégories sociales traversent la jeunesse. Il n'y a rien d'étonnant à ce que ce soient les régimes totalitaires, qui prétendent transcender ces catégories au nom d'une histoire mythique ou de l'idée abstraite du peuple ou de la race, qui aient exalté la jeunesse en tant que telle. Ils avaient toutes les raisons pour cela, et nous moins.

F. S. – Les mots « heureux » ou « malheureux » ont un sens pour vous?

J. O. – Oui.

F. S. – Vous étiez heureux alors?

J. O. – Je ne sais pas. J'ai un peu oublié. Je me sentais parfois comme un animal en cage; mais j'avais échappé à l'abrutissement des années précédentes, et il me semblait que j'allais enfin faire quelque chose de ma vie.

X

Plusieurs vies

FRANÇOIS SUREAU – Maintenant, les années soixante-dix, on les appelle, mais avec une pointe de mépris, les *seventies*. Cela évoque un mélange de conformisme progressiste, de technocratie, de complexes et d'inélégance vestimentaire. Dans ma génération, on se souvient qu'il était mal vu d'aimer les choses pour elles-mêmes et non pas pour ce qu'elles révélaient ou trahissaient ou signifiaient. Un romancier racontant des histoires était un fou. L'indifférence était « fasciste ». Comment avez-vous vu les années soixante-dix ?

JEAN D'ORMESSON – Pour moi, c'était merveilleux. Vous, vous aviez quinze, vingt ans dans ces années-là, et ce devait être moins drôle. Moi, je commençais, vers quarante-cinq ans, à sortir de l'adolescence. La mauvaise conscience, si palpable, ne me touchait guère.

F. S. – Et l'attitude inverse, celle des années quatre-vingt, journaux luxueux et discours politiques rendant aux riches leur bonne conscience, comment la jugez-vous?

J. O. – Méprisable. La mauvaise conscience est déplacée et la bonne conscience méprisable. Ce qui revient à dire que la conscience se passe d'adjectifs.

F. S. – Pensez-vous avoir à quelque moment faibli, dans les années soixante-dix, par désir de ne pas manquer ce qu'on prenait à l'époque pour des rendez-vous de l'histoire? Il y a quand même chez vous ce désir de ne pas être un laissé-pour-compte de l'évolution des choses...

J. O. – Vous avez raison. Il y a toujours eu, au fond de moi, sinon la crainte, du moins la volonté de ne pas être un laissé-pour-compte de l'histoire. Je n'aurais pas supporté d'être un sudiste abandonné, un colonialiste abandonné, un hobereau abandonné. On peut y voir une certaine forme de positivité, et aussi le désir, moins noble, d'être dedans plutôt que dehors. Sans doute pour des raisons à la fois sociales et psychologiques. Dans les moments où j'aime la tradition, où je souhaite la voir survivre, je me dis qu'il faut s'adapter pour durer, et vivre dans cette contradiction qu'une tradition qui change perd un peu de son être, mais qu'une tradition qui demeure disparaît. Certains de mes amis ont fait le choix inverse : refus du monde moderne, de la République ou de la démocratie, préférence pour les causes perdues, et ne pas abandonner le camp de la défaite. Rien de cela n'est ridicule.

Revenons à l'air du temps : globalement, je crois avoir bien résisté lorsqu'il le fallait. Quand tout le monde croyait le socialisme inévitable, je ne me suis pas rangé pour autant de son côté et je l'ai critiqué. Sur d'autres points, c'est vrai, on a pu me prendre en défaut de conformisme. Sur Mao, par exemple. Et je n'avais même pas l'excuse qu'à l'époque le président de la République qualifiât cet assassin totalitaire du titre stalinien de « phare de la pensée mondiale », car l'erreur à ce niveau n'a pas d'excuses. Je me suis laissé aller. En revanche, je n'ai pas hésité une minute devant Saigon ou Phnom Penh, devant les clameurs de joie et les drapeaux de fête agités en l'honneur de la libération communiste, et nous n'étions pas si nombreux, même à droite.

La fidélité n'est jamais ridicule, et si sensible que je sois à certains prestiges du temps, je la place très haut. On ne doit pas être prisonnier de ce qu'on est, mais on ne doit pas, on ne peut pas non plus le récuser. Nous essayons, vous ou moi, de ne pas être trop prisonniers de notre pays, de notre milieu. Mais il ne faudrait pas les oublier. Nous avons reçu d'eux une quantité de biens qui ne sont pas négligeables.

Nous avons parlé, ici et là, de mes sentiments assez complexes à l'égard de François Mitterrand. Mitterrand, Dieu sait s'il est ondoyant et divers, carpe ou lapin selon les époques : pourtant il n'a jamais bougé de son hostilité à de Gaulle, à qui il a, après coup, fauché tant de thèmes et d'idées. Et moi je me plais, pour des raisons analogues aux siennes et peut-être tout aussi absurdes, à ne pas bouger de mon opposition à Mitterrand. Je n'ai pas les mêmes motifs que lui : je ne vise pas son poste, j'y mets plutôt un peu de mon goût de la fidélité et de mon refus d'un succès dû à l'habileté.

F. S. – Vous avez l'impression que les années 70-75 ont marqué un tournant dans votre vie?

J. O. – C'est à ce moment-là que tout s'est dénoué, avec *La Gloire de l'Empire* et *Au plaisir de Dieu*. Et *Le Figaro* et l'Académie, et pour finir la réception de Marguerite Yourcenar, qui restera à jamais le grand événement de l'année 1981. Vous ne dites rien?

F. S. – Je ne peux pas réagir à chaque fois...

J. O. – ... Et même les péripéties de cette période m'ont été favorables. Entrer au *Figaro*, c'est épatant, et en sortir ce n'est pas mal non plus, c'est la liberté retrouvée, les livres... Je garde un excellent souvenir, au fond, de ces années-là, ou plutôt un excellent souvenir privé. La vie collective, elle, avait des hauts et des bas. Le général de

Gaulle est parti, après lui la droite s'est usée très vite, à gauche le totalitarisme bénéficiait de toutes les complaisances, Sollers était maoïste et puis les femmes ne se sont jamais habillées aussi mal. Mais à certains égards, tout cela n'était que le prolongement de ce que nous avions connu dans les années cinquante et soixante, disons rapidement cette partie un peu noire, un peu stérile, et très inesthétique de l'esprit européen d'après-guerre.

Je voudrais revenir sur ce que nous disions à propos de la conscience, la mauvaise, des années soixante-dix et la bonne des années quatre-vingt. C'est entendu, la mauvaise conscience des années soixante-dix était absurde. Autoflagellation personnelle, autoflagellation occidentale... Quand vous pensez que des intellectuels jouissant des libertés démocratiques ont encensé la Révolution culturelle, et que vous observez ce qui se passe aujourd'hui en Chine, il y a de quoi être submergé de honte. Et pourtant, à certains égards, il y a dans la mauvaise conscience un reste de scrupule, d'esprit critique, dévoyés, bien sûr, mais quand même, qui me la rend encore, tout compte fait, plus supportable que la bonne conscience des nantis. La satisfaction arrêtée, sûre d'elle-même, est méprisable, alors que l'insatisfaction systématique est seulement nuisible. Ce n'est pas pareil.

Autre chose sur la succession de ces décennies, les années soixante, soixante-dix, quatre-vingt. Les vingt dernières années ont quand même vu la France retrouver une sorte de sérénité. Les esprits chagrins diront qu'il ne s'y passe rien. Mais l'occupation, la défaite en Indochine, le drame algérien, franchement, on s'en serait passé. Il n'est pas nécessaire d'attendre que votre pays soit envahi ou ruiné pour commencer à exister. On peut vivre toutes sortes d'aventures personnelles passionnantes dans un pays tranquille.

Mais ce débat ne vient-il pas, tout simplement, de ce que vous et moi n'avons pas beaucoup aimé les années de nos vingt ans? Je souscris assez à la phrase de Nizan : « Je ne laisserai personne dire que c'est le plus bel âge de la vie. » Si seulement c'était l'âge de la futilité... Mais c'est plus souvent l'âge des ambitions et des singeries et des désirs refoulés. Ce n'est pas amusant d'être mécontent de tous et mécontent de soi.

Peut-être aussi l'époque y est-elle pour quelque chose. D'un côté, elle exalte et flatte la jeunesse; de l'autre, elle l'enferme dans des perspectives toutes tracées. Des études pesantes, des fabriques de petits-bourgeois, puis des carrières, l'entreprise et la compétitivité, et, seules échappatoires, le divorce pour les uns, *Le Figaro-Magazine* pour les autres. Un complexe socio-scolaire plus puissant que le complexe militaro-industriel : quel ennui!... Avoir vingt ans au XVIIIe ou à la Renaissance, était-ce vraiment aussi chiant qu'aujourd'hui? Je n'en suis pas sûr. Je crains que nous ayons seulement ajouté aux contraintes puritaines et bourgeoises du XIXe les contraintes modernes de la productivité généralisée. Peut-être les historiens futurs regarderont-ils cette partie-là de notre civilisation avec dégoût.

F. S. – Je me souviens de Jeanne Hersch demandant à un auditoire de chefs d'entreprise éberlués : « La concurrence, pour quoi faire?... » Jeanne Hersch relevait qu'on avait tendance à la considérer comme une fin, en lui subordonnant la plupart des institutions sociales, alors qu'elle n'était que le moyen de parvenir à quelque chose sur quoi nous avons perdu le goût de nous interroger.

J. O. – C'est très juste. Et c'est précisément cette confusion qui donne à notre culture sociale, malgré les libertés politiques, cet aspect parfois lourd, attristant, dans lequel Tocqueville voyait d'ailleurs une des caractéristiques de la démocratie moderne.

F. S. – Croyez-vous que nous vivions une époque « libérée »?

J. O. – Au contraire. Les années vingt étaient certainement plus hardies. Nous nous débattons toujours, en Europe au moins, dans le post-victorianisme et les bons sentiments. Malgré les apparences, je crois que le moralisme est l'un des traits dominants de cette époque. Mais c'est un moralisme de masse, ce qui le rend encore plus fatigant. Et un moralisme bruyant, plein de démagogie, de clameurs hypocrites et de paroles intéressées. Un moralisme obscène aussi : pas de journée qu'on ne nous bassine avec les « valeurs ». Je pense beaucoup de mal de la plupart des valeurs qu'on essaie de nous refiler.

Trop de paroles. C'est cela qui est pesant : trop de paroles. Je voudrais plus d'idées et moins de paroles. Et moins de moralisme.

F. S. – Avant d'en venir à ce que vous avez fait d'important dans les années soixante-dix, je voulais vous demander de préciser un point. Est-il exact que vous ayez publié, sous le pseudonyme de John Goldmasson, un polar intitulé *Panade à Paname*?

J. O. – Ç'aurait pu être un polar autobiographique des années grises, mais non. Je n'ai pas écrit *Panade à Paname*. Remarquez que j'ai failli en douter, puisque après que l'écho auquel vous faites allusion eut paru, j'ai reçu des appels de plusieurs journalistes très affirmatifs m'assurant qu'ils avaient fait des recherches et qu'aucune incertitude ne subsistait plus sur la paternité de cette œuvre importante, qui par ailleurs n'existe pas. Personne n'a jamais vu *Panade à Paname*.

F. S. – J'ai souvent l'impression que vous avez des goûts très classiques, et qu'il vous faut faire un effort pour admirer des écrivains plus instinctifs, Simenon ou même Céline. Et que Giono représente une limite au-delà de laquelle vous ne vous sentez pas toujours très à l'aise.

J. O. – C'est à la fois vrai et faux. Les *Mémoires d'outre-tombe*, et peut-être plus encore la *Vie de Rancé* sont des ouvrages classiques pour la seule raison qu'ils durent et qu'ils vont durer. Mais la forme, à coup sûr, n'est guère classique. Et Proust? Et l'Aragon du *Paysan de Paris*, celui que je préfère? Hemingway, que j'aime beaucoup, n'est pas un classique, et Singer ou Styron non plus. Je pense surtout au Styron de *La Proie des flammes*, très supérieur, à mon sens, à celui du *Choix de Sophie*. Et Carpentier? *Le Partage des eaux* est un de mes livres préférés. Il est aussi peu classique que *Le Concert baroque*. Avez-vous lu *Le Fusil de chasse* du Japonais Inoué? C'est épatant. Classique? On peut discuter. Mais il est vrai que j'ai plus de mal à me débarrasser de mon classicisme, je ne sais au juste pourquoi, lorsque la littérature française est en cause.

F. S. – Venons-en à vos « dix glorieuses ». La période s'ouvre sur *La Gloire de l'Empire*. Ce qui surprend, c'est que vous soyez passé aussi brutalement d'un extrême à l'autre, c'est-à-dire du récit sentimental ou de la confession autobiographique à ce pastiche romanesque de l'histoire universitaire. A quoi cela correspondait-il?

J. O. – D'abord, j'avais le sentiment d'avoir épuisé ma veine personnelle. Ce que je vous dis là n'est pas glorieux mais je crois que c'est exact. *L'amour est un plaisir, Un amour pour rien, Du côté de chez Jean, Au revoir et merci* n'avaient connu aucun succès, et surtout j'étais fatigué de tourner autour de moi. J'ai donc voulu me projeter aux antipodes de tout ce que j'avais écrit auparavant. Je voulais parler de quelque chose qui vînt d'ailleurs. Ensuite, il y a une motivation externe, en relation avec mon travail à l'Unesco. Je m'occupais de congrès, de publications, de bibliographies, d'ouvrages savants, et j'ai été frappé par la charge romanesque et poétique de toute cette érudition. L'archéologie, l'ethnologie ou la philologie, c'est intéressant en soi, et en même temps cela donne à rêver, parce que l'infiniment petit et l'infiniment grand se rencontrent, qu'on découvre sans cesse des objets inconnus de l'aventure humaine et que les méthodes employées, les problèmes posés, la façon dont on les a posés au cours du temps vous entraînent, là encore, au-delà des apparences et vous présentent le monde et les vies sous une multiplicité d'angles dont nous n'avons pas l'habitude. Alors j'ai eu envie d'utiliser, de transposer, de célébrer et de moquer tout cela.

Il y avait aussi les voyages, les voyages que je devais à l'Unesco et qui m'avaient entraîné un peu partout. Et, au fond, comme je voyageais vite, j'avais vu tous ces paysages exactement comme le

lecteur d'un livre d'histoire, d'une chronique historique, pour lequel un quart d'heure à peine sépare
Bâmiyân de Machupicchu, la Moskova de l'île
d'Elbe, Solferino ou Sébastopol de Sedan. Il ne
m'a donc pas fallu beaucoup d'efforts pour glisser
de la réalité à la fiction.

Bien sûr, tout en écrivant, je me suis un peu
inquiété de savoir si je ne faisais pas un roman des
sciences humaines – c'était la grande époque des
sciences humaines – comme d'autres avaient fait
du roman historique ou du roman philosophique.
Cette perspective ne me plaisait pas, parce que, en
général, ces adjectifs, lorsqu'ils s'appliquent à la
création littéraire, ne présagent rien d'excellent.
Pour la même raison, lorsque Le Goff a dit dans *Le
Nouvel Observateur* que ce roman ouvrait un genre
nouveau et parlé d'une « œuvre pionnière », j'ai
éprouvé des sentiments confus. Naturellement,
j'étais très fier que Le Goff dise des choses pareilles;
mais tout d'un coup j'ai craint d'avoir écrit un
roman intelligent, un roman pour intellectuels.
Car les genres n'ont aucune importance. Seul le
drame qui se joue compte, et celui-là n'est jamais,
sauf dans les mauvais livres, un drame de l'intelligence.

F. S. – Même dans *La Condition humaine*?

J. O. – Vous avez raison. Mettons que le
drame n'est jamais principalement un drame de

l'intelligence. Je connais d'ailleurs peu de livres dont l'esprit soit le sujet.

F. S. – *M. Teste*?

J. O. – Oui, *M. Teste*, par exemple. C'est tout, sauf un roman. On ne peut d'ailleurs pas faire un roman avec deux personnages dont l'un commence par déclarer que la bêtise n'est pas son fort. Je n'irai pas jusqu'à dire que le roman, c'est la bêtise, mais il faut quand même de la bêtise pour donner de la consistance, de la lourdeur au monde imaginaire.

F. S. – Précisément, il est clair que l'une de vos difficultés de romancier vient du mal que vous avez à créer des personnages solides, autonomes, indépendants de vous, passionnants en eux-mêmes. Vous êtes plus à l'aise avec ce qui existe *déjà* : vous-même, ou Chateaubriand. Le choix de l'histoire, dans *La Gloire de l'Empire*, n'est-ce pas une manière de tourner cette difficulté?

J. O. – Les personnages historiques, c'est en effet l'histoire qui leur donne de la vraisemblance. Même quand cette histoire est inventée, elle continue d'étendre son ombre protectrice sur les personnages et rend la tâche du romancier plus facile. Pour moi, il s'agissait d'abord d'échapper à l'auto-biographie : c'était peut-être me donner des béquilles que de choisir cette voie, mais je les ai lâchées ensuite. Si c'est avec succès ou non, je suis bien incapable de le dire. Vous savez, nous reconstituons tout cela a posteriori, mais sur le moment je me laissais aller. En écrivant la première phrase – je me revois en train de l'écrire dans mon lit, un soir, emporté par l'angoisse et par l'enthousiasme : « L'Empire n'avait jamais connu la paix... », j'avais dans la tête des souvenirs de l'Unesco, des images de westerns et de grands films japonais, le rivage des Syrtes, Gibbon et son *Histoire du déclin et de la chute de l'Empire romain* dans laquelle, dit-on, Churchill avait appris à lire, Jünger et Buzzati, tout un bric-à-brac superbe. Et pas beaucoup d'idées générales.

F. S. – Vous êtes content d'avoir créé un genre, celui de l'histoire-fiction?

J. O. – C'est amusant, bien sûr. Mais il vaut mieux avoir écrit un bon livre. Et rester dans la littérature plutôt que dans l'histoire de la littérature.

C'est vrai aussi que *La Gloire de l'Empire* est un peu un livre de normalien...

F. S. – C'est d'ailleurs le reproche que vous fait Bernard Frank...

J. O. – Oui, mais il en conclut que je devrais réunir mes Mémoires, et je crains de ne pas lui donner ce plaisir. Peut-être, notamment, parce que nous parlons ici ensemble... En tout cas, normalien ou pas, je me suis amusé avec *La Gloire de l'Empire*. La note qui renvoie à elle-même, Herménide et Paraclite, les pastiches et collages de Corneille ou de Hegel, il y a des traces à la fois de Borges et du canular.

F. S. – *La Gloire de l'Empire*, n'est-ce pas aussi, précisément, votre dernier sursaut, votre dernière réticence de normalien *avant* la littérature? Cette manière de ne pas s'avancer à visage découvert, tout de même...

J. O. – Il me semble que j'ai toujours un peu renâclé devant le roman traditionnel. L'influence de Valéry, peut-être, et de sa fameuse marquise?... D'où le pastiche, l'ironie, les chemins de traverse... Ai-je jamais écrit un vrai roman? Je me suis dissimulé derrière la méthode, l'histoire, l'appareil critique. Et je me suis servi alternativement du comique et du pesant pour me protéger. En fait, et toutes proportions gardées, *La Gloire de l'Empire* aurait voulu être à l'érudition universitaire dans laquelle nous avons été élevés ce que *Don Quichotte* – pardonnez du peu – est au roman de chevalerie : c'est le même univers, mais attaqué par la dérision. Vous voyez que je n'hésite pas, comme vous dites, à me moucher du pied gauche.

F. S. – Érudition et dérision, c'étaient les derniers parapets?

J. O. – Les derniers avant d'écrire sans trop se soucier de ce qu'on en penserait ou de ce que le normalien en moi pourrait en penser.

F. S. – N'avez-vous pas le sentiment d'avoir abusé de la dérision? Il y en a partout chez vous, dans vos livres autobiographiques, dans *La Gloire de l'Empire*... Il y en a certainement moins, c'est vrai, dans *Au plaisir de Dieu* ou dans le *Chateaubriand*.

J. O. – C'est qu'à l'époque d'*Au plaisir de Dieu* – où il y a encore, à côté de la nostalgie, des traces de moquerie – ou du *Chateaubriand*, je me sentais plus libre du jugement des autres, ou du moins d'une certaine forme de jugement, et du mien propre. Mais pendant très longtemps, c'est vrai, le souci de ne pas être dupe, et, davantage, de montrer que je ne l'étais pas, a fait chez moi de véritables ravages.

F. S. – Aujourd'hui, d'ailleurs, vous cultivez plutôt l'attitude inverse. Votre dernière *trilogie*, c'est un peu un défi, non?

J. O. – J'ai voulu faire un vrai roman populaire. J'ai jeté par-dessus bord les contraintes et l'esprit critique. Il est sûr que dix ou vingt ans avant, je n'aurais jamais osé. Mes préoccupations allaient tout à fait dans l'autre sens... Encore que ce roman populaire comporte lui aussi une part de pastiche.

F. S. – Vous aurez quand même bien pris vos lecteurs à contre-pied : Privat qui attend du d'Ormesson première manière et se voit proposer *La Gloire de l'Empire*; et vos amis qui attendaient votre *grand* livre et reçoivent *Le Vent du soir*...

J. O. – Je me suis beaucoup amusé, je crois que les lecteurs ne se sont pas ennuyés... Je ne regrette rien. Cela dit, mettons que vous ayez raison. J'ai toujours aimé les chemins de traverse et ne pas être où l'on m'attend. Et si je sais bien que le temps m'est compté désormais pour écrire, je ne voudrais pas non plus forcer ma nature. Elle me pousse à faire ce qui me plaît. Voudrais-je la changer que je n'y réussirais pas. Ce serait encore plus de temps perdu.

Je dois cependant ajouter ceci : je sais que mes livres sont autant de masques successifs. J'avais besoin de ces masques. C'est peut-être le signe que je manquais de cette brutalité, de cette primitivité, si je puis dire, qui font souvent les grands écrivains.

Et puis, il y a le temps qui me reste; et je ne veux pas le perdre. Celui auquel vous parlez et qui vous parle en retour est un être incomplet, et un être inintéressant, intrinsèquement inintéressant, parce qu'il écrit et qu'un écrivain n'est rien d'autre que la somme achevée de ses livres. Donc ma réponse est aussi – et croyez bien qu'elle n'est pas triomphale : laissez cela, on verra plus tard.

Écrire des choses très simples, qui soient une vérité pour tout le monde; et que l'auteur disparaisse, s'incorpore entièrement à ce qu'il exprime, qu'on ne le voie plus, en creux ou en bosse, derrière les mots écrits. C'est à cela que j'aspire à présent. Un livre en forme d'évidence et qui soit beau. Vaste programme.

F. S. – Derrière le bric-à-brac, sentiments, histoires, personnages, foule de gens et d'endroits, dont vous vous êtes servi pour vous protéger – et peut-être pour vous protéger de la littérature –, qu'est-ce qui fait, selon vous, l'unité de ce que vous écrivez?

J. O. – Si je pouvais répondre avec précision à cette question, je m'en inquiéterais un peu. Mais quand il m'arrive d'y penser, je me dis qu'au fond j'ai toujours couru, depuis *La Gloire de l'Empire*, derrière l'idée de *totalité*, par la biographie, ou même l'autobiographie collective, ou par l'histoire imaginaire, ou par le rêve du plan de Dieu. Je recourrai volontiers à une comparaison prosaïque, tirée de la comptabilité. Je ne vous apprends pas qu'un bilan, c'est une photographie à un moment donné, une situation, un stock, et qu'un compte d'exploitation ce sont les flux, ce qui entre et qui sort. Eh bien, j'essaie de décrire le monde tantôt en séparant, tantôt en mélangeant les deux, et j'essaie aussi de rendre justice à tout le merveilleux, à tout l'insaisissable que j'y découvre.

F. S. – Mais n'est-ce pas encore le dernier écart du normalien, qui ne veut pas aborder directement, de front, ce que Simenon par exemple aborde, la simple angoisse de l'individu, le blanc de dix heures, l'inquiétude dans un cœur, la vie ordinaire, une seule histoire?

J. O. – Ce que vous dites n'est pas faux, mais je ne l'impute pas seulement à mes origines normaliennes. En fait, je ne sais pas pourquoi, j'ai toujours été hanté par l'envie d'écrire, avec les moyens dont je dispose, le livre des livres. D'où cette impression d'accumulation, ce foisonnement. *Dieu, sa vie, son œuvre* vient de cette envie, avec un côté parodique, là aussi, pour me garder du ridicule.

Je vous ai dit pourquoi je ne parle jamais d'un livre que j'écris. J'ai fait un jour une exception, pour *Dieu, sa vie, son œuvre* justement. C'était à déjeuner, au Voltaire, avec Michel Mohrt et une de nos amies communes. Je leur ai expliqué ce que je voulais faire, le *plan de Dieu*, les exemples stochastiques, les échantillons, les coupes. J'étais perdu dans mon sujet et, au fur et à mesure que je parlais, je voyais la consternation se peindre sur leurs deux visages. Était-ce parce que je pouvais expliquer, ce qui est toujours mauvais signe, ou que j'expliquais mal, ou que j'expliquais quelque chose d'absurde, ou que je n'expliquais rien du tout, ce qui est la meilleure hypothèse? En tout cas, ça ne m'a pas encouragé à continuer mes commentaires.

De tout cela, je retiens une chose. Il est très difficile pour un écrivain de trouver la juste mesure de ses ambitions; de savoir à quoi il faut tendre. L'écrivain est sur une scène, avec en face de lui un public exigeant. Il s'avance en aveugle, forgeant son propre texte. C'est seulement beaucoup plus tard qu'il saura ce qu'il a fait. Ailleurs qu'en littérature, les règles sont claires et les sanctions à peu près immédiates. C'est moins grisant, mais beaucoup plus rassurant.

F. S. – D'où vous vient, quand même, ce refus de parler de la vie des êtres, de créer des personnages en chair et en os, d'expliquer leur vie par l'intérieur?

J. O. – Mais c'est que je n'y comprends rien... Je vois les résultats, les faits, et c'est tout. Tout le reste est reconstruction. Reconstruction arbitraire. Et j'ai presque envie, alors, de donner des « états successifs de situation », à charge pour le lecteur de s'interroger sur le reste. Je ne sais pas ce qui se passe dans le cœur. Il y a tant de pensées, d'intérêts, de mouvements, de confusion. Comme une chaîne de poupées russes sans fin. Je ne vois aucune raison de m'arrêter à telle poupée et je ne peux pas aller jusqu'à l'infini... Je ne me vois pas non plus avec un scalpel, disséquant mes personnages, chirurgien de la littérature.

F. S. – Après *La Gloire de l'Empire*, vous écrivez *Au plaisir de Dieu*, qui est, comme vous le dites, une autobiographie collective.

J. O. – Autant *La Gloire de l'Empire* est né d'un environnement culturel, intellectuel, autant *Au plaisir de Dieu* est né d'un choc sentimental, le choc d'avoir à quitter Saint-Fargeau. Saint-Fargeau, c'était la famille de ma mère, un peu d'histoire de France, l'endroit privilégié de mon enfance, un monde apparemment préservé du temps. Pas tant que ça, en fait – la preuve.

A le quitter, j'ai éprouvé de la peine, un obscur remords, et peut-être aussi un lâche soulagement. Je n'aurais pas aimé avoir à m'y consacrer, au détriment d'autres choses. Sans doute est-ce un effet de mon irresponsabilité foncière. La seule solution était de remplacer l'ouvrage de pierres perdu par un ouvrage de mots.

F. S. – Là encore, les personnages humains sont au second plan...

J. O. – Oui, il y a Dieu, le temps, la maison, et enfin le grand-père...

F. S. – Et le grand-père autant comme symbole que comme être vivant.

J. O. – C'est vrai. Et c'est aussi parce que j'ai du mal à parler des êtres qui me sont chers, à violer leur intimité, à essayer de percer le secret de leurs vies. Le duc de Plessis-Vaudreuil, vous savez, doit beaucoup à ma mère. J'ai toujours parlé de mon père de manière explicite. Ma mère, je ne pouvais pas, sauf quand elle est morte, et encore j'ai beaucoup hésité avant de publier dans *Le Figaro* un article intitulé « Le souvenir de ma mère », de peur d'être indécent, de dire en public des choses qui ne regardaient qu'elle et moi. Mais j'ai parlé d'elle indirectement dans *Au plaisir de Dieu*. Je crois pouvoir dire, sans affectation, que je ne savais pas en écrivant que c'était d'elle qu'il s'agissait. C'est plus tard, en préparant une conférence sur « Le romancier et ses personnages », que la vérité m'est apparue. Cette tendresse un peu rude du vieux duc, tendresse très éloignée de la douceur convenue, ce souci de durer dans le temps qui passe, cette manière naturelle de persévérer dans l'être, tout cela, c'était ma mère.

F. S. – Pourquoi avoir décrit, dans *Au plaisir de Dieu*, un milieu qui, si on regarde ces choses à la loupe, n'était pas exactement le vôtre, une famille ducale, très internationale, etc.?

J. O. – Ce n'était pas du tout la mienne. Les familles de robe sont, à bien des égards, plus proches de la bourgeoisie que de la grande aristocratie, celle des ducs et pairs. Mais j'ai pensé que je rendrais plus accessibles au public les vies, les sentiments dont je voulais parler en forçant le trait, en décrivant un milieu plus clairement identifiable parce que plus spectaculaire. D'ailleurs au départ, je vous l'ai dit, j'avais le projet de situer l'action dans une famille de juifs de Pologne. Mais là, la matière, les détails, les petits faits vrais me manquaient vraiment.

Des gens dont jusqu'alors je n'avais pas soupçonné le snobisme m'ont accusé de me pousser du col. J'ai été très étonné, moins pour la simple raison que cette pensée ne m'avait pas traversé l'esprit que pour des raisons plus essentielles : l'écrivain n'est-il pas entièrement libre de sa création? N'importe quel écrivain doué d'un peu de sensibilité aurait très bien pu écrire *Au plaisir de Dieu*. Le thème que j'ai traité, si je l'avais abordé en décrivant les juifs de Pologne, m'aurait-on reproché de vouloir me convertir au judaïsme? L'écrivain est libre. Il l'est d'autant plus que sa personne n'a pas d'importance. C'est le livre qui compte.

En dehors des considérations sociales, l'irruption de l'imagination dans le souvenir a troublé beaucoup de lecteurs. Je me souviens d'une dame qui s'étonnait de ne pas trouver mon oncle Wladimir parmi les héros d'*Au plaisir de Dieu*. Je lui ai expliqué que le livre était d'abord un roman et que beaucoup de personnages étaient inventés. Elle m'a regardé. J'ai cru qu'elle allait fondre en larmes. Et elle m'a dit : « Inventé! Oh! monsieur! Et moi qui croyais que vous aviez tant de talent! »

F. S. – Vous retournez parfois à Saint-Fargeau?

J. O. – J'y suis retourné lorsque le livre a été adapté par Robert Mazoyer pour la télévision, au moment du tournage. J'ai vécu là une expérience curieuse : en écrivant, j'avais transformé une réalité dont je me souvenais. Et maintenant, il s'agissait de prendre ces souvenirs abstraits et de leur rendre un corps, un corps qui ne pouvait par nature qu'être différent de la réalité de départ. Il s'est passé cette chose étrange que les deux réalités se sont superposées en moi. J'ai fini par avoir un grand-père supplémentaire et plus vrai que nature en la personne de Jacques Dumesnil qui incarnait Sosthène de Plessis-Vaudreuil. Et lorsque, le tournage fini, il a fallu partir, je me suis trouvé presque aussi triste, aussi désemparé qu'au moment du vrai départ, quelques années plus tôt. C'était un peu l'histoire de Wang Fo.

Depuis, non, je n'y suis pas vraiment retourné. Mon frère a conservé une petite maison dans la forêt. Nous avons gardé quelques hectares de forêt, je ne sais pas pourquoi.

> *J'ai choisi de rester fidèle*
> *Pour rien, pour le souci du temps,*
> *Pour pouvoir dire elle était belle,*
> *La vie au creux de mon amant.*

L'amant, en l'occurence, c'est le souvenir de temps heureux, la nostalgie du passé.

F. S. – Avec *Au plaisir de Dieu*, vous avez connu le succès grand public. Vous avez lancé la vogue des écrivains « médiatiques ». Vous en êtes satisfait?

J. O. – Ce que vous me dites, c'est un peu le « Alors, heureuse? » des mauvais films du cœur... Oui, bien sûr, ça me fait plaisir. Ça va mieux maintenant. J'ai coché cela aussi. Pour ce qui est du livre lui-même, je ne suis pas mécontent d'avoir fait rêver le plus grand nombre, de l'avoir simplement distrait. Comment pourrait-on en être mécontent? J'en suis même heureux. A l'époque, et encore un peu maintenant, des cars de touristes venaient voir Saint-Fargeau. Cela ne m'est pas indifférent du tout.

F. S. – Vous supporteriez de revenir à l'anonymat?

J. O. – Je ne sais pas. Peut-être que oui. Chaque année qui passe un peu plus. Vous savez, mon temps de verbe préféré, c'est le futur antérieur.

F. S. – Quelles ont été les conséquences de cette gloire médiatique?

J. O. – Assez peu nombreuses, en réalité. Ça n'a pas changé grand-chose. Ça rassure.

F. S. – Quand même, ça ne vous a pas aidé à lutter contre la facilité : le portrait de Jenna de Rosnay dans *Vogue* ou *Match*, je ne sais plus, les émissions historico-sentimentales avec Carole Bouquet ou Inès de la Fressange...

J. O. – Quoi?... Comment?... C'est la jalousie qui vous fait parler, j'imagine?... Toutes ces jeunes femmes étaient exquises. Cela dit, c'est vrai que c'est accablant. Pas elles... le genre... J'avais presque oublié. Vous êtes cruel. Il y a sept ou huit ans, j'aurais accepté n'importe quoi. J'acceptais n'importe quoi. Je me maudissais, mais j'acceptais. Pour me rassurer, par vanité, pour me prouver que j'en étais capable, pour toutes sortes de raisons de second ordre.

F. S. – Passons alors à une autre chose que vous aurez été : académicien. Je vous propose de survoler rapidement ce sujet. D'abord, on soupçonne toujours un académicien d'être un écrivain médiocre. C'est probablement la raison pour laquelle les écrivains soucieux de leur postérité, Montherlant ou Yourcenar, ont fait des efforts touchants pour faire croire qu'ils étaient en quelque sorte entrés à l'Académie malgré eux...

J. O. – J'ai lu quelque part que Jules Romains avait eu tort, en fin de compte, d'entrer à l'Académie alors que Gide et Martin du Gard restaient au-dehors. Mais Valéry en était, et Claudel aussi. Y être ou ne pas y être n'a aucune importance. Ce qui est sûr, c'est que personne n'est jamais obligé de se rendre Quai Conti. Ce n'est ni un commissariat de police ni un chalet de nécessité. On n'y est pas poussé malgré soi. On entre à l'Académie parce qu'on le souhaite. Il en fut ainsi de Montherlant et de Mme Yourcenar. Il est vrai qu'on avait pressenti Montherlant : mais, pressentis de la même manière, Anouilh, Julien Gracq et Malraux ont refusé d'en être. Il s'agit donc bien d'un choix personnel. Autour de ce choix, tant Montherlant que Marguerite Yourcenar ont fait des histoires, ont pris des poses, oui, non, mais comment faire, tout un cirque inutile. Et qui n'a pas grande importance.

F. S. – Quelles étaient, selon vous, les motivations de Marguerite Yourcenar?

J. O. – Je crois qu'elles venaient, au fond, d'une sorte de féminisme. Il lui semblait important qu'un bastion institutionnel aussi important tombât. En ce qui me concerne, j'étais favorable à son entrée pour des raisons très différentes. Je trouvais absurde que, pouvant élire un grand écrivain, nous le refusions pour le seul motif qu'il s'agissait d'une femme, car c'est bien ainsi que le problème s'est trouvé posé.

Le débat interne, comme vous savez, a été très vif. Il y a eu des hurlements et des insultes. Les uns brandissaient le règlement, dans lequel il n'y a rien qui empêche l'entrée des femmes, les autres excipaient de la tradition. J'ai souvent pensé que ceux qui prenaient l'Académie le moins au sérieux étaient ces derniers : la considérant comme une chère vieille institution tirant son charme d'une tradition désuète, sans grand rapport avec la littérature. Lévi-Strauss, peu favorable à l'entrée de Marguerite Yourcenar, parlait en souriant d'une tour Eiffel, qui ne tiendrait que par la peinture et qu'une simple éraflure suffirait à détruire.

Il y a eu aussi une question de nationalité. Contrairement à ce qu'on répète, Marguerite Yourcenar, née à Bruxelles, n'avait jamais été belge, mais était devenue américaine. Il a fallu la faire redevenir française. Senghor, bien que président du Sénégal, a la double nationalité. Julien Green, né américain, a acquis la nationalité française pour s'être battu pour la France au cours de la Première Guerre mondiale.

On comprend bien, j'y reviens, le point de vue de Lévi-Strauss; c'est de dire, au fond, que l'Académie française n'est pas une institution si importante qu'il soit justifié par là de faire une entorse à ses traditions; que si elle était vraiment le temple de la littérature française, bien sûr il faudrait bousculer la tradition pour y faire entrer un grand écrivain; mais qu'ici Mme Yourcenar comme l'Académie n'avaient rien à gagner à cette élection. C'est très intelligent. Il s'y ajoutait aussi, si je me souviens bien, une considération plutôt comique : à l'Académie, le protocole est exclusivement fonction de l'ancienneté. Les plus anciens passent dans les portes avant les plus récents : un duc et pair, un président de la République, entrés les derniers, passeront les derniers. Mais comment faire avec une femme?

Expédions rapidement la question. Les Français se passionnent volontiers pour l'Académie. Leurs sentiments vont de la détestation à l'admiration en passant par le mépris affecté, et l'indifférence est assez rare, surtout dans ce qu'il est convenu d'appeler les élites. Tout ce procès est un peu absurde, parce qu'il repose sur l'idée d'un lien très fort entre l'Académie et la littérature. Or, l'Académie et la littérature sont deux mondes assez distants l'un de l'autre. D'abord, l'Académie, c'est bien moins que la littérature, il suffit pour s'en convaincre de citer les noms des grands écrivains qui n'y ont pas appartenu. Et ensuite, l'Académie, c'est autre chose que la littérature, puisqu'on y admet des cardinaux, des généraux, de grands médecins, d'anciens ministres, pour des raisons extra-littéraires. L'Académie est une institution sociale, avec une fonction plus symbolique que réelle. Je serais tenté de dire qu'elle n'est que cela.

Au fond, vous avez à l'Académie deux tendances. L'une consiste à tirer l'Académie du côté de la littérature, à bousculer un peu le conformisme, à cultiver ce côté anarchisant, réunion d'individualistes. L'autre consiste à l'assimiler entièrement à une institution, à lui faire tenir une place dans les organes gouvernementaux, à la placer à la pointe du combat pour la francophonie. Je crois, je l'avoue, que l'Académie a tout à perdre à cette seconde attitude. Elle n'est pas outillée pour cela, et il est bien possible que la voir se transformer en « Haut Conseil de la culture française » éloigne d'elle les meilleurs esprits, les esprits libres, avertis des ambiguïtés inhérentes à tout rôle quasi politique, même assumé en majesté.

Je dois dire aussi, pour en finir avec Mme Yourcenar, qu'elle nous a beaucoup aidés en ne venant pas à l'Académie après son élection. Sans doute y avait-il là un peu de cette coquetterie dont nous avons parlé, mais le résultat a été bénéfique, puisque nous avons peut-être évité des pugilats. Et un autre tourment bien plus grave, sur lequel un des membres les plus illustres de la Compagnie avait attiré notre attention : celui de voir vieillir une femme. « Nous vieillirons entre nous, c'est déjà dur. Comment supporterions-nous de voir vieillir une femme ? »

F. S. – Comment vous situez-vous par rapport à ces traditions-là ?

J. O. – J'aime assez les rites. La vie serait un peu triste sans ces habitudes sacrées. Je ne déteste pas, une fois tous les deux ans, revêtir mon uniforme pour assister à l'enterrement d'un de mes pairs. Quant au reste... l'Académie est d'ailleurs intéressante et agréable par autre chose que les rites, et qui est la gaieté, la bonne humeur, l'amitié. On y rit beaucoup. Cela évoque parfois une assemblée de vieux potaches. Et puis les gens qui pensent n'avoir plus grand-chose à se prouver à eux-mêmes ou à prouver aux autres sont en général tout à fait charmants. De plus, la règle d'égalité absolue des personnes, que nous appliquons, et qui tranche tellement sur la vie sociale habituelle, met beaucoup de douceur et d'agrément dans les rapports. Un peu de burlesque aussi, puisque la tradition veut que *La Légende des siècles* ou les *Mémoires d'outre-tombe* fassent l'objet de la même considération apparente que les œuvres de Patru ou de Porchères d'Arbaud, et qu'un texte de Claudel ou de Valéry soit mis sur le même pied qu'un texte de vous savez qui.

F. S. – Y a-t-il des discours de réception qui vous aient plu?

J. O. – C'est évidemment un genre littéraire assez ingrat, et qui n'a pas donné naissance à des chefs-d'œuvre. Certains, nés pour ce genre d'exercice, s'en sont tirés à merveille, comme Valéry, qui adorait entretenir de la vertu les jeunes filles de la Légion d'honneur. Valéry avait un amour immodéré des distributions de prix. C'était une excellente préparation. Ce qui est assez drôle, c'est que les hasards de l'élection mettent souvent un auteur dans l'obligation de célébrer un prédécesseur aussi éloigné de lui que le canard de la poule. Dutourd et Rueff, Rueff et Cocteau, Rémy et Dumézil, Montherlant et Siegfried. Le discours de Montherlant, tout à fait dédaigneux de la vie et de l'œuvre de Siegfried, était superbe. En réalité, il n'y parlait que de lui-même.

Les rosseries académiques sont célèbres. Valéry succédant à Anatole France et ne prononçant pas son nom, sinon par une allusion au « pays dont il avait pris le nom ». Ou Albert de Mun évoquant les romans d'Henri de Régnier : « Je les ai lus, ces romans, je les ai tous lus et jusqu'au bout, car j'ai été capitaine de cuirassiers. » Ou encore Molé – l'ami et l'ennemi de Chateaubriand – recevant Alfred de Vigny et lui envoyant une volée de bois vert. Il faut dire que Molé, personnage étonnant, un des modèles de Balzac pour *La Comédie humaine*, un de ceux dont Mme de Chateaubriand disait qu'ils avaient prêté serment par avance à tous les régimes présents et à venir, avait le génie des formules. Chateaubriand l'avait beaucoup aimé quand il était jeune. Il allait se promener dans Paris avec lui et il lui disait : « Allez, venez, Molé, que je vous débauche... » Pour beaucoup de raisons, il l'aimait moins. « Molé a réussi, écrit-il à Mme de Duras, et tous les gens de sa sorte réussissent : il est médiocre, bas avec la puissance, arrogant avec la faiblesse; il est riche, il a une antichambre chez sa belle-mère où il insulte les solliciteurs et une antichambre chez les ministres où il va se faire insulter. » Molé, dans ses souvenirs, lui rend la monnaie de sa pièce : « Ce qui m'a toujours étonné chez M. de Chateaubriand, c'est cette capacité de s'émouvoir sans jamais rien ressentir. » Il n'allait pas rater Vigny, à qui Royer-Collard avait déjà déclaré, au cours de sa visite académique : « Je n'ai pas lu vos ouvrages; à mon âge, on ne lit plus, on relit. J'ai bien l'honneur de vous saluer. » On n'en finirait pas de raconter des histoires et des bourdes académiques. Viennet dit à Baudelaire, venu lui faire une visite académique : « Vous êtes un original. Moi, je n'ai jamais eu d'originalité. Je n'admets que cinq genres de poésie : la tragédie, la comédie, la poésie lyrique, la satire et la poésie fugitive, qui comprend la fable, genre où j'excelle. » C'est le même qui disait de Chateaubriand : « Sa vogue passera et je doute qu'on le lise dans cinquante ans. » Silvestre de

Sacy, recevant Barbier, qui avait battu Théophile Gautier, lui lança : « On vous a si bien lu, Monsieur, et vos vers sont entrés si profondément dans les mémoires qu'aujourd'hui encore une bonne partie du public en est demeuré à vos *Iambes* et vous considère, ou peu s'en faut, comme un homme mort depuis longtemps à la poésie. » Les vivants, aujourd'hui, suivent allégrement les traditions des défunts et n'hésitent guère à envoyer des vannes à ceux à qui ils succèdent et surtout à ceux qu'ils reçoivent.

A l'inverse, quand deux esprits de même facture se rencontrent, il peut y avoir une certaine émotion : Green prononçant l'éloge de Mauriac, un très beau texte racontant leurs entrevues, leurs marches dans Paris, leurs entretiens spirituels, le puritain et le janséniste, un texte intitulé simplement « Qui sommes-nous? »

F. S. – Comment et pourquoi êtes-vous entré à l'Académie?

J. O. – Le comment est simple. Après *La Gloire de l'Empire*, je n'étais pas trop mal vu, ce qu'avait senti Morand avant de me recommander d'envoyer ma lettre de candidature, dans des circonstances que je vous ai racontées. Ne pas être mal vu des académiciens, sachez-le à tout hasard, ce peut aussi être mauvais signe : suffisamment de qualités pour être remarqué, pas assez pour déranger. Je m'en suis rendu compte plus tard en faisant un tour de piste officieux pour voir comment une candidature d'Aron serait reçue; et je me revois encore indiquant à Aron qu'il aurait contre lui à la fois les gaullistes, les antigaullistes, les juifs, les antisémites et tous ceux, pris dans les catégories précédentes, qui s'étaient sentis, à tel moment ou à tel autre, humiliés par son intelligence. Dans le cas particulier, l'indépendance d'esprit et la supériorité intellectuelle étaient d'évidents handicaps. Pour ma part, je ne pâtissais pas de tels désavantages.

Pourquoi? Là encore, sans doute, pour me rassurer. La vanité l'emportait sur l'orgueil. On m'offrait une satisfaction, une reconnaissance immédiates. Je n'aurais pas eu la force de les négliger.

F. S. – Par quel chemin un écrivain vient-il au journalisme politique, au journalisme d'opinion?

J. O. – En ce qui me concerne, très progressivement. J'ai d'abord fait pas mal de critique littéraire, et puis du journalisme de mœurs, d'humeur, d'observation, me penchant – les chroniques de Guermantes, c'est-à-dire de Gérard Bauer, vaguement présentes à l'esprit – sur « les fourmis de Sélinonte » ou des petites choses de ce goût-là. Et c'est au moment où j'ai été choisi pour diriger *Le Figaro* que je me suis lancé dans le journalisme politique, dans lequel j'ai persévéré ensuite au *Figaro-Magazine* ou à *France-Inter*, le vendredi soir, avant la suppression de l'émission. L'avantage, le grand avantage de l'article politique, c'est qu'il se fait très vite, encore plus vite s'il s'agit d'un article d'humeur politique. L'article de critique littéraire demande du temps, de la patience, de la modestie, beaucoup de travail. Il faut apprendre l'auteur, laisser naître une familiarité, s'effacer. C'est un autre monde.

Il y a une autre raison d'avoir choisi, à un moment de ma vie, le journalisme politique. C'est que, malgré mon scepticisme, je suis très attaché à la démocratie libérale. Je ne suis pas modérément modéré. Aujourd'hui, ce modèle politique fait l'objet d'un large consensus, en France naturellement, mais peut-être aussi dans le monde : la plupart des dictatures de droite s'y réfèrent implicitement en se présentant comme transitoires, en se justifiant par rapport à la démocratie, ce qu'elles ne faisaient pas autrefois; et le communisme lui-même, en URSS, en Chine, en Hongrie, en Pologne, est ébranlé par les aspirations démocratiques. Quand j'ai commencé à écrire des articles politiques, il en allait tout autrement. Le totalitarisme exerçait toujours une grande attraction. Et, un peu plus tard, de manière d'ailleurs moins grave, une certaine idéologie de droite, inégalitaire, ultra-libérale, vaguement nietzschéenne et tout à fait zoologique, est apparue qui ne me satisfaisait pas davantage. Au milieu de tout cela – par « au milieu » je veux dire « ailleurs » et non pas « entre les deux » –, j'ai jugé important de défendre ce à quoi je croyais. C'est beaucoup moins nécessaire à présent, mais ça l'était à l'époque. Dans la mesure de mes moyens, j'ai suivi Aron, et c'est aussi à son influence que je dois de m'être lancé dans un combat que je ne trouve pas tout à fait ridicule.

F. S. – Comment avez-vous été choisi pour diriger *Le Figaro*?

J. O. – Comme on sait, le propriétaire du *Figaro* était Prouvost, et, grâce à un système complexe dont nous avons déjà parlé, il n'avait aucun pouvoir. Il ne pouvait pas pénétrer dans les bureaux du *Figaro*. Un jour où je l'avais invité dans le mien, il a reculé comme s'il avait été piqué par un serpent. Toute l'autorité était accaparée par le « groupe des cinq » ou « groupe des Lyonnais ». Depuis la mort de Brisson, Louis Gabriel-Robinet dirigeait le journal. Gabriel-Robinet était âgé et voulait partir. *Le Figaro* ne marchait pas bien, il y avait eu une longue grève, qui avait secoué le journal.

Je venais d'être élu à l'Académie au fauteuil de Jules Romains. Cette élection a attiré l'attention sur moi, et l'un des collaborateurs de Prouvost lui a proposé mon nom. J'ai été le voir. Il fallait être accepté, en fait, par le propriétaire, par le groupe des cinq, et par la société des rédacteurs. J'hésitais. J'étais comme Jules Renard : « Une fois que ma décision est prise, je balance longuement. » Bref, j'en voulais sans en vouloir. Et cette contradiction m'a conduit à poser à mon acceptation des conditions draconiennes dont je pensais bien, pour finir, qu'elles ne se réaliseraient pas : je voulais obtenir l'assentiment de toutes les parties prenantes sans en excepter une seule. Paradoxalement, loin de me disqualifier, cette attitude a renforcé ma position et j'ai été élu à l'unanimité.

Le Larousse en douze volumes et deux supplément de 1860 a toujours été l'une de mes lectures favorites. A Bonaparte, vous trouverez : « Général républicain, né le 15 août 1769 à Ajaccio, mort à Saint-Cloud, le 18 brumaire 1789. » A Musset, on lit quelque chose comme : « Perdu de dettes, prématurément vieilli, usé par l'alcool et la débauche, tout son talent évanoui, il entre à l'Académie française. » Et à Capus : « Nommé directeur du *Figaro*, il cesse d'écrire. » Ainsi la voie était tracée.

Je me suis donc installé dans l'immense bureau du rond-point, tout à fait grisé, un peu inconscient. J'apercevais de mon balcon d'un côté la Concorde et de l'autre l'Étoile. On m'appelait de partout et je ne savais pas bien quoi faire, comment me comporter. Jean Griot, qui était directeur général adjoint et aurait pu prétendre à la succession de Gabriel-Robinet, m'a accueilli avec amitié et judicieusement conseillé de ne rien faire, de laisser venir, d'occuper peu à peu ma place, et j'ai suivi son conseil. Il y a quelque chose à quoi j'ai tout de suite eu beaucoup de mal à me faire, c'était d'avoir des emplois du temps précis, de laisser des numéros de téléphone auxquels je puisse être joint, d'avertir ma secrétaire de mes moindres déplacements.

Mon rôle n'était pas un rôle de patron de presse, et je m'occupais assez peu de la gestion du journal, des problèmes de distribution, des relations avec les NMPP, toutes choses capitales. Je tenais plutôt un rôle de représentation extérieure, de composition du journal et d'influence. Et, très tôt, j'ai bien montré que, par conviction et par goût autant que par incapacité, j'entendais laisser la plus grande autonomie à ceux qui faisaient le journal. Je commençais à m'habituer et je crois que cela ne se passait pas trop mal. Et puis Pompidou est mort.

Je me suis trouvé projeté au centre d'une lutte d'influence qui n'était pas négligeable. Un certain nombre de rédacteurs, menés par Hamelet, membre du « groupe des cinq » qui était, curieusement, un propagandiste de Ceaușescu, sont venus me demander que *Le Figaro* reste neutre entre Giscard, Chaban et Mitterrand. Je me suis opposé à eux, en termes assez vifs, en faisant remarquer que ma seule responsabilité était la définition de la ligne politique du journal et que j'entendais l'exercer pleinement, indiquant que, s'il était en tout état de cause admissible que *Le Figaro*, à la rigueur, ne choisît pas entre Chaban et Giscard, personne ne comprendrait, à commencer par son public, qu'il ne se prononçât pas contre Mitterrand. Ils ont été très surpris. Hamelet a exprimé son indignation devant mon sectarisme, ce qui était étrange dans la bouche d'un admirateur de Ceaușescu, au demeurant sympathique et ami intime de Mauriac. Je crois qu'ils s'étaient attendus à me trouver diaphane et qu'ils ont dû avoir l'impression de tomber sur un mouton enragé.

Aron et moi défendions la position contraire, à savoir que le libéralisme ne consiste pas dans la possibilité pour n'importe qui de dire n'importe quoi n'importe où, mais dans l'existence d'organes d'opinion indépendants, avec chacun sa tendance propre. Et comme par ailleurs nous nous doutions bien que les journaux de gauche ne resteraient pas neutres, notre position commune nous semblait concilier heureusement philosophie politique et réalisme. C'est cette position que nous avons fini par faire prévaloir.

Restait à se décider entre les candidats, c'est-à-dire entre Giscard et Chaban. Griot, qui était très gaulliste, m'a emmené chez Chaban, qui a essayé de me gagner à sa cause. Je savais que l'hypothèse ne plaisait guère à Pompidou. Plus généralement, je pensais que la plus sûre façon de prolonger le gaullisme était de le réconcilier, comme on dit maintenant, avec la modernité. Giscard me paraissait le mieux placé pour cela. Il y a eu, un moment, un petit ballet amusant, Messmer entrant en scène, Edgar Faure me faisant venir pour me sonder et en profitant pour lancer quelques-unes de ces fusées dont il était familier – du style : « Il n'y avait que deux personnes pour éviter la Révolution : l'une était Turgot, mais il était mort; l'autre était moi, mais je n'étais pas né » –, puis tout est rentré dans l'ordre et, entre les candidats sérieux, *Le Figaro* a soutenu Giscard. Je ne le regrette nullement. Ce que j'ai regretté, c'est d'avoir, dans la seconde partie du septennat, continué à le soutenir sur tel ou tel point contestable, alors que j'aurais dû mieux marquer mes distances. Le crédit d'un journal, et plus encore de son directeur, est indissolublement lié à leur indépendance.

F. S. – En dehors de ces périodes de crise, quelles étaient vos relations avec le milieu politique?

J. O. – D'abord elles étaient inexistantes, c'est-à-dire bonnes, avec l'opposition, donc avec la gauche. Jamais un mot, un appel, un reproche, de Mitterrand, de Defferre, ou d'autres. J'ai reçu récemment une lettre violente de Georges Sarre, où il m'accusait d'incliner du côté de Vichy, de l'OAS et du Front national : malgré toute ma bonne volonté, il m'a été impossible d'y attacher beaucoup d'importance. Le silence de la gauche à l'époque, était-il l'effet d'une bonne éducation ou la conscience qu'il n'y avait pour elle rien à attendre du *Figaro*? Probablement les deux. Et plutôt, j'imagine, la seconde hypothèse que la première.

C'est à droite, en revanche, que se manifestait nettement cette tendance fâcheuse à considérer *Le Figaro* comme une variété particulière d'agent électoral. Parvenus au pouvoir, grâce, pour une petite part, à notre appui, beaucoup se croyaient investis, très vite, d'une mission divine, et oubliaient que nous n'attendions rien d'eux, sauf qu'ils gouvernent le pays selon les idées qu'eux et nous défendions, et que telle était la condition de notre soutien. C'est une curieuse impression que l'on ressent lorsque, ayant contribué à faire élire des libéraux, on constate qu'ils se renient eux-mêmes sitôt installés sous les lambris, au point de ne pouvoir supporter que des inconditionnels. J'ai fait cette expérience avec Michel Bassi qui, après avoir occupé un poste au *Figaro* où il m'invitait avec fermeté à l'indépendance d'esprit, avait été nommé par Giscard chef du service de presse à l'Élysée. Il s'est mis aussitôt à exiger de ma part un alignement sans réserve sur la politique du président. Ou plus tard, quand, invité à rencontrer Chirac et Marie-France Garaud pour parler de l'arrivée d'Hersant, je me suis retrouvé face à Pierre Juillet : j'étais convoqué en quelque sorte pour prendre des ordres. Mais Juillet était d'un autre calibre, et, après que j'eus mis les choses au point, il a fait machine arrière en me félicitant de faire preuve de plus de caractère qu'il ne s'imaginait. Il y a des coups de pied au cul qui se perdent. Ces choses-là n'étaient pas monnaie courante, mais elles n'étaient pas non plus exceptionnelles. A cette époque, les pressions s'exerçaient directement sur la rédaction puisque l'actionnaire n'avait aucun pouvoir.

Au-delà des pressions, il y avait un problème beaucoup plus délicat : celui du journalisme gouvernemental par rapport au journalisme d'opposition. Le journalisme d'opposition, c'est très simple, c'est l'éthique de conviction. Quand vos amis sont au pouvoir, c'est l'éthique de responsabilité, vous participez un peu de ce qui se fait, vous devez transiger, c'est infiniment plus difficile. Ce n'est pas, en particulier, parce que tel point, telle attitude ne vous plaisent pas que vous devez changer de bord en jetant le bébé avec l'eau du bain. C'était d'autant moins possible à l'époque que la gauche était tout à fait dogmatique : ce n'était pas la gauche modérée d'aujourd'hui. Mais à l'inverse, vous ne pouvez pas non plus adopter le ton de la *Pravda* et défendre le gouvernement quoi qu'il fasse. Le chemin est étroit. Aron, lui, était bien plus politique que moi et y prenait un intérêt plus profond.

Au fond, le drame, c'est qu'on n'ait pas essayé Mitterrand dans les années soixante-dix. Le choc pétrolier aurait empêché les folies économiques du début du septennat de peser aussi lourd, ç'aurait été bien mieux pour la France. Et moi, j'aurais pu diriger un journal d'opposition, ce qui m'aurait plus bien davantage. Malheureusement le destin n'a pas choisi cette voie, qui aurait été conforme à la fois à l'intérêt national et à mes intérêts personnels, ce qui n'est jamais désagréable.

F. S. – Vous avez dû prendre des décisions difficiles ? Déjà à cette époque, la situation financière du *Figaro* n'était pas brillante...

J. O. – J'ai dû, en effet, procéder à des dégraissages, composer des charrettes entières de journalistes. Rien ne m'avait préparé à cette partie du métier et je l'ai trouvée extrêmement pénible. Il n'y a pas de quoi me vanter de cette fragilité, puisque je crois que tout chef d'entreprise doit savoir faire face à ces situations-là. C'est peu dire qu'elles me mettaient mal à l'aise, alors pourtant que, sur ce plan, les méthodes employées étaient plus douces que celles d'aujourd'hui. Je dois dire, sans tirer aucune fierté de cet humanitarisme de pacotille, que cela m'a rendu malade. En outre, j'ai fait des erreurs, me séparant par exemple de Pivot que Prouvost tenait en grande estime. L'affaire Pivot a été assez curieuse, puisqu'elle m'a valu autant d'interventions qu'une affaire politique. Avec l'accord de Prouvost, j'avais imaginé de donner le *Littéraire* à Pivot : déluge de protestations, le Tout-Paris intellectuel, l'Académie, Lacretelle en tête, jusqu'à Malraux en personne. J'ai battu en retraite et Pivot est parti, pour la gloire d'ailleurs, et il a donné mon nom à la piscine qu'il a fait construire avec ses indemnités de départ.

F. S. – Quelles étaient vos relations avec Aron, au sein du journal?

J. O. – Aron était tout à fait mêlé à ces événements que nous venons d'évoquer. Je subissais son ascendant intellectuel, et je ne faisais rien sans lui en parler. Éditorialiste, il n'avait pas envie d'être directeur, mais il aurait probablement mal supporté de devoir accepter un directeur sur lequel il n'aurait exercé aucune influence, ou qui l'aurait cantonné dans ses fonctions propres. Heureusement pour nous deux, ce n'a pas été le cas. J'avais pour Aron une immense admiration et je ne le lui laissais pas ignorer. Au journal, on me reprochait parfois de lui dérouler un tapis rouge sous les pieds, me rapportant les horreurs que, paraît-il, il disait sur moi. En réalité, il ne disait rien de très éloigné de ce qu'il écrit dans ses Mémoires : il me voyait comme j'étais, comme je me voyais moi-même.

Nous étions très éloignés, ce qui facilitait les choses. Je l'admirais, mais sa vie n'était pas celle que j'aurais aimé avoir. Bien sûr, il était cent coudées au-dessus de Siegfried ou de Fabre-Luce, mais ce n'était pas un écrivain. Il le savait et à la différence de Berl, montrait un certain dédain de la littérature. Sartre, au contraire, ne cessait de proférer des conneries, mais c'était un écrivain, accédant comme tel à un univers dans lequel Aron, malgré toute sa science, ne pénétrait jamais. Peut-être en souffrait-il sans se l'avouer. Vous l'avez connu?

F. S. – Vers la fin de sa vie, peu et mal. Moi aussi, je l'admirais beaucoup.

J. O. – Ce n'était pas vraiment un écrivain refoulé, ou alors très profondément, mais c'était un politique refoulé. Je n'irais pas jusqu'à dire avec Maurice Schumann que le vrai titre de son *Clausewitz* était : *Clausewitz ou pourquoi je ne suis pas Kissinger*, mais il est sûr qu'il l'a écrit pour oublier et faire oublier qu'il n'était pas le conseiller du Prince, sûr aussi que la destinée d'un Kissinger l'a fasciné. Entre littérature et politique, entre Sartre et Kissinger, il éprouvait certainement de la frustration. Il aurait sans doute refusé d'être ministre, mais il n'aurait pas détesté qu'on le lui propose. Et ça, c'était impossible, à cause de son caractère, mais surtout à cause de son exceptionnelle envergure. Il faisait peur.

Il est amusant de constater qu'à un moment de son histoire, *Le Figaro* a été dirigé par des gens qui rêvaient chacun d'être un autre : Hersant rêvait d'être président de la République, Aron rêvait d'être Kissinger et moi je rêvais d'être Chateaubriand. Sans parler de Griot qui voulait être moi et de Bassi qui voulait être Griot. C'était un peu trop. Seuls les lecteurs du *Figaro* se prenaient pour des lecteurs du *Figaro*.

Pour en revenir à Aron, ses relations avec de Gaulle ont été parfois difficiles. Maurice Schumann, ministre du Général, entre un jour dans le bureau de De Gaulle pour faire signer un papier. « Avez-vous vu, dit-il au Général, l'article d'Aron, assez peu aimable, dans le *Le Figaro* de ce matin? » Le Général ne répond pas. Mais en sortant du bureau, Schumann entend de Gaulle qui soliloque : « Aron..., Aron... Est-ce ce personnage qui est journaliste au Collège de France et professeur au *Figaro*? » Je dois dire qu'Aron pouvait être absolument exaspérant. Il ne cherchait nullement à se faire pardonner sa supériorité. Sa vanité, en particulier, était très forte – ce qui n'avait rien d'étonnant, après tout, chez un homme qui avait eu, depuis vingt ans, raison à peu près sur tout – et aussi une certaine forme de paranoïa. Je garde le souvenir d'une conversation à l'Élysée, à l'occasion d'un déjeuner. Je venais d'écrire *Le vagabond qui passe sous une ombrelle trouée* où, après avoir tressé des lauriers à Aron, je disais quelques mots de son orgueil qui touchait parfois à la paranoïa. En entrant à l'Élysée, je tombe sur Pauwels, je crois, qui me dit : « Aron est là. Il est fou de rage contre toi. » Je me jette sur Aron. Je lui explique que s'il m'en veut, c'est qu'il est vraiment paranoïaque. Nous discutons. Il m'embrasse. Nous passons à table. Il y avait un petit groupe formé d'Aimé Césaire, du peintre Soulages, d'Aron et de moi. Au fromage, Aron me regarde et me dit : « J'ai eu tort de vous pardonner. Paranoïaque!... Paranoïaque!... Est-ce ma faute si j'ai toujours raison? »

Cela, c'était l'envers de la médaille. L'endroit, c'était une passion de la vérité, de la rigueur, de l'exactitude comme je n'en ai pas connu d'autre; un refus des emportements, des approximations, qui a fait d'Aron une des grandes consciences démocratiques de ce siècle.

F. S. – L'avez-vous vu douter, ou regretter quelque chose?

J. O. – Pas sur le moment. Bien plus tard, il m'a dit qu'il se reprochait deux choses : une excessive sévérité à l'égard de De Gaulle, et une attitude injuste à l'égard de Prouvost. Comme vous savez, ce sont sans doute, à côté d'autres éléments, les conceptions extrêmement rigoristes de la rédaction dans le domaine des relations avec l'actionnaire du journal qui ont favorisé, paradoxalement, l'arrivée d'Hersant. Une arrivée qui m'a rendu ma liberté, ce dont je ne peux que me féliciter.

F. S. – Quel souvenir gardez-vous de votre mandat au *Figaro*?

J. O. – Un souvenir balzacien. Je me suis approché par là du cœur de la société, de l'endroit où l'on voit les influences s'exercer. Je n'ai pas prétendu en détenir une moi-même, j'ai seulement essayé de faire convenablement ce métier. Et, après quelque temps, je n'ai pas regretté qu'on me renvoie à mes chères études.

XI

La part de comédie

FRANÇOIS SUREAU – Donc Hersant vous rend votre liberté. Comment cela s'est-il passé?

JEAN D'ORMESSON – Chacun connaît à présent les péripéties de la succession de Jean Prouvost, qui appartiennent à l'histoire de la presse française de l'après-guerre. Aron a parlé de l'arrivée d'Hersant dans ses *Mémoires*, et je l'ai aussi un peu racontée dans *Le Vagabond* : le défilé des prétendants, les hésitations de Bettencourt, l'inévitable Servan-Schreiber, et pour finir Robert Hersant. Bien sûr, j'aurais préféré que le gouvernement s'opposât à la reprise du journal par Hersant. Mais Bettencourt n'a pas voulu, les autres n'étaient pas crédibles, et je comprenais aussi très bien pourquoi le gouvernement ne s'opposait pas à ce qu'Hersant succède à Prouvost : s'il fallait un groupe de presse aux dimensions nationales, et peut-être bientôt internationales, Hersant s'imposait.

Nous sommes alors entrés dans un univers de conciliabules. Des heures durant, les journalistes,

Aron et moi débattions du passé d'Hersant, de son rôle sous l'occupation. Aron disait : il est passé devant une commission d'épuration, le peuple souverain l'a élu député, je ne serai pas plus royaliste que le roi. Aron était aussi, je l'ai dit, très politique. En politique, j'étais de la même opinion que lui.

Puis ce fut, semée de crises, les Sudètes après l'Autriche, Prague après Munich – toutes proportions gardées naturellement –, la prise du pouvoir par Hersant. Je ne suis pas parti assez vite, je le reconnais maintenant. C'est en 1976 qu'il aurait fallu partir, en même temps qu'Aron, quand Hersant a pris la présidence du directoire de la société de gestion. Si je ne l'ai pas fait, c'est pour deux raisons qui ne sont pas vraiment décisives. La première était la personnalité même d'Hersant, qui, malgré un style douteux, des trucs sans nombre, une réussite peut-être encore moins innocente que celle des autres et une absence totale, revendiquée, de sens moral, ne me déplaisait pas au point où il aurait dû me déplaire : à cause de son énergie, de sa prodigieuse ambition, de sa largeur – je ne dis pas sa hauteur – de vues, et parce qu'il dépassait tous ses concurrents de la tête et des épaules. La deuxième raison, c'étaient les pressions politiques. Quelle stupeur : désormais le sort de la presse, de la démocratie libérale, des libertés publiques, du parlementarisme et que sais-je encore reposait sur mes épaules, dont la fragilité était jusque-là régulièrement dénoncée. On me disait que je ne pouvais pas partir. Mi-inquiet, mi-flatté, j'ai cédé à ces sirènes.

F. S. – Sur quoi êtes-vous parti?

J. O. – Je n'avais plus d'illusions et j'étais sensible à la dégradation du climat. Je ne sais même pas, voyez-vous, si Hersant respectait Aron. Mon sentiment est qu'Hersant ne supporte que les serviteurs, mais n'en estime pas pour autant ceux qui, refusant d'être réduits à cette condition, lui résistent. Le monde d'Hersant est un monde en noir et blanc, où tout ce qui bouge est mesuré, jugé à l'aune de l'utilité ou des inconvénients pour Robert Hersant. Les jugements y sont des jugements instrumentaux et non pas moraux. Et je ne suis même pas sûr qu'à force de penser le monde de cette manière il n'ait pas tué en lui les notions d'estime et de valeur. Un peu comme un faux syllogisme : le monde n'existe que par rapport à lui qui n'a pas d'âme, donc le monde n'a pas d'âme. Une sorte de soleil lançant des rayons froids, un astre mort.

Donc Hersant allait son chemin et nous étions peu de chose. Aron parti, la situation devenait de plus en plus difficile. Ce n'était plus qu'en théorie que je détenais les pouvoirs et la direction du journal. Je n'avais plus qu'à partir. Le motif, ou le prétexte, a été, si je me souviens bien, la désignation du chef du service extérieur. Le poste avait été occupé par André François-Poncet et n'était pas dépourvu de prestige. Hersant m'a fait savoir tout simplement que son choix était fait. Je lui ai alors annoncé mon départ. Il n'y croyait pas, mais alors pas du tout. Je suis enclin à penser que l'indépendance des autres lui cause une sorte de malaise, pour les raisons que j'ai dites. Ce qu'il ne pouvait comprendre, en particulier, c'est que la direction du *Figaro* n'était pour moi que le dernier des chemins de traverse que j'avais empruntés durant ma vie, le plus beau des jouets, la plus glorieuse des occasions de fuite devant la littérature, mais rien d'autre. Un divertissement – au sens pascalien du mot, bien entendu. Et qu'au fond, pour les mêmes raisons qui m'avaient fait hésiter à assumer cette direction, j'étais soulagé, et même heureux de l'abandonner. Nous sommes là dans un ordre de questions qu'Hersant, je crois, ne saisit pas, ou alors dans le secret de son esprit.

Je ne suis d'ailleurs pas sûr qu'Aron lui-même comprenait mes motifs. Dans ses *Mémoires*, il s'interroge un peu sur ma décision de continuer d'écrire au *Figaro* après avoir quitté la direction. D'autres que lui se sont interrogés, d'ailleurs. Mais pourquoi diable m'en serais-je abstenu? Je n'aurais pas refusé de diriger *Le Figaro*, Hersant étant propriétaire, s'il avait su respecter les pouvoirs statutaires d'un directeur, pourquoi aurais-je refusé d'écrire dans *Le Figaro*, dès lors qu'il s'agissait précisément d'exprimer mes opinions en toute liberté? Je les ai d'ailleurs exprimées longtemps et en détail et jamais personne, à commencer par

Hersant, ne me les a reprochées, alors même que parfois elles bousculaient la ligne du journal. Je crois – pardonnez-moi – que j'ai bien fait. Ils ne sont plus très nombreux aujourd'hui, ceux de la droite parlementaire, comme on dit, les disciples d'Aron, de Tocqueville. De plus en plus, leur voix est recouverte par les braillements extrémistes. Il n'est pas tout à fait exclu que les libéraux, les modérés finissent par être écrasés, comme au temps des guerres de religion, entre les fanatiques des deux bords. Bien sûr, j'ai souvent regretté d'être un modéré, ce qui manque de panache et de romantisme. J'ai au moins essayé de ne pas l'être avec tiédeur. Je joue depuis plus de dix ans dans la limite de mes moyens, de ce petit instrument classique que j'ai reçu de mes aînés : j'espère que les clairons et les grosses caisses ne l'auront pas complètement étouffé.

Pour en revenir à mon départ, la vérité, c'est que j'avais envie de partir et qu'Hersant m'a servi d'alibi. Est-ce de la légèreté, la légèreté du littérateur ? Oui et non. Je suis toujours tenté de faire ce qui me plaît, mais là les enjeux étaient importants. Je voulais redevenir libre, libre pour écrire. Le journalisme, c'est l'urgence, et il est rare que l'urgent et l'essentiel coïncident. Je voulais revenir à l'essentiel. Quand on dit l'essentiel, on imagine je ne sais quoi de sévère, mais ce n'était pas le cas : l'essentiel littéraire m'est toujours apparu, par chance, paré de toutes les grâces, joyeux, charmant, agréable. J'étais poussé vers la sortie, mais comme on va vers ce qui vous plaît, vers ce qui vous attire violemment, vers le bonheur.

Sur le moment, je dois bien reconnaître que cela n'a pas été facile. J'étais un peu désorienté quand même. J'ai quitté mon bureau, l'emploi du temps chargé, le *F* avec la plume, le fameux *F* du *Figaro* et les grandeurs d'établissement. Je me revois sortant du journal, sans rien à faire, vaguement perdu. Le lendemain, c'était fini, la brume s'était dissipée. J'étais libre. Caillois m'a écrit pour me dire combien il était content de me voir débarrassé de ce qu'il appelait ma « tunique de Nessus ». J'ai recommencé à vivre comme je voulais.

F. S. – Aujourd'hui encore, vous ne vous estimez pas « tenu » par la ligne du journal?

J. O. – Je sais que je ne serai pas nécessairement cru, mais je dois dire qu'Hersant se mêle bien moins du contenu du journal qu'on ne l'imagine. L'ancien statut liquidé, il n'est pas évident qu'il s'en mêle plus que d'autres propriétaires placés dans des situations analogues. En fait, il s'en mêle plutôt moins. Certes, on note bien, à tel ou tel moment, une inflexion dans le ton, une sélectivité dans les louanges et les blâmes, à l'intérieur de son camp, mais qui en est exactement responsable? Et s'agit-il d'abus flagrants? Je n'en suis pas sûr.

F. S. – On ne peut pas dire que *Le Figaro* se soit montré impartial à l'égard des barristes au cours de la dernière présidentielle, par exemple.

J. O. – Peut-être que non. Et c'est normal. De même que nous avions soutenu Giscard, il est normal qu'Hersant ait soutenu Chirac s'il estimait devoir le faire. Ce n'est pas un point sur lequel je lui chercherai des crosses.

F. S. – Revenons à votre autonomie, à votre liberté de parole au sein du journal.

J. O. – C'est très simple : je dis ce que je pense, j'écris ce que je veux, j'essaie seulement de ne pas me montrer indigne du grand journal libéral qu'était et reste *Le Figaro* – et qui, entre parenthèses, déclenchait les sarcasmes de Céline dans les années soixante –, de ce journal qui joue un rôle important dans la vie politique du pays et que j'ai eu l'honneur de diriger. Ce n'est d'ailleurs pas difficile de faire ce qu'on veut au *Figaro*, parce qu'Hersant, je l'ai dit, est loin, et que personne ne dirige vraiment la rédaction au sens où Brisson la dirigeait autrefois, revoyant chaque article, contrôlant tout ce qui s'écrivait, barrant ce qui ne lui plaisait pas d'un coup de son célèbre crayon vert. Aujourd'hui ce n'est vraiment pas le règne de la tyrannie.

Louis Pauwels est à l'origine, avec Hersant, du

très grand succès du *Figaro-Magazine*. Il ne ressemble pas du tout à l'image qu'en donnent parfois ses adversaires. Il a évolué, lui aussi, il a changé, il s'est converti à une foi chrétienne dont il lui arrivait de se méfier, il a accueilli Servan-Schreiber et beaucoup d'autres dans les colonnes du journal, il s'est éloigné de toutes les tentations de l'extrémisme. Comme Hersant lui-même, il me flanque une paix royale. J'ai toujours essayé, pour ma part, de m'en tenir à mes idées. Sans trop de mal, d'ailleurs, parce que personne ne m'en empêche et parce que la plupart de celles qu'on me proposait en échange me paraissaient assez niaises.

F. S. – Pour en terminer avec votre vie de journaliste, y a-t-il quelque chose que vous regrettiez?

J. O. – Il y en a plusieurs. Je regrette d'abord des inexactitudes, des erreurs : avoir attribué *Britannicus* à Corneille... C'était tout de même un peu gros.

F. S. – Les lecteurs ont écrit?

J. O. – Personne. Ils écrivent pourtant beaucoup. Il y a eu plus surprenant : un jour où les feuillets avaient été intervertis au marbre, une de mes chroniques du *Figaro-Magazine* est sortie composée d'une manière qui la rendait, sinon tout à fait inintelligible, du moins nettement incohérente.

Là non plus, pas de remarques. C'est un peu inquiétant, non?

La même mésaventure, s'il est permis de comparer des choses incomparables, est arrivée autrefois à Gallimard avec *L'Être et le Néant*. Plusieurs pages et plusieurs paragraphes avaient été mélangés dans la première partie, ce qui la transformait en un salmigondis incompréhensible. Queneau et Brice Parain s'en sont aperçus. Heureusement, le premier tirage, comme souvent à la NRF, n'était pas considérable, mille ou deux mille exemplaires. Gaston Gallimard les a envoyés au pilon, a fait immédiatement un second tirage, et a annoncé que tout détenteur d'un livre de la première série pourrait l'échanger contre un livre de la seconde. Personne ne s'est présenté.

Je regrette donc des inexactitudes. Je n'aime pas les imprécisions, les facilités. J'en ai aussi commis d'ailleurs – oui, oui, il faut ici *commis* et non pas *commises* –, dans l'introduction de l'album Chateaubriand de la Pléiade où j'ai traité le comte d'Artois de duc d'Artois, ou, récemment encore, à la télévision. Là, je critiquais le passage de la *Lettre à tous les Français* où Mitterrand parle de « coupes sombres ». Je me suis moqué de lui, en indiquant que Mitterrand aurait dû employer la formule « coupes claires », puisque c'est bien ainsi qu'on désigne, en sylviculture, les coupes importantes. En théorie, j'avais raison. En fait, c'était idiot et d'un purisme de mauvais aloi, car « coupes sombres » est passé dans le langage courant, au bénéfice d'une inversion que tout le monde admet : une mauvaise querelle de pion.

Je garde en mémoire la leçon de Courteline à Anatole France : il s'agit d'une lettre, vendue aux enchères il y a quelques années, où Courteline répondait à France qui lui reprochait de ne pas l'avoir remercié de l'envoi de *L'Orme du Mail*. La lettre est remarquable. Tout en lui donnant du « mon cher maître », Courteline lui rappelle le passage où M. Bergeret fait une partie de whist avec l'évêque ou l'instituteur et lui fait observer que le whist se joue non pas à deux mais à quatre. Et il conclut : comment puis-je vous croire sur les grandes choses quand vous vous trompez sur les petites? J'aime bien ce reproche. La vérité est dure à atteindre, mais l'exactitude est à notre portée. Caillois, car pour lui le surréalisme, loin des idées reçues, avait été une école de rigueur, ou votre amie belge, ou pseudo-belge, entrée dans la Pléiade, m'ont marqué avant tout par leur refus obstiné de l'à-peu-près.

Je regrette aussi, je l'ai dit, d'avoir parfois cédé à la mode, de n'avoir pas pris assez mes distances avec telle ou telle statue qui nous impressionnait beaucoup alors parce qu'elle était encore debout. D'avoir eu trop de révérence pour ce qui me semblait dans l'air du temps. D'avoir écrit, le jour de la mort de Mao : « Mort d'un géant » au lieu de : « Mort d'un assassin », « Crimes contre l'humanité » ou encore « Une vieille fripouille rend son âme à Confucius ». Je me suis trompé aussi sur

Khomeiny : j'étais de ceux qui pensaient, bien à tort, que l'expérience ne durerait que quelques mois. Mais globalement, je ne rougis pas trop de ce que j'ai écrit.

F. S. – Revenons sur l'exactitude. Votre propos me fait penser au pastiche de Sainte-Beuve par Proust dont nous avons parlé. Proust fait évoquer à Flaubert le cri émouvant des pétrels. Puis il se met à la place de Sainte-Beuve et celui-ci indique qu'il a consulté des ornithologues connus, que le pétrel est un oiseau extrêmement banal, que son cri n'a rien qui puisse émouvoir, et il condamne « le cri des pétrels ». Pourtant c'est bien, « le cri des pétrels », non?

J. O. – C'est presque aussi bien que si c'était du Flaubert, ce qui ajoute du piquant à l'affaire. Vous m'amenez à nuancer mon propos, à en exclure les licences poétiques, ce que je fais bien volontiers. Encore faut-il que cette licence soit indispensable. Voyez Saint-John Perse, les noms d'oiseaux ou de plantes qu'il emploie, la mort au masque de céruse et les euphorbes, et on ne le prend jamais en défaut sur l'exactitude. En fait, c'est moins l'usage inapproprié, volontaire ou involontaire, d'un mot relativement rare qui me gêne – le « quarteron » du général de Gaulle, qui devrait désigner, en principe, comme vous le savez, le quart de cent – qu'une erreur dans la description d'une coutume, d'un phénomène, d'un uniforme, d'une cérémonie, que sais-je encore. Je dirais même que plus un créateur fait de place à l'imaginaire, plus il doit veiller aux détails. Car c'est sur eux aussi que le lecteur s'appuie pour aborder l'imaginaire et ce sont eux aussi qui tiennent le lecteur enfermé dans la magie du livre. Il faut être exact quand on invente.

F. S. – Il faut pouvoir éviter le didactisme : prenez *L'Argent* de Zola, les mécanismes boursiers sont décrits avec une grande précision, les primes, les reports, les déports, la cotation à la criée, et ce naturalisme pur et dur, ce côté scolaire étouffent le drame.

J. O. – Naturellement, l'exactitude ne suffit pas. Zola, qui est un très grand écrivain, ce qu'on a un peu tendance à oublier aujourd'hui – avez-vous lu *Une page d'amour*? – travaillait autant tous ses sujets, mais réussissait évidemment mieux dans ceux qui lui parlaient, qui lui tenaient à cœur. Je ne suis pas sûr qu'il ait été plus militaire, d'instinct, que financier, mais la description minutieuse des corps de troupe dans *La Débâcle* fait moins obstacle au cours de l'histoire racontée que les leçons du soir pour boursicoteurs infligées dans *L'Argent*. Pensons aussi aux détails de *La Semaine sainte* d'Aragon. On ne peut pas expliquer cette familiarité qui naît mystérieusement, cette façon de s'orienter sur un terrain inconnu, cette alchimie. Il reste que le roman « dossier » est aussi ridicule que le roman qui flotte en l'air ou que celui qui fourmille d'erreurs. Dans le premier cas, le lecteur s'endort; dans le second, il s'ennuie ou il s'énerve et, pour finir, il s'endort aussi.

Les détails sont des aides à la lecture, mais ils sont surtout des aides à la création. Proust inondait ses amies, Laure de Chevigné ou Mme Greffulhe, de petits billets pour obtenir la description minutieuse d'une robe de Fortuny, d'un éventail ou d'un collier de perles. Tous ces détails ne se retrouvent pas in extenso dans la *Recherche*, mais il est sûr qu'ils sont là, derrière la phrase, présents à l'esprit de l'écrivain, donnant à l'œuvre de la substance, et un aliment pour les rêves.

F. S. – Je ne suis pas sûr que votre théorie s'applique bien à Stendhal, par exemple.

J. O. – Vous n'avez pas tort, à ceci près que Stendhal ne commet pas d'erreurs, il dit simplement des choses vagues. Il plante le décor, deux cyprès, une chartreuse, un hôtel particulier, et l'action commence. Ce n'est pas du tout comme s'il donnait des détails faux.

F. S. – Sans parler de la chartreuse inexistante, les personnages ne sont pas très ancrés. Prenez Mosca et sa politique, et Dieu sait si la politique est présente chez Stendhal, la plupart des notations sont, non seulement rapides, mais *arbitraires*.

J. O. – C'est même de cet arbitraire que vient la force de telle ou telle description : la bataille de Waterloo vue par le petit bout de la lorgnette, sur le terrain. Mais Stendhal est absolument cohérent avec lui-même : il n'a jamais prétendu jouer l'historien des batailles. Et permettez-moi une pirouette : même quand il y a du vague, ce vague est romanesque, puisqu'il s'agit de Stendhal.

F. S. – Vous reprocheriez à Balzac d'avoir décalé, dans un de ses romans, une rivière de cinq kilomètres, de l'avoir fait jouxter une route alors qu'elle coule en pleine campagne?

J. O. – Si j'étais du coin – est-ce que vous ne faites pas allusion à *La Muse du département*? – cela me gênerait sûrement. Heureusement, en matière de géographie, je suis tout juste capable de relever des erreurs parisiennes, et peut-être italiennes... Il me faut bien reconnaître que vous ne manquez pas d'arguments, et je ne voudrais pas paraître limiter la liberté de l'écrivain; seulement insister sur un risque qui me paraît évident et qu'on ne doit pas négliger à priori.

Pour apporter encore un peu plus d'eau à votre moulin de la liberté et de l'imagination de l'écrivain, je me souviens de la réponse de Chateaubriand aux critiques qui attaquaient son *Itinéraire de Paris à Jérusalem* : « Au reste, je ne sais pas pourquoi je m'attache si sérieusement à me justifier sur quelques points d'érudition. Il est très bien sans doute que je ne me sois pas trompé; mais quand cela me serait arrivé, on n'aurait encore rien à me dire. J'ai déclaré que je n'avais aucune prétention ni comme savant, ni même comme voyageur. » Et vous vous rappelez la formule d'Aragon sur les « droits imprescriptibles de l'imagination ».

F. S. – Après avoir quitté la direction du *Figaro*, vous écrivez *Dieu, sa vie, son œuvre*, le *Chateaubriand*, votre trilogie populaire pour rompre un peu le rythme et à présent un autre livre. Vous vous consacrez à peu près entièrement à la littérature. Rien ne vous manque?

J. O. – Si, certainement. Beaucoup de choses, sans quoi je cesserais d'écrire. Et puis j'aimerais non seulement être reconnu, mais jouir de ce calme intérieur qui l'emporte sur tous les troubles et sur les inquiétudes. Si vous saviez, mais, tombeau, ne le dites pas, comme j'adorerais prendre les « attitudes du grand écrivain » : un air d'autorité, me montrer, mais pas trop, une grande bienveillance à l'égard des œuvres d'autrui, un ton paternel et sensible pour encourager les jeunes gens qui me rendraient visite, quelques manœuvres académiques, pour une fois réussies, être largement diffusé, aux frais de l'État, en Union soviétique, le prix Lénine ou le prix Nobel au choix, le musée Grévin... Ah! ce serait délicieux.

Ou alors, suivre l'autre voie, bien plus estimable

mais tout aussi efficace, la voie d'Henri Michaux ou de Julien Gracq, rester en arrière de la main, ne pas donner d'interviews, vivre dans le secret et pour finir envoyer à ses amis un service de presse de la Pléiade. Comme c'est beau!

Il y a le « grand écrivain » exclusivement littéraire, il y a celui qui déborde sur la politique, il y a celui qu'on voit et celui qui se cache. Il y a les amuseurs et les sentimentaux, les graves et les désinvoltes... Tous ces rôles fabuleux à jouer tour à tour... Dans cette grande comédie, comment garder son sérieux? Reprenons-le pour un moment : c'est vrai, je ne sais pas bien où est ma place. J'en suis inquiet, mais aussi j'en suis content. Cette incertitude, c'est ce que j'ai toujours voulu, en refusant les carrières, les voies toutes tracées, les perspectives alléchantes de l'université ou de la diplomatie. Je ne vais pas m'en plaindre à présent. Les mots de « carrière littéraire » me semblent entre tous méprisables. Dans ce domaine, je ne prétends à rien. Si je n'ai pas assez rendu hommage à la littérature en écrivant, je voudrais au moins que ma vie ait rendu hommage, et même à cause de mes faiblesses, à la liberté de l'écrivain. J'aime par-dessus tout cette gratuité, ce jeu où rien n'est jamais définitivement gagné ni perdu, et pour finir cette place que se font dans nos cœurs ce poète syphilitique, ce riche devenu aphasique, ce médecin de banlieue devenu collaborateur, et ce renom qui s'étend par vagues à l'humanité entière, Céline, Proust, Racine ou Chateaubriand, qu'ils aient ou non connu la gloire et les facilités du monde, bien plus haut que n'importe quel chef d'État, que n'importe quel pape...

F. S. – Il y a ceux qui pensent qu'on se construit en vieillissant, et ceux qui pensent que la vie vous abat progressivement. Dans quelle catégorie vous rangez-vous ?

J. O. – Plutôt dans la première. Vous savez, c'est le fruit de mon expérience personnelle. J'ai commencé ma vie assez tard et assez bas, ne faisant rien, dormant, montant dans tous les trains, les femmes, si j'ose dire, le journalisme... Si je m'étais encore dégradé là-dessus, mon Dieu, où en serais-je ? Mais plus précisément je crois qu'on peut aussi traverser la vie. J'ai le sentiment d'avoir traversé la mienne, en apprenant peu à peu à choisir. Rien de plus. Beaucoup d'événements ont glissé sur moi. J'ai pris feu et flamme pour et contre des choses et des personnes qui me sont devenues indifférentes. Seulement, je sais mieux qu'avant ce qui compte et ce que je veux.

Courteline, toujours lui, avait fait imprimer du papier à lettres portant la mention : « Bureau de M. Georges Courteline » et en dessous : « le coordonnateur général ». Et il répondait aux lettres par des formules du genre : « Monsieur, en réponse à votre lettre du tant, j'ai l'honneur de vous faire savoir que je m'en fous complètement. »

Signé : « Pour Georges Courteline, le coordonnateur général. » Jolie façon de faire le ménage.

F. S. – Avez-vous des cicatrices qui ne soient pas entièrement refermées?

J. O. – Celles qui restent ouvertes, j'ai appris à faire comme si elles étaient refermées. Elles sont d'ailleurs très peu nombreuses. Il ne faut pas faire de cure à l'intérieur de la vie, mais que la vie elle-même soit une cure. J'y ai toujours à peu près réussi. C'est Green, je crois, qui dit : la vie donne mille à qui lui donne cent, elle reprend mille à qui lui reprend cent.

F. S. – Quels ont été vos goûts durables?

J. O. – Vous vous rappelez que Stendhal répondait : les épinards et Saint-Simon. J'ai beaucoup aimé partir. Je me suis un peu dépris des voyages depuis qu'ils sont devenus si faciles. J'aime toujours beaucoup la Méditerranée, et surtout l'Italie parce que le passé y est présent et que le présent y est plaisant. J'ai beaucoup aimé les femmes – « aimé l'amour », comme dit l'autre...

F. S. – Qui est l'autre?

J. O. – Saint Augustin. Mais comme les femmes vont bientôt s'éloigner de moi, je ferais bien de me persuader que je n'y attache plus d'impor-

398

tance. Ce qui signifie, bien entendu, que je continue à les aimer. J'aime ce qu'on appelle la littérature, ses charmes et ses défauts : cette façon de faire du monde une sorte de fête perpétuelle, d'ailleurs souvent plutôt triste, et de le regarder avec tendresse et avec ironie.

F. S. – Vous mettez, en littérature ou ailleurs, beaucoup de choses sur le même plan. Beaucoup d'êtres très différents aussi. C'est un effet de votre politesse, ou de votre refus de hiérarchiser?

J. O. – Pas un refus, une incapacité... Cette incapacité à hiérarchiser, je crois qu'elle vient de l'indifférence, de cette indifférence que j'ai nourrie par la passion, sans quoi ce serait la mort. La vie, la politique, la littérature, grâce à Dieu, m'ont fourni des passions qui ont lutté avec succès contre la tentation de l'« à quoi bon? » qui est très forte chez moi. Toute mon existence n'a peut-être été qu'une indifférence passionnée.

F. S. – Avez-vous le sentiment d'avoir découvert des choses qui en valaient la peine?

J. O. – J'ai surtout le sentiment d'avoir découvert qu'on pouvait s'abstenir de découvrir. Vivre suffit. Il y a autant de merveilles dans la vie la plus simple que dans la vie la plus savante ou la plus aventureuse. L'essentiel est d'accepter que le monde soit cette fête en larmes, toujours semblable, toujours diverse, dont la clé nous échappe. J'ai d'ailleurs mis trop de temps à faire cette découverte. Et puis, tout de même, la justice. La vérité. On n'y atteint jamais, vous le savez. Mais il faut y tendre. σὺν ῞ολλη τῇ ψυχῇ εἰς τὴν ἀλήθειαυ ἰτέον : il faut aller à la vérité de toute son âme.

F. S. – Vous arrive-t-il de vous étonner vous-même, en bien ou en mal?

J. O. – Assez peu, je dirai : malheureusement. Je vis en bonne intelligence avec moi-même et avec le monde. Cette harmonie-là n'est pas construite, je suis né avec elle. Je la déplore souvent, parce que je crains qu'elle ne m'ait empêché de nager à de plus grandes profondeurs que celles que j'aurai connues. Je ne suis pas loin de croire, comme le Caro de La Fontaine, comme le ridicule Pangloss de *Candide*, que tout est bien. Que voulez-vous, je crois que quelqu'un d'inconnu veille sur moi. Et sur vous.

J'ai bénéficié de tous les privilèges. Des privilèges distribués largement d'ailleurs au-delà de mon milieu social au sens strict : être blanc, être français, être bourgeois, savoir lire, avoir fait des études, avoir des parents à qui on doit tout... : avec cela, on n'affronte pas le monde, on se l'approprie, et ce n'est pas pareil.

F. S. –

F. S. – Vous ne pratiquez pas l'introspection?

J. O. – Jamais. Je ne pense le plus souvent qu'à des choses pratiques, immédiates, souvent insignifiantes, finir un livre, rencontrer quelqu'un. J'ai peur du vague et du vide. Vous vous souvenez du diable dans le *Faust* de Valéry : la méditation creuse dans l'ennui un trou noir que la sottise vient remplir.

Je crains beaucoup l'*acedia*, la tristesse qui vient de la pensée malheureuse. Elle trouve sa source, en général, dans l'intérêt qu'on porte à soi-même, dans l'introspection. Il faut se jeter dans le monde, sans trop y croire.

F. S. – Que mettez-vous dans votre musée imaginaire?

J. O. – Peu de choses, parce que je n'en ai pas vu beaucoup. Je ne suis pas un homme de musée. Peut-être le *Saint-Augustin* de Carpaccio, à Saint-Georges-des-Esclavons à Venise, assis à sa table de travail, devant un caniche blanc, et rêvant à des choses lumineuses et obscures; *Le Songe de Constantin* de Piero della Francesca à Arezzo; *La Princesse de Trébizonde* dans la sacristie de Sant'Anastasia à Vérone, avec la croupe d'un cheval blanc tournée vers le spectateur; et un Manet, vu à New York, au Metropolitan Museum, une barque, un homme en canotier, une femme avec une voilette. La mer monte jusqu'au haut du cadre. Et puis aussi le portrait de la comtesse d'Haussonville par Ingres qui est à la Frick Collection. Le genre de femmes dont Disraeli devenait amoureux, auxquelles il écrivait les soirs de défaite électorale...

F. S. – « Les étoiles dans leur course ont combattu contre moi... »

J. O. – Attachait-il de l'importance à son œuvre littéraire?

F. S. – Beaucoup. Il n'avait d'ailleurs pas tort. Elle est un peu gâchée par ses préoccupations politiques, mais il y a de très belles choses.

J. O. – Trouvons-nous des ancêtres : lui aussi, c'était l'indifférence passionnée. Nommer Victoria impératrice des Indes, ce n'était pas nécessaire, mais c'était bien, un grand geste romanesque. Je suis sûr qu'il s'est demandé : « Quoi faire à présent? » et qu'il a trouvé ça, le présent d'un vieux ministre juif à sa dynastie.

F. S. – « *Der alte Jude*, disait Bismarck au congrès de Berlin, *das ist der Mann* »... Vous aimez Disraeli parce que ce n'est que vers soixante-cinq ans qu'il commence à faire les choses les plus importantes de sa vie?

J. O. – Peut-être bien... et aussi parce qu'il a construit sa vie comme une œuvre d'art. Il disait : « Faire de sa vie un long cortège, de la naissance à la mort. »

F. S. – Vous écrivez quoi, en ce moment? Je connais vos réticences, mais pouvez-vous les surmonter un peu...

J. O. – Un roman. Un roman sur la mort, précisément.

F. S. – Et pour en dire quoi, si je puis me permettre?

J. O. – Du bien. Beaucoup de bien.

F. S. – Ne me dites pas que vous avez déjà pensé à votre mot de la fin...

J. O. – Mais si. Je médite sur les exemples illustres, « A nous deux maintenant » et autres fariboles. Il y a « *Mehr Licht* » de Goethe, qui est un peu tarte. J'aime tout particulièrement Barbey d'Aurevilly, avec le célèbre « On s'en souviendra de cette planète ». Vous savez qu'il disait à l'infirmière ahurie : « Et je dirai à Dieu : " Appelez-moi Barbey, tout simplement... " » On lui en prête beaucoup, à Barbey d'Aurevilly. Quand il a

été sûr qu'il était perdu, il aurait murmuré :
« Dante m'a toujours emmerdé. »

F. S. – Alors, le vôtre?

J. O. – Je ne sais pas. Peut-être : « La fête
continue. »

F. S. – Et l'organisation des cérémonies?

J. O. – C'est un autre de mes thèmes de prédi-
lection. Le testament de De Gaulle, avec cette
énumération janséniste : ni musique, ni corps
constitués, ni... et « les hommes et les femmes de
France et d'autres pays du monde pourront, s'ils le
désirent, faire à ma mémoire l'honneur d'accompagner mon corps... ». Ou encore les mots de
Hugo sur les funérailles de Chateaubriand : « Paris
était encore comme abruti par les journées de Juin
et tout ce bruit de fusillade, de canon et de tocsin,
qu'il avait encore dans les oreilles, l'empêcha d'entendre, à la mort de M. de Chateaubriand, cette
espèce de silence qui se fait autour des grands
hommes disparus. Il y eut peu de foule et une
émotion médiocre. Molé était là, en redingote,
presque tout l'Institut, des soldats commandés par
un capitaine. Telle fut cette cérémonie qui eut,
tout ensemble, je ne sais quoi de pompeux qui
excluait la simplicité et je ne sais quoi de bourgeois
qui excluait la grandeur. C'était trop et trop peu.
J'eusse voulu pour M. de Chateaubriand des funé-

railles royales, Notre-Dame, le manteau de pair, l'habit de l'Institut, l'épée du gentilhomme émigré, le collier de l'ordre de la Toison d'or, tous les corps présents, la moitié de la garnison sur pied, des tambours drapés, le canon de cinq en cinq minutes – ou alors le corbillard du pauvre dans une église de campagne. »

Victor Hugo, lui, ne ratera pas sa sortie. On raconte que, neuf mois après ses funérailles, la courbe démographique de la ville de Paris accusa une montée brusque, tant l'enthousiasme populaire avait été communicatif. Il faut choisir avec soin la date de son décès, et même la compagnie. Ah! comme c'est fatigant! Il faut veiller à tout jusqu'au dernier instant.

F. S. – Vous aimeriez avoir un bel enterrement?

J. O. – Je détesterais avoir un enterrement civil. J'aimerais d'abord avoir un enterrement qui ne soit pas civil.

F. S. – Vous ne dites pas « un enterrement religieux »...

J. O. – Un enterrement qui ne soit pas civil. C'est trop triste. Cette fleur qu'on jette sur le cadavre, cette absence d'espoir et d'imagination... Je rêve parfois d'un enterrement comme aux Indes, où l'on brûlerait mon corps et où l'on brûlerait autour de moi les femmes que j'ai aimées, ou plutôt, ce qui ferait moins de monde, celles qui m'ont aimé...

Mais j'ai été élevé dans la religion catholique. C'est la mienne, elle m'a nourri de sa tradition et je l'aime. Je la trouve, entre toutes les autres, digne de respect et d'admiration : c'est vers elle que je me tournerai pour mourir. Oui, je serai heureux de mourir catholique.

F. S. – Avec ou sans pompe? Des académiciens, des ducs et des bedeaux et des gardes suisses, des cardinaux, des gerbes envoyées par le président de la République et le gérant du café *Le Plessis-Vaudreuil* à Saint-Fargeau?

J. O. – Mon pauvre ami, on s'en fiche bien!... Peut-être un clin d'œil : à l'enterrement de Malraux, on avait mis un chat près du cercueil; à celui de Defferre, c'était un chapeau. Moi je voudrais un crayon. Un crayon à papier, les mêmes que dans notre enfance. Ni épée ni Légion d'honneur. Un simple crayon à papier.

Un curé de campagne m'ira très bien, un chemin de terre menant à la chapelle, où les gens trébucheraient un peu. Je ne veux pas un enterrement somptueux, je veux un enterrement romanesque. Comme ça, pour le plaisir. Tout ce que j'aurais fait de médiocre sera enfin oublié. Pour quelques heures au moins. Tout le monde pleurera. Vous aussi, peut-être. Ce sera très gai.

F. S. – Voilà. Je crois que nous arrivons à la fin. Ça n'a pas été trop difficile?

J. O. – Oui et non. Nos conversations, pour moi, ont été très plaisantes, mais à plusieurs reprises, vous l'avez sans doute vu, j'ai eu envie de partir. Il m'est resté quelque chose de l'être de fuite que j'étais. Je n'avais jamais parlé de cette manière de ces choses dont nous avons parlé. Je me suis longtemps arrangé pour éviter les questions gênantes. J'imagine qu'on pourrait dire de moi : il a fait, de l'art de parler pour ne rien dire, un des beaux-arts.

J'aime bien écrire parce que le livre que je fais, j'en suis le maître, mais qu'ensuite il se détache de moi. Je pourrai l'oublier. Ici, il en va très différemment, et je suis un peu inquiet d'avoir parlé, seulement parlé, sans qu'une fiction en sorte, de Dieu et de l'amour et de la mort, de toutes ces choses dont on ne parle pas.

Pourtant, je suis aussi attristé d'arriver à la fin que lorsque j'écris un vrai livre. Et ici je n'ai même pas l'illusion de l'œuvre pour me consoler. Vous m'avez conduit à revoir ma vie et, peut-être, à éprouver des regrets. Peut-être à me poser des questions. Je rêve à ce que j'aurais pu vous dire si j'avais été Kessel ou Malraux ou Aragon, un de ceux qui ont tellement vécu, ou Aron ou Berl, un de ceux qui ont tout compris, ou encore, tout simplement, un grand écrivain, un de ceux qu'à juste titre on peut croire *immortels*. Je me suis trompé souvent, mais pas sur ce que je valais. Valéry parlait de « tuer la marionnette ». Malraux disait qu'être un homme, c'est réduire la part de comédie. Je crois avoir réduit la part de comédie. Maintenant il y a devant moi un grand point d'interrogation. Je vais recommencer à écrire. Enfin, je vais essayer.

F. S. – Au revoir.

J. O. – Merci.

ŒUVRES DE JEAN D'ORMESSON

ŒUVRES DE FRANÇOIS SUREAU

Aux Éditions Gallimard

LA CORRUPTION DU SIÈCLE, 1988.
L'INFORTUNE, 1990.

Chez d'autres éditeurs

À L'EST DU MONDE, en collaboration avec Gilles Étrillard, Paris, Fayard, 1983.
L'INDÉPENDANCE À L'ÉPREUVE, Paris, Odile Jacob, 1988.

Impression Brodard et Taupin,
à La Flèche (Sarthe),
le 18 octobre 1991.
Dépôt légal : octobre 1991.
Numéro d'imprimeur : 6022E-5.

ISBN 2-07-038418-7/Imprimé en France.